Obras da autora publicadas pela Editora Record

ABC do amor
Um amor desastroso
Arte & alma
As cartas que escrevemos
Um encontro com Holly
Eleanor & Grey
Landon & Shay (vol. 1)
Landon & Shay (vol. 2)
No ritmo do amor
A playlist
Sr. Daniels
Vergonha

Série Elementos
O ar que ele respira
A chama dentro de nós
O silêncio das águas
A força que nos atrai

Série Bússola
Tempestades do Sul
Luzes do Leste
Ondas do Oeste
Estrelas do Norte

Com Kandi Steiner
Uma carta de amor escrita por mulheres sensíveis

BRITTAINY CHERRY

A Playlist

Tradução de
Carolina Simmer

1ª edição

EDITORA RECORD
RIO DE JANEIRO • SÃO PAULO
2024

CIP-BRASIL. CATALOGAÇÃO NA PUBLICAÇÃO
SINDICATO NACIONAL DOS EDITORES DE LIVROS, RJ

C449p   Cherry, Brittainy
         A playlist / Brittainy Cherry ; tradução Carolina Simmer. - 1. ed. - Rio de Janeiro: Record, 2024.

         Tradução de: The mixtape
         ISBN 978-85-01-92010-2

         1. Romance americano. I. Simmer, Carolina. II. Título.

24-88210   CDD: 813
                        CDU: 82-31(73)

Gabriela Faray Ferreira Lopes - Bibliotecária - CRB-7/6643

Título original:
The mixtape

Esta é uma obra de ficção, todos os nomes, pessoas, fatos ou situações são frutos da imaginação da autora e qualquer semelhança é uma mera coincidência.

Copyright © 2021 by Brittainy C. Cherry

Publicado mediante acordo com Amazon Publishing, www.apub.com, em colaboração com Sandra Bruna Agencia Literaria.

Texto revisado segundo o Acordo Ortográfico da Língua Portuguesa de 1990.

Todos os direitos reservados. Proibida a reprodução, no todo ou em parte, através de quaisquer meios. Os direitos morais da autora foram assegurados.

Direitos exclusivos de publicação em língua portuguesa somente para o Brasil adquiridos pela
EDITORA RECORD LTDA.
Rua Argentina, 171 – Rio de Janeiro, RJ – 20921-380 – Tel.: (21) 2585-2000, que se reserva a propriedade literária desta tradução.

Impresso no Brasil

ISBN 978-85-01-92010-2

Seja um leitor preferencial Record.
Cadastre-se no site www.record.com.br e receba informações sobre nossos lançamentos e nossas promoções.

Atendimento e venda direta ao leitor:
sac@record.com.br

Para minha família.
Minha playlist favorita.

Nota da autora

Este livro foi escrito com muita compaixão e amor pelas mulheres do mundo todo que passam por tantos percalços todos os dias. Eu queria contar uma história cheia de emoção e significado, com autenticidade.

Por esses motivos, quero avisar que partes dela podem ser difíceis para algumas leitoras por tratarem de assuntos sensíveis que incluem abuso de substâncias, depressão, abuso verbal e estupro.

Prólogo

Oliver

Seis meses atrás

Minha família é cheia de pessoas extrovertidas. Já eu? Não era uma delas. Isso nunca me incomodou. Eu era um desses caras sortudos pra cacete que sempre soube quem era desde muito jovem, e minha família me amava exatamente como eu era. Eu abraçava minha introversão. Se eu tivesse um livro, uma playlist bem longa e um cachorro para me fazer companhia, não precisava de mais nada.

Meu irmão, Alex, era o completo oposto — mais parecido com meus pais. Ele brilhava em ocasiões sociais. Quando tinha uma festa, Alex era o centro das atenções. Quando se tem um irmão gêmeo, o autoconhecimento parece quase impossível, porque todo mundo compara você com sua outra metade literal. Mas nunca tive problemas com Alex por causa disso. Apesar de sermos melhores amigos, éramos extremamente diferentes em vários sentidos. Enquanto ele era o extrovertido nos eventos sociais, eu era o observador.

Alex preferia interagir com grupos, já eu adorava observá-los de longe. Eu sabia que era capaz de ser sociável, mas me saía melhor em interações individuais. Multidões me deixavam atordoado, porque a energia sempre parecia caótica. Apesar de nunca termos caído na armadilha de pensar que um era melhor que o outro, o mundo tinha as próprias opiniões sobre meu irmão e eu.

Alex e eu formávamos uma dupla musical, Alex & Oliver, e tínhamos conquistado mais sucesso do que provavelmente merecíamos. Como acontece com toda dupla de irmãos sob holofotes, as pessoas elegiam seu preferido. No caso de gêmeos, era pior ainda. A mídia adorava ficar comparando nossa aparência, nossa personalidade, comparava até a forma como nos vestíamos e nos saíamos em entrevistas. Alex era carismático até o último fio de cabelo. Ele era capaz de virar o melhor amigo de um estranho que havia acabado de conhecer no metrô.

Eu, por outro lado, não tinha pressa nenhuma para conhecer bem uma pessoa. Não me abria de imediato, o que podia passar a impressão de que eu era frio. Mas, na verdade, era o oposto. Eu queria entender como as pessoas se comportavam. Não queria vê-las apenas sob a luz do sol, mas também durante as tempestades.

Para mim, não fazia diferença para qual time de futebol a pessoa torcia ou como comemorava a virada do ano-novo com os amigos. Quem ela era em seus piores dias? Como tratava animais quando não havia ninguém olhando? Quando estavam passando por uma fase de depressão, eram muito escuras as nuvens em seu céu nublado? Infelizmente, vivíamos em um mundo em que se aprofundar era visto como uma anomalia. As pessoas viviam na superfície, ressaltando seu lado feliz. Às vezes, eram necessários anos para descobrir as sombras de alguém, e quase ninguém permanecia do meu lado por tempo suficiente para ir tão fundo assim.

Portanto, mesmo com a dupla, eu e Alex tínhamos fãs diferentes. Os Alexmaníacos eram a alma da festa. Na plateia, eram eles que espelhavam a energia animada que meu irmão tinha. Os Olivinhos — os fãs que escolheram o nome, não eu — eram bem mais tranquilos. Eles escreviam cartas à mão e me enviavam mensagens imensas nas redes sociais, explicando como nossas músicas os tocavam.

Tanto os Alexmaníacos quanto os Olivinhos eram fantásticos. Sem as duas partes, a dupla Alex & Oliver não estaria lançando o terceiro álbum com uma gravadora.

Naquela noite, a boate estava lotada com a nata da indústria musical reunida para comemorar nosso novo lançamento, *Cacos do coração*. O salão estava apinhado de talento, ego e grana. Todos os figurões estavam lá — pelo menos era o que dizia a internet.

A única coisa que eu queria era ir para casa. Só para deixar claro: eu valorizava tudo que tínhamos conquistado. Da minha parte, não faltava gratidão à gravadora e à minha equipe; mas, depois de algumas horas "ligado", minha energia ansiava pela solidão. Eu não curtia tanto festas. Preferia ir para casa, colocar um moletom e fazer uma maratona de documentários na Netflix. Minha obsessão por documentários era peculiar. Eu pretendia me tornar minimalista? Não. Assistiria a um documentário sobre o assunto? Porra, claro.

Havia muita gente na festa naquela noite. Tanta gente sorrindo para mim, mas que provavelmente não me conhecia. Gente que ria e combinava de se encontrar outro dia, apesar de saber que esses planos nunca se concretizariam. Gente distraída com conversas, fofocando sobre os dramalhões do mercado.

Alex estava à minha esquerda, falando pelos cotovelos. Ele havia encarnado seu papel habitual de príncipe encantado, enquanto lá estava eu, focado na mesa dos petiscos, me empanturrando de canapés de siri.

As únicas coisas que nós tínhamos em comum eram nosso gosto musical e nossa aparência. Desde o cabelo cacheado, castanho-escuro, até os olhos cor de mel, que não tínhamos puxado de nossos pais. Meu pai sempre brincava que minha mãe devia ter pulado a cerca. Mas, no geral, éramos a cara dele, um homem preto imponente, com olhos simpáticos, nariz redondo e sorriso largo e impressionante. Se nossos pais não estavam sorrindo, estavam rindo; se não estavam rindo, estavam dançando. Na maior parte do tempo, faziam as três coisas juntas. Fomos criados pelas pessoas mais felizes e incentivadoras do mundo.

Estava fazendo a ronda pelo bufê quando alguém tocou meu ombro. Enrijeci imediatamente, achando que teria de voltar a ser sociável. Quando me virei, soltei um suspiro de alívio ao ver Alex atrás de mim.

Ele estava todo de preto, com um cinto de fivela dourada da Hermès que eu tinha quase certeza de que ele havia pegado no meu armário. A gola da camisa social estava engomada e esticada, e as mangas, dobradas até os cotovelos.

— Você está festeiro demais hoje, irmão. Daqui a pouco, vão achar que você vai subir na mesa e começar a dançar — brincou Alex, pegando o enésimo canapé de siri da minha mão e o enfiando na boca.

— Eu cumprimentei o Tyler — disse, me defendendo.

— Cumprimentar seu empresário não é ser sociável.

Ele olhou ao redor e esfregou a nuca, tocando no colar e fazendo a corrente balançar de um lado para o outro. O pingente era metade de um coração — eu tinha a outra metade. Nossa mãe nos dera os colares de presente muitos anos antes, quando saímos em nossa primeira turnê. Ela nos disse, na época, que estava deixando as batidas do coração dela com a gente.

Era uma breguice sem fim, mas nossa mãe era assim mesmo, cheia de breguices sem fim. Ela era a mulher mais fofa do mundo, chorava com tudo. Até hoje não conseguia assistir a *Bambi* sem se debulhar em lágrimas.

Nós nunca tirávamos os colares do pescoço. Eu gostava de ter uma recordação de casa.

— Vou falar com a Cam. Que tal? — sugeri. Alex se esforçou para esconder a cara feia, mas ele não sabia disfarçar. — Não dá para você ficar chateado com ela para sempre.

— Eu sei. Mas não gostei de ela ter dado aquela entrevista e usado você para chamar atenção da imprensa. Sua namorada não deveria fazer isso.

No começo da nossa carreira, eu e meu irmão tocávamos em muitos lugares pequenos. Foi assim que nosso caminho se cruzou com o da linda Cam, vinda de uma cidadezinha na Geórgia e no caminho para se tornar uma estrela do country.

Apesar de termos estilos diferentes — eu tocava soul/R&B enquanto ela cantava country —, encontramos algo em comum. Não é todo dia que você se depara com duas pessoas pretas fazendo sucesso em uma indústria na qual são a minoria.

Mesmo que nós dois fôssemos bem-sucedidos, a fama de Cam havia chegado no último ano. Ela finalmente estava recebendo o crédito merecido por seu talento, e eu adorava ver isso acontecendo. O único problema era que, com o sucesso, o ego inflava. Ela brilhava sob os holofotes, mas esse brilho parecia ter se tornado um vício. Com o tempo, ficou claro que estávamos seguindo rumos diferentes, fato que tive certeza no dia em que saímos para almoçar e ela chamou os paparazzi para nos fotografarem.

A fama havia se tornado seu foco absoluto. Mais, mais, mais. Nunca era suficiente, e a necessidade de ser o centro das atenções afetava seu bom senso. Ela tomava decisões impulsivas sem pensar nas consequências. Confiava nas pessoas erradas. Agia de um jeito que não condizia com a mulher doce que eu havia conhecido anos antes.

Ainda assim, ela não era um caso perdido. Fazia alguns anos que eu estava em evidência; sabia como isso mexia com a cabeça das pessoas. Quando nos conhecemos, nos conectamos de um jeito profundo que eu adorava. Ela era uma garota sonhadora, e eu era um garoto parecido com ela. Eu sabia que ainda devia haver bondade dentro da Cam. Seu sucesso viera todo de uma vez no último ano, por isso eu tinha certeza de que ela só precisava se acostumar com a fama. Às vezes, quando eu olhava nos seus olhos, ainda via inocência. Outras vezes, via medo. Então não seria babaquice da minha parte lhe dar as costas enquanto ela ainda estava entendendo como lidar com as coisas?

Algumas semanas atrás, ela deu uma entrevista e acabou falando sobre nosso relacionamento — algo que sempre preferi não divulgar —, e Alex ficou puto da vida. Cam sabia que eu não queria que nosso namoro fosse exposto publicamente, porque já tínhamos visto inúmeras vezes que a imprensa acabava com relacionamentos só pelo entretenimento. Ela me disse que não havia feito por mal e que o entrevistador a ludibriara para responder a perguntas sobre nós. Eu acreditava nela. Por que não acreditaria?

— Ela não fez por mal — murmurei, fitando meu irmão, que estava visivelmente irritado.

Ele deu de ombros.

— Claro que não. Mas ela fez para chamar atenção. Eu sei que vocês dois estão juntos há um tempão e não quero insinuar que ela esteja te usando.

— Então não faça isso — falei entre os dentes.

Ele franziu a testa.

— Beleza. Mudando de assunto já.

— Obrigado. — Eu sabia que a intenção dele era boa. Era um irmão superprotetor, e, quando se tratava das mulheres com quem ele tinha saído no passado, eu também era. Nós só queríamos o melhor um para o outro. Forcei um sorriso e dei um tapinha nas costas dele. — Meu sentido introvertido está zunindo, então acho que vou embora.

— Vai sair cedo da sua própria festa? Eu queria dizer que estou surpreso, mas... — Ele sorriu. — A Cam vai com você?

— Sim, nós viemos juntos. Vou lá falar com ela.

Alex me deu um tapa nas costas antes de pegar uma almôndega espetada com um palito no bufê.

— Beleza. Manda uma mensagem quando chegar em casa, tá? Me avisa se precisar de alguma coisa. Te amo.

— Eu também.

— Ah, e irmão?

— O que foi?

— Parabéns por mais um álbum. Que venham outros cinquenta milhões! — exclamou Alex, os olhos ficando marejados como os da nossa mãe.

Chorão idiota.

— É só o começo — assenti, puxando-o para um abraço e batendo em suas costas.

Pisquei algumas vezes para afastar as lágrimas dos meus olhos também. *Chorão idiota.*

Pelo visto, ser emotivo demais era coisa de família. Mas a gente tinha trabalhado pra cacete por mais de quinze anos para construir nossa carreira. Havia quem achasse que tínhamos feito sucesso do dia para a noite quando nossa música "Carimbos do coração" chegara ao topo das paradas, só que a imprensa parecia ignorar os anos de trabalho anteriores.

Peguei mais um canapé de siri antes de seguir na direção de Cam, e minha cabeça imediatamente começou a pensar no fato de que teria de cumprimentar as pessoas com quem ela conversava. Meu tanque de socialização estava quase vazio. Senti o nervosismo subindo pela minha garganta conforme eu me aproximava, mas me esforcei para ignorá-lo.

Todo mundo sabia que Cam era deslumbrante. Ninguém com o mínimo de bom senso discordaria disso. Ela parecia uma deusa com seus olhos castanho-claros, seu cabelo preto comprido e escorrido, seu corpo violão. Ela se movia de um jeito musical, e seu sorriso fazia qualquer homem adulto desejar sua atenção. Tinha sido aquele sorriso largo que conquistara minha atenção tantos anos antes.

Naquela noite, ela estava usando um vestido de veludo preto justo, que parecia ter sido feito sob medida. Seu cabelo estava preso em um rabo de cavalo alto, e seus lábios eram de um vermelho-escuro. Ela se equilibrava em saltos de sola vermelha.

Toquei a base da coluna de Cam, que se derreteu ligeiramente sobre mim antes de olhar para trás.

— Ah, Oliver! Oi. Achei que fosse outra pessoa.

Quem mais a tocaria nas costas daquele jeito? Contra a mão de quem ela se derreteria?

— Não, sou eu. — Os dois homens com quem ela conversava acenaram com a cabeça e sorriram para mim, e eu lhes ofereci o mesmo cumprimento básico antes de me virar para Cam. — Já estou indo. Achei que você fosse querer voltar comigo, já que viemos juntos.

— O quê? Não. A noite só está começando. Deixa de ser chato — respondeu ela em um falso tom brincalhão antes de se virar para os dois homens. — O Oliver é sempre muito chato nestes eventos.

Todos riram como se eu fosse um palhaço. Senti um aperto no peito e baixei a mão, então me aproximei para sussurrar em seu ouvido.

— Você não precisa fazer isso, sabia?

— Fazer o quê?

— Fingir o tempo todo.

Ela estava se fazendo de boba, brincando na frente daquelas pessoas, me usando para isso, exatamente como Alex havia falado.

Cam me olhou nos olhos, e um lampejo de repulsa passou por seu rosto antes de ela se recompor, abrir um sorriso falso para mim e responder baixinho:

— Não estou fingindo. Isto é networking, Oliver.

Aí está ela.

A mulher que eu não conhecia mais. O lado de Cam do qual eu não gostava muito. Todos os dias, eu sentia saudade da Cam que ela costumava ser.

Volta para mim.

Não falei mais nada, porque eu sabia que não daria certo tentar conversar enquanto ela encarnava uma personagem. Os homens exibiam sorrisinhos cretinos quando me virei para me afastar dos três. Nem me dei ao trabalho de dar tchau. Eles e seus sorrisinhos babacas podiam ir se foder. Quando Cam fosse embora naquela noite, a pessoa que ela encontraria em casa seria eu.

De cabeça baixa, sem querer fazer contato visual com ninguém, fugindo de mais interações sociais, fui abrindo caminho pela multidão que parecia apertada em uma lata de sardinha. Meu cérebro havia chegado ao limite, e eu só queria que meu motorista me encontrasse lá fora e me levasse para casa.

Fui até a chapelaria e murmurei um obrigado para o cara que me entregou meu casaco. Depois segui para a saída, onde os paparazzi tinham passado a noite toda esperando, à esquerda, atrás das barreiras, por uma oportunidade de tirar uma foto de qualquer celebridade que saísse da boate.

— Oliver! Oliver! Aqui! Você veio com a Cam! Aconteceu alguma coisa?

— Por que a Cam não está com você?

— É verdade que vocês dois estão namorando escondido há anos?

— Por que você escondeu o namoro? Você tem vergonha dela?

Era exatamente por isso que eu não queria que esses babacas soubessem da minha vida.

Em vez de interagir com eles, eu me virei para a direita, onde havia outra barricada. Atrás dela, estavam as pessoas com quem eu realmente me importava. Os fãs.

Apesar de me sentir exausto e mentalmente distante, fui até lá e sorri. Eu passaria o tempo que fosse necessário tirando fotos com os fãs, porque, sem eles, eu e Alex não teríamos lançamento de álbum nenhum para comemorar.

— E aí, tudo bem? — perguntei, sorrindo para uma garota.

Ela não devia ter mais de dezoito anos e segurava uma placa que dizia OLIVINHA PRA SEMPRE.

— Ai, nossa — murmurou ela, o aparelho colorido ficando bem à mostra em um sorriso largo.

Seus olhos se encheram de lágrimas, e seu corpo começou a tremer. Segurei sua mão trêmula.

Se não fosse pelos amigos que a seguravam, eu tinha certeza de que ela desabaria ali mesmo.

— Vo-você é meu he-he-he-rói — declarou ela, me fazendo sorrir.

— E você é minha heroína. Qual é o seu nome?

— Adya. — As lágrimas começaram a escorrer por suas bochechas, e eu as sequei para ela. — Você n-não entende — gaguejou ela, balançando a cabeça. — As suas músicas me ajudaram a superar a depressão. Eu so-sofria muito bullying e queria a-acabar com a minha vida, mas as suas músicas me ajudaram. Você me salvou.

Puta merda.

Não chora, Oliver. Não ouse chorar.

Apertei sua mão e me inclinei para perto dela.

— Você nem imagina o quanto me salvou também, Adya.

Era por causa dela que eu fazia aquilo. Dela e de todas aquelas pessoas que estavam ali, apoiando Alex & Oliver. Fodam-se os paparazzi. Eu estava ali por causa dos nossos fãs, porque eles sempre estavam ali por mim.

— Você veio tirar fotos sem mim? — perguntou Alex, me dando um tapinha nas costas.

Ele segurava o casaco, como se também estivesse indo embora.

— Aonde você vai? — perguntei.

— Cansei — respondeu Alex, olhando para o relógio de pulso.

— Que mentira!

Alex sempre era um dos últimos a ir embora de uma festa.

Ele sorriu.

— A Kelly mandou mensagem dizendo que estava com fome. Pensei em levar um pouco de canja, já que ela não estava se sentindo bem mais cedo.

Isso, sim, fazia sentido. Kelly era minha assistente, e Alex estava caidinho por ela. Como o apartamento dela estava em obra, Kelly havia se mudado provisoriamente para a minha casa de hóspedes. Então Alex estava indo à minha casa com mais frequência do que o normal — e com certeza não era para me ver.

— Resolvi aproveitar e pegar uma carona com você — disse ele, me dando uma cotovelada de brincadeira. — Depois de tirarmos mais umas fotos com esta galera.

Eu sempre desconfiei de que os dois tinham uma conexão e não me surpreendi nem um pouco quando se aproximaram. Para ser sincero, eles formavam o casal perfeito. Kelly passou um tempo mal devido a um distúrbio alimentar, tentando se encaixar nos padrões de beleza de Hollywood. Alex fora seu maior apoio durante a recuperação. Ele se sentava para comer com ela todo santo dia, sem falta, sempre mostrando que ela não estava sozinha. O que começara como uma amizade lentamente se transformava em algo que significava muito mais.

Tiramos mais algumas fotos com os fãs, ignorando os abutres do outro lado que continuavam fazendo perguntas descabidas. Então entramos no Audi preto que nos aguardava e nos sentamos no banco de trás.

— Ei, Ralph, posso fumar aqui? — perguntou Alex, se inclinando para a frente na direção do motorista.

— Pode fazer o que quiser, senhor Smith — respondeu Ralph, agindo como o motorista de boa de sempre.

Alex sempre perguntava para ele se podia fumar, apesar de Ralph nunca se incomodar.

Alex se recostou no banco enquanto acendia um baseado. Ele não era tanto de fumar, mas sempre acendia um depois dos eventos. Talvez fosse o jeito dele de relaxar depois de compromissos sociais. Eu faria isso se achasse que me ajudaria com minha ansiedade. Mas maconha só me deixava mais paranoico em relação à opinião das pessoas sobre mim.

Era melhor evitar.

— Já ouviu esta música? — perguntou Alex, pegando o celular e apertando play. — "Godspeed", do James Blake. Porra! A voz dele é boa pra caralho, cara. Suave feito uísque. Me faz lembrar das nossas músicas antigas, antes de a gente assinar com a gravadora. — Ele se recostou de novo no banco e fechou os olhos. — Sempre que escuto uma música assim, me sinto um vendido. Era esse som que a gente queria fazer, né? Músicas que destroem a alma de um jeito bom. Que fazem você se sentir vivo.

A canção era poderosa de um jeito bem despretensioso, algo típico de James Blake. Ele despertava sentimentos no fundo da minha alma. Alex tinha razão — nosso som costumava ser assim também. Fazia diferença. Quando assinamos com a gravadora, mudaram muito nosso estilo, e isso nos rendeu fama e milhões de fãs, junto com milhões de dólares. Só que, às vezes, ficávamos nos questionando se o preço que pagávamos por tudo isso valia a pena. Quanto dinheiro e fama eram suficientes para comprar sua alma?

Em muitos dias, eu desejava poder voltar para a época em que tocávamos em bares pequenos e para plateias minúsculas.

Nós éramos mais autênticos.

Peguei o celular e abri minha playlist para compartilhar a minha atual favorita de James Blake. Não havia um dia em que eu e Alex não mandássemos músicas um para o outro. Nós as usávamos para expressar como nos sentíamos. Às vezes, estávamos exaustos demais para conversar de verdade, então nos comunicávamos por canções.

Seu dia havia sido ótimo? "It Was a Good Day", de Ice Cube. Estava triste? "This City", de Sam Fischer. Tudo no mundo estava te irritando? "Fuck You", de CeeLo Green. Não importava qual fosse a emoção, havia uma música capaz de expressá-la.

— Já ouviu esta? — perguntei, tocando "Retrograde", de James Blake. Eu soube que ela era importante desde a primeira vez que a ouvira.

Alex abriu os olhos e se inclinou para a frente. Ele franziu a testa e começou a balançar a cabeça lentamente no ritmo das batidas.

— Porra — disse ele, sorrindo enquanto a letra se alastrava por sua mente. Seus olhos ficaram marejados, o baseado se acomodando entre seus lábios, a ponta iluminada com o brilho laranja-avermelhado. — A gente precisa voltar a fazer essas coisas.

Ele esfregou o dedão nos olhos cheios de lágrimas, e eu sorri.

Meu irmão sensível sempre ficava mais emocionado quando estava chapado.

— É sério, Oliver. A gente tem que voltar a…

Suas palavras foram interrompidas quando o carro deu uma freada brusca, nos jogando contra o banco da frente.

— O que foi isso? — perguntei.

— Desculpa, pessoal. Uns babacas passaram correndo feito uns idiotas — disse Ralph antes de pisar no acelerador e voltar a andar.

Quando estávamos nos recostando e começando a relaxar de novo, o mundo se espatifou ao nosso redor, junto com as janelas que explodiram com o impacto de um carro acertando o lado esquerdo do nosso. Não houve tempo para reagir nem entender exatamente o que estava acontecendo. Eu só sabia que tudo doía. O celular voou da minha mão. Meu peito ardia e minha visão embaçou.

O barulho de buzinas nos cercava. O som de pessoas gritando ecoava em meus ouvidos.

Por mais que tentasse, eu não conseguia me mexer. Tudo parecia... de cabeça para baixo? Eu estava de cabeça para baixo? O carro tinha capotado? Alex estava...?

Merda.

Alex?

Olhei para a esquerda, meu pescoço doendo com o leve movimento. Lá estava ele, seus olhos fechados, o rosto coberto de sangue, o corpo completamente imóvel.

— Alex — falei, engasgando, a palavra queimando em minha garganta enquanto lágrimas inundavam meus olhos. — Alex — repeti, uma vez atrás da outra, até minha cabeça começar a doer de um jeito inimaginável.

Eu precisava fechar os olhos.

Eu não queria fechar os olhos.

Eu queria ver como Alex estava.

Eu queria conferir se ele estava bem.

Eu queria...

Merda.

Eu não conseguia respirar. Por que minha garganta estava ardendo? Alex estava bem?

Minha visão começou a escurecer enquanto "Retrograde" ecoava em meus ouvidos.

Morre uma estrela
Por Jessica Peppers

O mundo da música precisou se despedir de outro artista. Alex Smith, guitarrista solo da dupla Alex & Oliver, faleceu aos 27 anos. Após um grave acidente de carro, ele foi levado ao Hospital Memorial, onde foi declarado morto ao chegar.

Fontes afirmam que Alex saiu da festa para acompanhar o irmão. É cedo demais para colocar a responsabilidade em Oliver? Oliver sofreu alguns ferimentos, porém nada muito grave. Ainda assim, após sofrer uma perda tão avassaladora, é impossível prever como isso afetará o artista.

Permaneçam ligados para mais atualizações e lembrem que a W News é a sua primeira fonte de notícias.

NOTÍCIA URGENTE
A maldição do Clube dos 27
Alex Smith falece aos 27 anos
Por Eric Hunter

～

Jimi Hendrix, Janis Joplin, Jim Morrison, Kurt Cobain, Amy Winehouse.

O que todos esses músicos têm em comum — além de serem artistas lendários? Todos deixaram o mundo com precoces 27 anos. Infelizmente, mais um membro se juntou ao clube no auge de sua juventude. Alex Smith foi declarado morto ontem à noite, após um trágico acidente de carro. Há boatos de que Alex estava intoxicado. Entramos em contato com a equipe do músico, mas não recebemos nenhuma declaração até o momento.

A tragédia desperta uma série de perguntas. O que isso significará para Alex & Oliver? Oliver continuará sem o irmão? Como enfrentará uma perda como essa?

Apenas o tempo trará as respostas.

Permaneça de olho em nosso site para todas as atualizações sobre esse trágico acontecimento.

Alex & Oliver abalados por tragédia
Por Aaron Bank

Alex Smith, da dupla Alex & Oliver, foi declarado morto nesta madrugada, após um acidente de carro. Um dos astros mais proeminentes da indústria da música se foi cedo demais.

Com a morte de Alex, perdemos não apenas um músico talentoso, mas também um grande defensor dos direitos humanos. Desde sua voz na comunidade negra até sua atuação como um dos principais apoiadores da igualdade de direitos, Alex Smith ajudou muito este mundo. Sem dúvida, o perdemos cedo demais.

~

Assuntos do Momento no Twitter
#RIPAlexSmith

ShannonE: Aquele momento esquisito em que o irmão Smith errado morre. #RIPAlexSmith

Marombeiro: O Oliver é um escroto. Se não tivesse obrigado o Alex a ir embora mais cedo, ele ainda estaria vivo. O sangue dele está nas mãos do Oliver. RIP o melhor guitarrista que já pisou no planeta. #RIPAlexSmith #VaiSeFoderOliverSmith

BlackJazz4235: Nunca ouvi falar desses babacas do Alex & Oliver. Que nome de banda emo que fica chorando no porão da mãe. #RIPAlexSmith #MúsicaDeMerda

Patricinhaz: Como ainda é 6 de janeiro e já perdi um dos meus ídolos? Que merda de ano novo. Quero recomeçar. #RIPAlexSmith

AlmaSemNome: E é por isso que temos que dizer não às drogas. Viciados de merda. #RIPAlexSmith

~

Destino de Oliver Smith em risco

Por Eric Hunter

Seis meses após a morte de Alex Smith, metade da poderosa dupla Alex & Oliver, Oliver Smith não parece bem. Sua estadia em uma clínica para cuidar da saúde mental foi notoriamente turbulenta devido aos paparazzi e a funcionários gananciosos que revelaram os tratamentos de Oliver para a imprensa, obrigando-o a abandonar a instituição antes de receber a ajuda de que provavelmente precisa. Desde então, ele se isolou do mundo, permanecendo em casa por boa parte do tempo. Fontes dizem que ele está a ponto de sofrer um colapso nervoso.

Muitos fãs torcem para ver Oliver se recuperar da trágica perda, porém, conforme o tempo passa, tudo indica que teremos de conter nossas expectativas.

Aparentemente, Oliver está aposentando sua guitarra para sempre. Mas sejamos sinceros. Quem quer ver Oliver sem Alex?

1

Oliver
Presente

Acordei ao lado de uma mulher que eu amava, mas de quem já não gostava muito. Nem sempre fora assim. Houve uma época em que Cam Jones me fascinava. Nós inspirávamos um ao outro. Tínhamos conversas profundas, cheias de significado. Eu a idolatrava. Até achava que, um dia, ela seria minha esposa. Só que, com o tempo, ela foi se tornando uma desconhecida para mim.

Dias após a morte de Alex, começaram a circular boatos de que Cam estava me traindo, embora ela jurasse que nada daquilo era verdade. Era exatamente por isso que eu não queria tornar nosso namoro público: os abutres da imprensa fincavam as garras em sua vida, não largavam até destruí-la.

Depois que ela me disse que tudo aquilo era mentira, parei de me preocupar com isso. O trabalho dos paparazzi era espalhar mentiras. Além disso, minha cabeça estava sobrecarregada. Minha alma era incapaz de cogitar a hipótese de me distanciar de Cam, porque eu precisava dela. Ela estava lá na maioria das noites, deitada ao meu lado, e talvez eu fosse um fracote por precisar disso, mas detestava a ideia de ficar sozinho.

Meus pensamentos eram pesados demais para que eu ficasse sozinho.

Cam bocejou ao meu lado e esticou os braços, batendo sem querer no meu rosto. Grunhi com o golpe e virei as costas para seus dedos gelados. Era incrível como ela conseguia estar tão fria, mesmo enrolada em várias cobertas.

Quando me afastei para a beirada da cama, Cam puxou o edredom para o outro lado, arrancando-o de mim e se enrolando nele. Resmunguei um pouco e me sentei na beira da minha cama king, massageando as têmporas. Eu me inclinei para a frente para me levantar, então o mundo começou a girar cada vez mais rápido por trás dos meus olhos.

Café.

Eu precisava de café e de mais uns quinze anos de sono. Não conseguia me lembrar da última vez que havia dormido bem, tirando os dias nos quais desmaiava. Eu não conseguia dormir sóbrio; meus pensamentos gritavam muito alto.

— Hora de acordar, princesa — cantarolou uma voz, me fazendo inclinar a cabeça na direção da porta do quarto.

Abri ligeiramente meu olho esquerdo enquanto o vulto diante de mim entrava em foco devagar.

Tyler estava parado diante de mim, segurando uma xícara de café e um frasco de ibuprofeno. Graças a Deus por ele e sua capacidade de saber do que eu precisava antes mesmo de eu falar. Ele era um cara baixinho e careca, com trinta e muitos anos e corpo de super-herói. Seu sotaque forte do Bronx não o abandonara depois de ele ter trocado Nova York pela Costa Oeste.

Ele só usava roupas das grifes mais renomadas e estragava o look com os piores óculos escuros. Sinceramente, suas armações pareciam saídas direto dos anos 1970. Eu tinha quase certeza de ter visto aqueles óculos nos episódios antigos de *Welcome Back, Kotter* a que eu assistia com meu pai. Se Tyler fosse um cachorro, seria uma mistura de chihuahua com pitbull. Forte para cacete e cheio de marra, mas com um visual meio ridículo. Mas, de algum jeito, aquilo caía bem para ele.

Resmunguei e continuei massageando a testa.

Cam se mexeu sob os lençóis e bocejou alto enquanto se sentava e esfregava o rosto com as duas mãos.

— Esse café aí é para mim? — perguntou ela, se virando na direção de Tyler.

— Nunca — bufou ele, pegando o sutiã dela e jogando-o em sua direção.

— Que bom ver você também, Tyler.

— Vai à merda, Satanás — respondeu, sem ver graça nenhuma no que ele achava ser um erro recorrente meu.

Não era segredo que os dois se odiavam. Antes mesmo dos boatos sobre traição, Tyler a tratava com desdém. Ele e Alex tinham a mesma opinião: ela estava me usando para impulsionar sua fama.

Eu não conseguia acreditar nisso. Em algum lugar bem lá no fundo estava a alma gentil que eu havia conhecido fazia tantos anos. Pelo menos essa era a mentira que eu repetia para mim mesmo todos os dias.

— Vou pegar meu café. Preciso ir mesmo. Tenho que achar uma instituição de caridade para fazer uma doação e aparecer bem na mídia — comentou Cam.

— Não se faz caridade para aparecer na mídia — murmurei.

Ela revirou os olhos.

— É só por isso que se faz caridade. Não existe outro motivo.

Cam deslizou pela cama até pressionar seu peito exposto contra minhas costas. Sua pele marrom fria se chocando contra a escuridão da minha, e, por um segundo, fingimos que nossos corpos se conectavam, apesar de nós dois sabermos que estávamos forçando duas peças diferentes a se encaixarem.

— Você conversou com a sua equipe sobre a minha participação no show hoje? — perguntou ela, me lembrando de que eu me apresentaria naquela noite.

— Eu sou a equipe dele, e a resposta é de jeito nenhum — rebateu Tyler.

Cam bufou, irritada.

— Quando você vai demitir esse cara?

— Nunca — respondi.

— Ouviu, só? Nunca. Só estou esperando o dia em que ele vai demitir você — disse Tyler.

Ela meio que rosnou para ele, e ele fez o mesmo para ela.

Ela aproximou os lábios da minha orelha, e os pelos do meu corpo ficaram levemente arrepiados pelo simples toque. Eu tinha quase certeza de que os olhos dela estavam grudados em Tyler, como se ela tentasse provar alguma coisa. Que era ela quem tinha controle sobre mim, não ele.

— Ontem foi divertido — comentou Cam, sua voz sensual e rouca. Divertido? Mesmo? Eu tinha bebido demais para conseguir me lembrar de verdade. O cabelo dela balançou de um lado para o outro, roçando minha nuca. — Tenho algumas reuniões hoje. A gente se vê à noite.

Não falei nada. De qualquer forma, ela não esperava que eu respondesse. Eu e Cam não conversávamos. Bom, ela falava, eu ficava quieto, e era melhor assim para ela. Tudo que ela queria era ter alguém que escutasse sua ladainha. Ela precisava de uma pessoa que a ouvisse, já eu precisava de alguém que ficasse comigo. À noite, ela se deitava ao meu lado, e, por alguns instantes, o mundo que desmoronava ao meu redor parecia parar, e eu me sentia um pouco menos sozinho.

É muito louco como a solidão levava as pessoas a lugares onde elas provavelmente não se encaixam mais.

Cam colocou o vestido com uma expressão presunçosa e me lançou um olhar controlador.

— Até mais, Ty — disse ela, pegando o café da mão dele e saindo do quarto rebolando.

Tyler parecia enojado ao vê-la indo embora.

— Este é seu lembrete diário de que você não precisa dividir a cama com o diabo — comentou ele. — Enfim, anda logo. A gente precisa ir. Você já devia estar pronto.

Ele foi até as portas do meu closet e as escancarou, revelando um espaço imenso, com mais roupas de grife do que qualquer pessoa deveria ter. Havia uma ilha enorme no meio, como a de uma cozinha, cheia de gavetas com relógios caros, meias de marca e joias que valiam mais do que a casa da maioria das pessoas.

— Andei pensando e acho que talvez a gente devesse adiar o show.

— Você está brincando, né? — perguntou ele, saindo do meu closet com uma roupa para mim. — Foi você quem aceitou se apresentar hoje.

Era verdade. O show tinha sido sugestão minha. Depois de não aguentar mais ler matérias dizendo que eu estava arrasado e completamente destruído, me senti na obrigação de mostrar que estava bem — apesar de não estar. Minha carreira não era apenas minha — eu tinha uma equipe inteira que dependia da minha capacidade de continuar produzindo músicas. Meu empresário, meus relações-públicas, Kelly e Ralph, que felizmente tinha sobrevivido ao acidente, ficando apenas com ferimentos superficiais. O sustento dessas pessoas dependia de mim. A gravadora havia me oferecido a opção de me tornar um artista solo, e essa era a oportunidade de garantir que todos na minha equipe mantivessem o emprego.

Mesmo assim... eu não sabia como ser um artista solo.

Cacete, eu não sabia nem existir sem meu irmão.

— É uma boa oportunidade, Oliver — disse Tyler, como se conseguisse ler meus pensamentos conflituosos. — Sei que não vai ser fácil, e, se eu pudesse subir no palco no seu lugar, subiria. Mas o máximo que posso fazer é ficar no backstage, te dando apoio com a Kelly. Aliás, ela foi comprar o seu café da manhã. Então vai tomar banho e tirar o filho do Chucky do seu corpo.

Segui para o banheiro da suíte, que tinha três duchas no mesmo boxe — um problema de gente rica —, e fiz o que Tyler mandou. Eu queria continuar argumentando mais que minha apresentação naquela noite não teria a menor importância, porque aquilo sinceramente me parecia inútil. Eu era parte de uma dupla, e, desde a morte de Alex, estava claro para mim que Alex & Oliver havia acabado.

Como muitas matérias questionavam, quem iria querer assistir a Oliver sem Alex?

Parado sob a ducha, torci para que a água levasse embora minha dor de cabeça lancinante, mas isso não aconteceu. Desejei que ela levasse embora meus pensamentos inquietantes, mas isso também não aconteceu. Eu não tinha essa sorte. Fazia tempo que não conseguia encontrar uma forma de acalmar minha mente sem o álcool.

Quando saí do banho, não me olhei no espelho. A maioria dos espelhos da minha casa estava coberta por lençóis. Fazia tempo que eu não via meu reflexo, porque Alex me encarava em todos eles.

2

Emery

O que tem para o café da manhã?

Revirei os armários em busca de alguma coisa — *qualquer coisa* — para preparar para Reese. Nós tínhamos usado os últimos ovos e linguiças no jantar de ontem, e, de sobremesa, raspamos o pote de manteiga de amendoim com uma espátula enquanto líamos os livros que eu tinha pegado emprestado na biblioteca.

Pensa, pensa, pensa, Emery.

Peguei um pacote de pão de forma e um pote quase vazio de geleia e os coloquei na bancada.

Havia uma fatia de pão dentro do saco, junto com as duas fatias da ponta, que Reese se recusava a comer, por mais geleia que eu passasse.

— Isso não é pão de verdade, mãe — argumentava ela toda vez. — São as bundinhas. É a comida dos passarinhos do lago.

Embora ela tivesse razão, não havia muita opção naquela manhã. Eu só tinha doze dólares e quarenta e cinco centavos na minha conta bancária, e o salário só cairia amanhã. Metade do dinheiro iria para o aluguel, e a outra metade, para refeições econômicas. Nós estávamos um pouco apertadas no momento, já que eu tinha sido demitida do trabalho de cozinheira no hotel.

Desde então, eu trabalhava no turno da noite em um pé-sujo chamado Seven, que de vez em quando enchia. Eu nem precisava dizer que o bar não pagava bem... e eu ainda estava esperando notícias sobre o seguro-desemprego que receberia após ter sido demitida.

Peguei uma faca e raspei o máximo possível da casca da "bundinha", para deixá-la mais parecida com uma fatia normal. Então a cobri com geleia de uva.

— Reese, vem tomar o café! — chamei.

Ela saiu apressada do quarto e veio correndo até a cozinha. Ao sentar-se na cadeira, franziu o nariz e resmungou.

— É a pontinha do pão, mamãe! — reclamou ela, nem um pouco impressionada com minha refeição gourmet.

— Sinto muito, meu bem. — Eu me aproximei e baguncei seu cabelo ondulado castanho. — As coisas estão um pouco apertadas nesta semana.

— As coisas sempre estão apertadas — grunhiu ela, dando uma mordida no sanduíche antes de jogar o restante no prato. — Mamãe?

— Sim, querida?

— Nós somos pobres?

A pergunta ecoou pelos meus ouvidos e depois me atingiu como um soco no estômago.

— O quê? Não, claro que não — respondi, um pouco chocada com suas palavras. — Por que você está perguntando isso?

— É que a Mia Thomas, da colônia de férias, disse que só gente pobre faz compras em brechó, e é lá que a gente compra a maioria das nossas roupas. Além do mais, o Randy sempre toma o café da manhã no McDonald's, e você nunca deixa eu tomar o café da manhã no McDonald's. *E, além do mais, além do mais!* — exclamou ela em um tom empolgado, como se estivesse prestes a anunciar a maior prova do nosso nível de pobreza. — Você me deu a bundinha do pão!

Sorri para ela, mas meu coração se partiu. Era algo que meu coração não se cansava de fazer nos últimos cinco anos, desde que Reese havia chegado ao mundo. Ele se partia porque todos os dias eu sentia que a decepcionava. Eu sentia que não era suficiente, que não estava lhe dando a vida que ela merecia. Ser mãe solo era a coisa mais difícil que eu já tinha feito, mas não havia opção. Não tinha possibilidade nenhuma de contar com o pai dela, então, acabei aprendendo a me virar sozinha.

Apesar de eu me esforçar para dar conta de tudo, ultimamente parecia que as dificuldades estavam se acumulando mais rápido. Todo dia, eu sentia que poderia ser soterrada a qualquer instante.

Era péssimo termos que viver com um orçamento tão apertado, mas o bar onde eu trabalhava não era muito movimentado, o que significava menos gorjetas. Além disso, todas as entrevistas de emprego que eu conseguia não rendiam nada. O aluguel também estava atrasado, e eu ainda não tinha falado com a Reese que não conseguiria pagar a próxima mensalidade da colônia de férias; portanto, não haveria mais colônia de férias naquele verão. Ela ficaria arrasada, e eu também, por partir seu coração. Eu me perguntava se as crianças entendiam que, quando os pais as decepcionavam, eles na verdade ficavam piores que elas.

Eu não sabia quando as coisas iam melhorar para nós.

Fiquei observando minha menina, tão parecida comigo. Com certeza ela havia herdado alguns traços do pai, mas eu me sentia muito grata por não os ver. Eu enxergava apenas uma garotinha linda que era perfeita em todos os sentidos.

E o sorriso dela?

O sorriso era parecido com o meu. Mais parecido com o da minha mãe, com a covinha profunda na bochecha esquerda.

Muito obrigada, Deus, por esse sorriso.

Eu amava tanto aquele rosto. Era quase impossível me lembrar da época em que ela ainda não existia na minha vida.

Todos os dias, era como se meu coração se partisse por eu me sentir um fracasso. Mas, sempre que via o sorriso de Reese, as rachaduras começavam a se curar. Ela era meu anjo, minha razão para existir, e meu coração era remendado por seu amor.

Eu me aproximei dela e baguncei ainda mais seu cabelo castanho despenteado. Suas mechas com cachos largos estavam precisando de uma hidratação profunda, junto com uma texturização com tranças twist, mas minha maior preocupação no momento era o jantar daquela noite e como ele se materializaria. Mas era uma preocupação só minha, uma batalha mental secreta que eu não podia deixar chegar a Reese.

— Você não devia dar ouvidos a tudo o que as pessoas na colônia de férias dizem, Reese.

— Até o que a tia Monica, a tia Rachel e a tia Kate falam? — exclamou ela, empolgada por estar prestes a receber permissão para ignorar as monitoras da colônia.

— As pessoas *que não forem* as monitoras.

— Então — disse ela, arqueando uma sobrancelha e pegando o sanduíche — não somos pobres?

— Bom, vamos ver. Você tem uma cama onde dormir?

Ela concordou lentamente com a cabeça.

— Tenho.

— E uma casa onde morar?

— Aham.

— Um carro para andarmos por aí?

— Sim...

— E, mesmo que seja a bundinha do pão, você sempre tem o que comer?

— Tenho.

— E você tem uma mãe que te ama?

Ela abriu aquele sorrisinho tímido.

— Tenho.

— Então é impossível sermos pobres. Nós temos roupas, um teto para nos proteger, um carro para nos deslocarmos e o amor uma da outra. Ninguém é pobre quando tem amor — falei, e eu acreditava de verdade nisso.

Quando Reese entrou na minha vida, aprendi que a riqueza verdadeira estava diretamente ligada ao amor dela.

E, com o amor dela, eu era rica. Com o amor dela, eu jamais perderia a esperança no amanhã.

Reese baixou as sobrancelhas e me lançou um olhar sério.

— Então você está dizendo que a Mia e o Randy só falam abobrinhas?

— Aham, um montão de abobrinhas.

— Hum, eu adoro abobrinha frita — disse ela, mordendo o sanduíche. — Podemos comer isso no jantar?

— Talvez, querida. Vamos ver.

Alguém bateu à porta, então eu me levantei e fui atender. Quando abri, me deparei com um rosto sorridente familiar.

— Bom dia, Abigail.

Sorri para minha vizinha. Abigail Preston morava no apartamento na frente do nosso desde que eu e Reese tínhamos nos mudado para cá, fazia mais de cinco anos. Ela tinha sessenta e poucos anos, morava sozinha e era um anjo para nós duas. Nos dias em que eu precisava trabalhar à noite, ela tomava conta da Reese para mim. E nunca aceitava nada em troca. Quando eu tentava pagar pela ajuda, ela me dizia que as pessoas não deveriam ser gentis para conseguir algo em troca.

"Devemos fazer o bem só para fazer o bem, Emery. É assim que o mundo continua girando, porque existem pessoas boas fazendo coisas boas sem segundas intenções."

Abigail era uma boa pessoa — uma ótima pessoa, aliás.

Além de gentil, ela também era psicóloga aposentada, e me ajudou muito cinco anos antes, quando eu havia acabado de me tornar mãe. Abigail estava sempre disposta a conversar comigo sobre minha ansiedade, sobre meus medos, sem nunca me cobrar.

Uma vez, perguntei por que ela continuava morando em nosso prédio quando era nítido que sua condição financeira permitiria que ela vivesse em um lugar melhor. O motivo que ela me deu foi mais do que o suficiente para arrancar um sorriso do meu coração. Aquele apartamento era o primeiro lugar em que ela havia morado com seu finado marido. Quando ele morreu, Abigail começou a procurar um novo lugar para morar e, ao descobrir que sua primeira casa estava disponível, soube que precisava voltar para lá.

Ela dizia que não era apenas um apartamento, mas a história da sua vida, e seu caminho jamais teria cruzado com o meu e de Reese se não fosse por isso.

Ainda bem que a história de vida de algumas pessoas às vezes se mistura com a de outras.

— Olá, querida. — Ela abriu seu sorriso mais doce. Estava vestida de amarelo da cabeça aos pés. O cabelo grisalho tinha sido preso em um rabo de cavalo, e seus óculos estavam pendurados em uma corrente ao redor do pescoço. Ela também segurava uma caixa. — Achei que vocês fossem gostar dos donuts extras que comprei para o jantar ontem à noite. Fiquei com desejo, mas não consegui comer uma dúzia inteira sozinha, então pensei em trazer o que sobrou para vocês duas.

Ela abriu a caixa para me mostrar as guloseimas açucaradas.

As visitas dela sempre aconteciam na hora certa, mesmo sem que ela soubesse.

— Donuts! — berrou Reese, correndo até a porta e tirando a caixa milagrosa das mãos de Abigail.

Eu sabia que a maioria das pessoas não encararia uma caixa de donuts como um milagre, mas, quando sua geladeira estava vazia e seu salário ainda demoraria um tempo para cair, uma caixa de donuts era um presente dos céus.

Reese correu para o sofá da sala para começar seu banquete, e eu gritei:

— Como se fala, Reese?

— Obrigada, Abigail! — berrou ela, a boca já cheia de açúcar.

— Um só, Reese. Estou falando sério.

Aqueles donuts seriam o suficiente para nos alimentar até meu dinheiro cair amanhã à noite.

Eu me virei de novo para Abigail e estreitei os olhos.

— Para alguém que teve um desejo de comer donuts ontem à noite, é estranho ainda ter uma dúzia inteira dentro da caixa.

Ela abriu um sorriso astucioso.

— Devem ter me dado um a mais.

Aham, sei...

Apenas uma mulher boa, fazendo coisas boas.

Alternei o peso entre os pés e cruzei os braços.

— Obrigada pelos doces. Você nem imagina o quanto precisávamos deles hoje.

Ela franziu ligeiramente a testa.

— Acho que tenho uma vaga ideia. — Ela me deu o papel que havia escondido às costas. — Isto acabou indo parar na minha caixa de correio, em vez de ir para a sua.

Peguei o papel dobrado e li o aviso.

O aluguel estava atrasado.

De novo.

Eu acabei atrasando o pagamento dos últimos dois meses, por ter perdido o emprego e por causa de alguns problemas de saúde de Reese, e era uma sorte o administrador do prédio, Ed, ter tido a bondade de não criar caso. Porém a mensagem da carta deixava claro que eu já estava abusando da sua gentileza. E dava para entender. Aquele era o trabalho dele, e o fato de ter permitido que eu atrasasse dois meses sem nos despejar era surpreendente.

Eu já tinha visto Ed despejar pessoas por terem atrasado algumas semanas de aluguel. Ele era implacável, não dava uma segunda chance. Eu e Reese éramos a exceção. Eu estava totalmente ciente de que havia questões jurídicas complexas em jogo e sabia que aquela situação não duraria para sempre. Além do mais, nada era pior do que saber que você devia algo a alguém. Eu não queria acumular dívidas, por mim e por Reese. Por ora, eu me sentia agradecida pela generosidade de Ed. Ele tinha um fraco por Reese e sempre me dizia que eu fazia com que ele se lembrasse de sua mãe. Ela também o criara sozinha, então talvez ele se identificasse com minha filha.

Mas ele não teria pena de nós para sempre, e eu precisava encontrar uma forma de conseguir quase dois mil dólares para pagá-lo em dois dias. Eu só teria o dinheiro na sexta, e, mesmo assim, o aluguel consumiria quase todo o meu salário das próximas duas semanas, não sobraria quase nada para gasolina e comida.

Respirei fundo e tentei não desmoronar. Eu sentia que lutava uma batalha sem fim. Quando uma coisa melhorava, outra começava a dar errado.

— Se você precisar de dinheiro, Emery... — começou Abigail, mas balancei a cabeça no mesmo instante.

Eu já tinha aceitado um empréstimo dela no passado e não podia fazer isso de novo. Não dava para ficar contando com a ajuda dos outros para dar um jeito na minha vida. Eu precisava resolver meus problemas sozinha. Só queria ter uma ideia de como fazer isso.

— Está tudo bem, de verdade. As coisas vão se acertar. Elas sempre se acertam.

— Você tem razão, vai dar tudo certo. Mas, se por acaso precisar de uma mãozinha, estou aqui.

Isso bastou para que meu coração se partisse e se curasse ao mesmo tempo. As lágrimas que eu segurava diariamente começaram a escorrer pelas minhas bochechas, e virei meu rosto para me esconder de Abigail. Eu tinha vergonha de mim mesma, me sentia humilhada por nossas dificuldades.

Mas Abigail não deixou que eu fizesse isso. Ela secou minhas lágrimas, balançando a cabeça. Então disse sete palavras muito simples, porém repletas de significado:

— Você não é fraca; você é forte.

Você não é fraca; você é forte.

Como? Como ela sabia o que eu precisava escutar?

— Obrigada, Abigail. De verdade. Você é um anjo.

— Não sou anjo, sou só uma amiga. E isso me lembra que combinei de me encontrar com uma amiga para tomar café. Aproveitem o dia!

Ela se virou e foi embora como a fada-madrinha que sempre foi para mim.

Fui rápido até Reese e tirei a caixa de donuts das mãos dela. Havia dois e meio a menos lá dentro, e, para ser sincera, eu estava surpresa por não ter sido mais.

— Desculpa, mãe. Não consegui me controlar. Estão *tããão* gostosos! Você devia comer um.

Eu sorri e quase senti os efeitos do açúcar só pelo cheiro delicioso. Mas me contive, porque, se eu não comesse, teria mais para ela à noite.

Eu tinha aprendido rápido que a maternidade significava se privar das coisas para poder oferecer mais ao seu filho.

— Não estou com fome, meu amor. Agora, vai se limpar. Senão a gente vai se atrasar para a colônia de férias.

Ela pulou do sofá e foi correndo para o banheiro.

Enquanto ela estava lá, reli o aviso de cobrança do aluguel que eu segurava, e minha cabeça começou a girar, tentando entender o que poderíamos deixar de pagar para cobrir a dívida.

Não pense demais, Emery. Vai dar tudo certo. Sempre deu e sempre dará.

Essa era uma crença enraizada no fundo do meu ser, porque eu era uma mulher que amava estatísticas, e elas estavam do meu lado. Quando eu pensava nos momentos mais difíceis da minha vida, quando parecia que tudo daria errado, o exato oposto acabava acontecendo — eu havia sobrevivido.

Nossa situação atual não chegava nem perto das épocas mais complicadas, então eu não ia desanimar; eu seguiria em frente. Eu não estava em uma caverna escura — só estava vivendo um dia nublado.

Em algum momento, as nuvens se dissipariam e o sol voltaria a brilhar. As estatísticas não mentiam — pelo menos essa era a minha esperança.

Além do mais, era reconfortante saber que o sol nunca ia embora de verdade; ele apenas ficava um tempo escondido. Enquanto as nuvens carregadas não passavam, eu me voltava para a música. Algumas pessoas faziam ioga ou iam à academia para desanuviar os pensamentos. Outras caminhavam ou escreviam em diários. Já eu? O meu segredo para respirar eram músicas e letras. A música sempre me afetou de um jeito diferente de tudo. As letras me lembravam que meus sentimentos eram válidos, que eu não estava sozinha com meus medos. Em algum lugar por aí, outra pessoa estaria enfrentando as mesmas dificuldades.

Eu não seria capaz de explicar como esse pensamento me reconfortava — só de saber que a tristeza não era reservada só a mim já era alguma coisa. Ou que a felicidade não era só minha. Em algum lugar no mundo, havia um lindo desconhecido escutando a mesma música que eu, se sentindo feliz e triste ao mesmo tempo.

Quando saímos de casa, encontrei um saco de papel sobre o capacho. Lá dentro, havia ingredientes diversos, com um bilhete em cima. "Achei que vocês poderiam brincar de *Chopped* esta semana, chef." Um bilhete que obviamente havia sido escrito por Abigail. Não era a primeira vez que eu recebia uma sacola com alimentos aleatórios da minha vizinha. Eu e Reese frequentemente assistíamos a *Chopped* com Abigail. A ideia era pegar ingredientes que não pareciam combinar entre si e criar uma refeição.

Abigail sabia que meu sonho era ser chef de cozinha, e aqueles pacotes de comida que ela deixava para nós não apenas nos nutriam fisicamente, mas também eram um alimento para a minha alma. Olhei o que tinha dentro e vi uma baguete, um pequeno tender caramelizado com mel, quatro batatas-doces e manteiga de amendoim.

E havia mais um bilhete com um conselho terapêutico da nossa vizinha:

Pedir ajuda não significa fracassar.

Isso bastou para que o sol surgisse por entre as nuvens.

— Reese! Vamos embora! — berrei, olhando a hora.

Fui depressa até a geladeira e guardei o presunto. Não havia tempo para chorar de gratidão. Minha única missão era fazer Reese chegar à colônia de férias antes das nove da manhã.

Todos os dias, no caminho para deixar Reese, eu ouvia os dois álbuns de Alex & Oliver. Mas só os dois primeiros, porque, para mim, eram os melhores. Havia autenticidade no dom deles antes de Hollywood cravar suas garras gananciosas na dupla. As letras de Alex e Oliver Smith eram geniais, apesar de sua gravadora não os deixar exibir seu verdadeiro dom. Os dois tinham sido forçados a se encaixar no molde que todos os astros seguiam. A maioria dos fãs adorava as músicas novas; de fato, havia um mercado imenso para músicas que seguiam o padrão. Se não houvesse, ninguém as produziria.

Mas nós, os fanáticos originais? Nós notamos a mudança. Eu não me surpreenderia se Oliver virasse apresentador de competição musical em um futuro próximo.

Eu não era a maior fã das músicas novas, mas tinha uma conexão pessoal com os dois primeiros álbuns. Eles pareciam contar os primeiros capítulos da minha vida.

Linhas cruzadas, de Alex & Oliver, era a trilha sonora da minha juventude e tinha uma importância imensa para mim. Era triste pensar que, depois dos acontecimentos trágicos de meses atrás, não ouviríamos mais músicas verdadeiras, autênticas, da dupla. Eu estava torcendo para Oliver voltar às suas origens, mas, pelas manchetes, parecia que ele estava indo de mal a pior depois da tragédia pela qual havia passado, sem demonstrar qualquer ímpeto de voltar à vida.

A última notícia que eu tinha lido dizia que fazia seis meses que ele não saía de casa, que estava completamente isolado do mundo.

Dava para entender.

Eu também teria entrado em parafuso.

Enquanto Alex & Oliver tocava no carro, Reese cantava junto com as músicas que ainda não entendia. Letras sobre primeiros amores, esperanças, demônios. Letras sobre batalhas e triunfos. Letras sobre verdades.

Eu também cantava junto e, como todas as outras mulheres do mundo, fingia que Oliver havia escrito as letras apenas para mim.

3

Emery

Depois de passar o dia procurando emprego, busquei Reese na colônia de férias, jantei com ela e então a deixei com Abigail antes de ir para meu turno no Seven. O bar era minúsculo. Dava para passar em frente à entrada sem nem ao menos se dar conta de que havia algo ali. Mesmo assim, as pessoas ainda apareciam.

Eu já havia falado para o dono, Joey, que ele devia investir mais em placas e no letreiro externo, mas ele sempre bufava e dizia que o negócio estava indo bem — e estava mesmo. Mas poderia ir muito melhor.

O bar não estava muito cheio naquela noite. Um cara estava sentado em um dos bancos da cabine do canto, nos fundos, ele usava um boné e uma jaqueta de couro. Suas mãos envolviam um copo, e seus ombros estavam curvados para a frente. No balcão, havia um casal jovem que certamente tinha pouco mais que vinte e dois anos e era óbvio que estavam em um primeiro ou segundo encontro. A conversa tímida e as tentativas de toques me deixavam na dúvida se haveria mais um.

E tinha outro cara sentado à ponta do balcão — o bom e velho Rob, nosso cliente assíduo.

Para mim, parecia que Rob estava aboletado no mesmo banco desde que o Seven havia sido inaugurado. Ele sempre tomava seu café, que trazia de casa, com algumas doses de uísque que servíamos para ele Fazia as palavras-cruzadas do jornal ou lia as notícias, mas não era de falar muito.

Eu gostava disso em Rob — ele era discreto e nunca se metia na vida dos outros.

— A galera está animada hoje — comentou Joey comigo, quando me juntei a ele atrás do balcão. O turno dele estava quase no fim, e ele assentiu com a cabeça para mim. — Você vai conseguir dar conta deste pandemônio sozinha?

Eu ri.

— Vou tentar.

Terça-feira costumava ser o dia mais vazio, e, apesar de eu quase não ganhar gorjetas, era melhor do que nada. Em média, umas vinte a trinta pessoas entravam e saíam, o que significava pelo menos cinquenta dólares extras se fosse uma terça boa.

— Só para você ficar sabendo, vai rolar um show grande no estádio. Então é capaz de aparecer um pessoal mais animado aqui depois que acabar.

— Um show? De quem? — perguntei.

Normalmente, eu tentava me manter informada sobre as datas de shows importantes, porque isso significava noites mais agitadas no bar, mas não tinha lido nada nos últimos dias sobre show nenhum.

Joey deu de ombros.

— Sei lá, Oliver e Adam ou Adam e Oliver. Alguma coisa assim.

— Alex e Oliver? — arfei, chocada.

— É, isso aí. Sem um dos irmãos, acho. Ouvi no rádio. Um deles morreu no começo do ano. Triste.

Eu não estava acreditando. Alex & Oliver eram nossos músicos favoritos. Suas canções foram a trilha sonora da minha juventude. Sem querer parecer uma *daquelas* fãs — mas eu e minha irmã caçula, Sammie, adorávamos Alex & Oliver antes de eles ficarem famosos. Até Reese sabia a letra de todas as músicas. Quando Alex morreu, passei uns três dias seguidos chorando, escutando seus álbuns sem parar.

Após três dias de lágrimas, começou a parecer meio esquisito ficar tão abalada por causa de um estranho, mas parte de mim sentia que o conhecia por meio de suas músicas.

Como haveria um show naquela noite? Como Oliver se apresentaria sem o irmão ao seu lado?

Joey não parecia nada interessado no fato de que aquela noite seria um evento tão monumental para Oliver Smith.

— Beleza, então, já vou. Boa noite.

— Boa noite para você também, Joey.

Quando ele foi embora, limpei o balcão e fiquei imaginando os sons mágicos que estariam agraciando os ouvidos das pessoas enquanto eu ouvia o mesmo CD que Joey sempre deixava tocando. A única forma de escutar outras músicas seria se alguém colocasse dinheiro no jukebox, e parecia que só universitários bêbados gostavam de esbanjar notas de um dólar como se fossem de cem.

Fiquei me perguntando com que música Oliver abriria o show.

Fiquei me perguntando com que música ele encerraria.

Fiquei imaginando como seria assustador para ele subir ao palco após o acidente de meses atrás. Se tivesse acontecido comigo, eu ficaria tão traumatizada e arrasada que provavelmente nunca mais me apresentaria.

Mas a voz de Oliver... ela merecia ser escutada. Em todas as duplas, os fãs tinham seu favorito. Sammie adorava Alex, mas eu? Eu era louca por Oliver. Quase todo mundo achava que ele era o gêmeo menos interessante, mas, para mim, isso estava longe de ser verdade. Sim, Alex era o coração da dupla, mas Oliver era a alma. Sua voz era carregada de emoção, e isso não era fácil de encontrar. Seu talento era meio que surreal.

Eu deveria estar lá para ouvi-lo, para vê-lo externar suas emoções. Eu devia estar cantando as letras junto com ele e todos os outros fãs.

— Mais um — murmurou o homem de boné nos fundos, erguendo um dedo no ar e o acenando por um tempo antes de abaixá-lo. Ele nem olhou na minha direção, e eu nem sabia qual era seu pedido. Devo ter demorado um pouco para o atender, porque ele ergueu a mão de novo e gritou: — Mais um!

Por um instante, pensei que talvez fosse o DJ Khaled sentado na cabine, porque ele tem uma música que diz exatamente isso, "Another One". Ele logo começaria a gritar "Somos os melhores" e falar para todo mundo que era o pai de Asahd.

Normalmente, eu teria ignorado o pedido e esperado o homem vir até o balcão como qualquer cliente normal para pegar outra bebida, mas a noite estava tranquila e qualquer coisa que me ocupasse e ajudasse o tempo a passar valeria a pena.

Fui até ele, que manteve a cabeça baixa.

— Olá. Desculpa. Acabei de começar meu turno e não sei o que você está bebendo.

Ele não inclinou a cabeça para me encarar, só empurrou o copo vazio na minha direção.

— Mais um.

Beleza, Khaled, mais um do quê?

— Desculpa... — comecei de novo, mas ele me interrompeu.

— Uísque — sibilou ele, com a voz baixa e rouca. — E nada daqueles vagabundos.

Peguei seu copo, fui até o balcão e servi uma dose do nosso **melhor** uísque — que não era grande coisa. Com certeza não era algo que faria o DJ Khaled berrar "Mais um!", mas era o melhor que eu podia fazer.

Voltei até ele e coloquei o copo na mesa.

— Prontinho.

Ele resmungou alguma coisa, e eu tinha noventa por cento de certeza de que não tinha sido "obrigado". Então ele ergueu o copo e tomou o uísque todo em uma golada só. Depois ergueu o copo para mim, e senti um embrulho no estômago com sua grosseria

— Mais um — murmurou.

— Sinto muito, mas acho que já bebeu o suficiente.

— Pode deixar que eu aviso quando for suficiente. Melhor deixar a porra da garrafa aqui já que é incompetente demais para fazer o seu trabalho e servir a bebida.

Nossa.

Era exatamente disso que o meu dia precisava: um bêbado escroto.

— Sinto muito, mas é melhor você...

Então, grupos de pessoas entraram no bar, agitadas e fazendo barulho. Era um pessoal jovem, provavelmente com menos de trinta anos, usando roupas que pareciam saídas do Coachella. Em uma questão de segundos, havia pelo menos vinte e cinco pessoas ali dentro.

As conversas foram ficando cada vez mais exaltadas, e era perceptível que todos estavam irritados. Olhei pela janela, e as ruas pareciam apinhadas de gente — algo que só acontecia após o fim de um show ou jogo, mas ainda eram oito e meia. A clientela do fim da noite ainda não devia ter aparecido.

— Não acredito. Eu paguei mais de quatrocentas pratas pelos ingressos! — gritou um.

— Que babaca! Não acredito que ele não apareceu — reclamou outro. — Acho bom devolverem nosso dinheiro.

— Esse Oliver Smith é um merda. Não acredito que você me convenceu a cogitar ir nesse show de bosta.

Ao ouvir o nome "Oliver Smith", o homem ergueu a cabeça, e vi **aqueles** olhos. Aqueles olhos cor de mel que já tinham sido minha obsessão. Seus olhos se arregalaram e ganharam um ar assustado quando ele ouviu seu nome ser mencionado. Então ele curvou ainda mais os ombros, puxou o boné para baixo, cobrindo ainda mais o rosto, e passou o dedo pelo nariz.

Eu estava paralisada.

Mais pessoas entraram no bar, e, mesmo assim, meus pés pareciam grudados no chão.

— Não fica me encarando — disse ele em um sussurro sibilado, sua voz se tornando ainda mais identificável.

Aquele som grave e rouco era algo que eu ouvia o tempo todo em seus álbuns. Oliver Smith estava bêbado no bar onde eu trabalhava, e uma multidão de fãs irritados o cercava sem nem desconfiar da identidade dele.

— Me... me desculpa. Eu... É que...

Eu estava gaguejando feito uma doida. Caramba. Quantas vezes sonhei com isso. Sonhava que conhecia meu ídolo por acaso e desabafava sobre minha vida inteira enquanto bebíamos juntos. Aí, é claro, nós nos apaixonávamos, e ele escrevia uma canção sobre mim, que eu compartilharia com nossos bisnetos no futuro.

Embora aquele não fosse exatamente o sonho perfeito.

A realidade nunca é perfeita.

Naquela noite, Oliver estava hostil.

E talvez triste?

A maioria das pessoas que bebia tanto assim sozinha geralmente estava um pouco triste. Dava para entender. Eu estaria triste o tempo todo se tivesse passado pela mesma situação que ele, especialmente em público. Depois da morte de Alex, li comentários horríveis sobre Oliver. Se fosse comigo, eu iria querer morrer também. Com certeza ele já se culpava o suficiente — a última coisa de que precisava era que o mundo inteiro o culpasse também.

— Desculpa, eu só... como posso te ajudar? — perguntei com a voz trêmula.

Seus ombros se curvaram ainda mais para a frente, como se tivesse mais peso sobre eles a cada segundo. Ele empurrou o copo na minha direção.

— Certo, é claro. Mais um. Já volto. — Corri até o balcão e peguei a garrafa de uísque, levando-a de volta para ele, colocando-a em cima da mesa e servindo uma dose. — Prontinho.

Ele não respondeu, então, fiquei parada ali, sem jeito, encarando-o feito uma idiota.

Foi só quando ele me fitou com uma sobrancelha arqueada e um olhar confuso que acordei do meu transe.

— Ah, sim, claro. Tudo bem.

Voltei correndo para trás do balcão, nervosa e agitada enquanto tentava servir os clientes recém-chegados. Havia tanto movimento que era quase impossível dar conta de todos sozinha. E eu teria dado o que fosse para que Joey estivesse ali me ajudando. Mas encontrei motivação nas gorjetas que receberia. Além disso, Oliver Smith estava a quinze metros de distância de mim. Bêbado, triste e, de alguma forma, ainda perfeito pra cacete

A fã maníaca dentro de mim queria lhe fazer um milhão de perguntas sobre suas inspirações para certas músicas, mas me controlei. A última coisa de que eu precisava era chamar atenção para ele.

No decorrer da noite, as pessoas começaram a colocar dinheiro no jukebox. Apesar de ser animador escutar músicas diferentes, eu preferia que a clientela não tivesse um péssimo gosto mas insistisse em colocar canções pop que grudavam na cabeça.

Sempre que eu olhava na direção de Oliver, havia menos uísque na garrafa.

O que tinha acontecido com ele naquela noite, e como ele fora parar no Seven?

A multidão continuava falando um monte de merda a respeito de Alex & Oliver — principalmente de Oliver —, e eu não conseguia imaginar como seria ficar sentada ali ouvindo aquelas críticas. Se fosse comigo, eu teria surtado — ou, bem, começado a chorar. Quanto mais Oliver bebia, mais tenso ficava. Horas passaram, e as pessoas continuavam falando dele.

Era como se não houvesse assunto mais interessante do que o astro que tinha chegado ao fundo do poço.

— A verdade é que eu fico puto pelo Alex ter morrido em vez do Oliver — comentou um homem grande, de ombros largos, enquanto virava uma dose. — Ele era o melhor irmão. Sempre achei o Oliver esquisito. E a música deles é uma bosta.

— Você não sabe porra nenhuma sobre música boa! — bradou Oliver, então virou o restante do líquido âmbar que estava em seu copo.

O homem grandalhão inclinou a cabeça na direção de Oliver.

— Como é que é?

— Eu falei — Oliver se levantou, girou os ombros para trás e cambaleou ligeiramente antes de tirar o boné e esfregar a boca com a mão — que você não sabe porra nenhuma sobre música boa. Vocês estão há duas horas tocando as mesmas músicas clichês de bar.

Eita. Isso não vai dar certo.

O salão imediatamente explodiu em gritos quando as pessoas se deram conta de que o bêbado na mesa do canto era, na verdade, o mesmo Oliver Smith de quem estiveram falando mal pelas últimas duas horas.

— Quer dizer, fala sééério — disse Oliver com a voz arrastada, pegando a garrafa de uísque e tomando um gole demorado. Ele foi na direção do cara, que tinha o dobro do seu tamanho, e o cutucou no peito. — Estou cansado de ouvir você falando merda.

Oliver estava mamado, e vê-lo se aproximando daquele cara me deixou nervosa. O sujeito era uma montanha. Seus músculos tinham músculos, que também deviam ter músculos em miniatura. O cara era imenso, e, se Oliver estivesse minimamente sóbrio, jamais arrumaria briga com alguém daquele tamanho.

As pessoas sacaram os celulares, gravando a cena, e saí correndo de trás do balcão, porque sabia que a situação só ia piorar.

— Você está cansado de mim? Eu que estou cansado de você, seu babaca! — O grandalhão empurrou Oliver, que cambaleou para trás; o único motivo para ele não ter se espatifado no chão foi a mesa, que amparou sua queda. — Você deve se achar pra caralho, né? Só porque é rico e famoso, você acha que nosso tempo e nosso dinheiro são capim, cara? — sibilou ele para Oliver.

Oliver se empertigou com dificuldade e balançou a cabeça como se tentasse desembaçar a visão. Ainda assim, sabendo a quantidade de álcool que fluía pelo seu corpo, eu duvidava que balançar a cabeça fosse ajudar em alguma coisa.

— Eu não — disse ele, empurrando o grandalhão — gosto — outro empurrão — de ser empurrado. — Suas duas mãos aterrissaram no peito do grandalhão, e Oliver o empurrou com toda a sua força, mas o homem não saiu do lugar. — Nossa, do que você é feito? Aço?

— Músculos, seu escroto.

— Ah. Bom, que merda. Você me daria uma surra — concluiu ele, o que me deixou satisfeita.

A última coisa de que eu precisava era ter que explicar para Joey como uma briga entre um astro e um asteroide havia começado.

Ainda bem que Oliver estava recuando, meio que já desistindo da briga.

Bom, pelo menos era isso que eu pensava que estava acontecendo.

Oliver assentiu com a cabeça na direção da moça que acompanhava o grandalhão e abriu um sorrisinho.

— Você pode até ser mais forte do que eu, mas aposto que sua namorada ia preferir dar para mim.

Fiquei boquiaberta.

A mulher deve ter ficado ofendida com o comentário, mas eu podia jurar que tinha visto o lampejo de um sorrisinho nos lábios dela. Eu arriscaria dizer que um milhão de mulheres largariam os namorados e os maridos sem nem pestanejar em troca de uma noite na cama com Oliver. Apesar de ser o gêmeo mais fechado e tímido, ele continuava sendo Oliver Smith. "Bonito" não chegava nem perto de descrevê-lo. Ele tinha uma beleza impressionante, e, com seu habitual comportamento calmo, parecia ainda mais lindo.

Mas bêbado e arrumando confusão? Nem tanto.

— Tipo, é sério — continuou Oliver, parecendo mais presunçoso do que nunca enquanto assentia com a cabeça e piscava para a mulher. — Aposto que ela é ótima na…

Antes que Oliver conseguisse concluir a frase, o grandalhão acertou sua cara, jogando-o longe e derrubando-o no chão.

As pessoas gritaram e o cercaram, empunhando suas câmeras, enquanto Oliver tentava se levantar, mas sem conseguir.

— Já deu! Chega! O bar fechou! Todo mundo para fora! — berrei, mas ninguém me ouviu.

Tive que começar a literalmente empurrar os clientes na direção da porta, e, depois que todos saíram, olhei para Oliver. *O* Oliver Smith. O homem dos meus sonhos. O famoso que era meu maior *crush*, caído no chão, bêbado e confuso, parecendo um cachorrinho perdido.

Não demorou muito para os paparazzi descobrirem que Oliver Smith estava no Seven naquela noite e se aglomerarem na frente do bar, batendo à porta.

E não parecia que eles iriam embora tão cedo.

Que ótimo.

— Vem, deixa eu te ajudar — falei, prendendo meu cabelo atrás das orelhas enquanto ia na direção de Oliver, que ainda tentava se levantar sozinho.

Seu olho esquerdo já ganhava tons de roxo. Bastou apenas um soco do grandalhão para causar aquele estrago. Parecia que Oliver tinha levado uma surra, que fora moído até não sobrar nada. Mas fora apenas um soco contido, controlado, que fizera Oliver voar pelo salão.

— Não — resmungou ele, dispensando minha ajuda com um aceno de mão.

Eu o levei até a cabine no canto, e ele desabou no banco enquanto os paparazzi se espremiam contra a janela e disparavam suas câmeras sem parar, feito uns loucos.

Era impossível entender como as celebridades lidavam com aquilo tudo. Para mim, a fama parecia ser mais uma maldição do que uma bênção.

— Mais um — murmurou Oliver, erguendo um dedo.

— Tá, beleza — resmunguei, indo até o bar e pegando um grande copo de água para ele. Voltei para a mesa do canto e me sentei na beira do banco. — Aqui está.

Ele não se empertigou, porque, sinceramente, não teria como. Mas permitiu que eu colocasse o copo em sua mão e o levou até os lábios. No instante em que sentiu o gosto da água, ele bufou e jogou o líquido para fora do copo — em cima de mim

— Ei! — sibilei, me levantando com um pulo do banco, ensopada. — O que é isso?!

— Eu queria u-uísque — gaguejou ele.

Boa parte de mim queria jogá-lo para as hienas lá fora. Eu queria me livrar dele e começar a limpar o bar, fingindo que não havia presenciado, naquela noite, as reviravoltas mais dramáticas na história das reviravoltas.

Mas eu sabia que não podia fazer isso. Eu trabalhava em bares havia tempo suficiente para saber que tristeza e álcool eram uma mistura complicada. Quando os dois se juntavam, as pessoas faziam coisas que seriam impensáveis se estivessem sóbrias. E eu sabia que, se entregasse Oliver para aqueles monstros lá na rua, eles o destruiriam definitivamente. Eles acabariam com o pedacinho da sua alma que ainda permanecia intacto e usariam o sofrimento dele para sustentar suas famílias.

Fui até as janelas e fechei todas as cortinas, para que os animais lá fora não capturassem mais imagem nenhuma da crise de Oliver. Eu sabia como era ter dias sombrios. Nem imaginava como seria encarar algo assim com flashes de câmeras disparando na minha cara.

— Tudo bem, vem comigo — falei, indo até ele e levantando seu corpo.

Ele resmungou, mas não discutiu muito enquanto eu o levantava. Apoiou-se em mim, e senti que carregava quilos de exaustão. Com muito custo, consegui levá-lo até a porta nos fundos do bar, que era permitida apenas para funcionários. Abri a porta do meu carro e o coloquei no banco do carona, onde ele desmoronou, encolhido. E desmaiou.

Voltei correndo para o bar, tranquei tudo e aí fui para o carro. Eu me sentei no banco do motorista, liguei o motor. Antes de sair, me estiquei por cima de Oliver para afivelar seu cinto de segurança, porque a última coisa que me faltava era matar um astro do rock no meu Honda Civic 2007.

— Não encosta se você não for chupar — murmurou Oliver enquanto eu passava o cinto pela região da virilha dele para prendê-lo.

Meu Deus do céu.

Houve uma fase na minha vida em que escutar Oliver falar uma coisa dessas para mim me deixaria eufórica. No momento, aquilo só me fazia desejar que ele ficasse sóbrio, porque obviamente não estava em seu estado normal.

— Não se preocupe. Ninguém vai encostar em você hoje — falei, mas ele não estava em condições de me escutar.

Quando dei partida no carro, Oliver inclinou a cabeça para mim.

Seus olhos se estreitaram, e eu tinha certeza de que sua visão embaçada pelo uísque o fazia enxergar três de mim.

Então ele ficou imóvel. Seus lábios se abriram, e uma palavra rouca saiu de sua boca.

— Uísque? — murmurou ele.

Fiquei paralisada.

Meu pé se firmou no freio enquanto ele me encarava, a desconexão com a realidade estampada em suas pupilas.

Ele estava pedindo mais uísque? Naquele estado?

Seus lábios se abriram de novo, mas, antes de conseguir falar, ele se jogou para a frente e resolveu que aquele seria um ótimo momento para vomitar tudo o que tinha bebido no painel do meu carro.

4

Emery

— Anda, Oliver. Não para — murmurei, tentando puxá-lo pelos degraus que levavam ao meu prédio.

Levar um astro musical para o meu apartamento era minha última opção. Eu tentei convencê-lo a me dar seu endereço, só que ele era incapaz de formar uma frase coerente. Só conseguia resmungar e babar. Então peguei seu celular para procurar algum número para o qual pudesse ligar, mas estava sem bateria, e eu não tinha um carregador compatível. Acabou que não consegui pensar em nenhuma outra solução que não fosse deixá-lo dormir na minha casa. Tirá-lo do carro fora uma dor de cabeça e convencê-lo a mexer os pés agora estava sendo um pesadelo.

— Não vou parar a noite toda — resmungou ele para mim.

Fiquei me perguntando se o Oliver tímido, distante, ficaria muito horrorizado com os próprios comentários daquela noite.

Passei os braços ao redor dele e o puxei para cima com toda a minha força. Ele estava soluçando e não parava de murmurar baixinho, mas não dava para entender o que dizia. Para ser sincera, suas palavras nem me interessavam. Eu só queria colocá-lo no sofá e deixá-lo desmaiado lá antes de eu mesma capotar no meu quarto.

No caminho para casa, eu tinha ligado para Abigail e perguntado se Reese poderia dormir no apartamento dela. Geralmente, quando trabalhava até tarde, eu usava a chave que Abigail me dera, entrava e pegava uma Reese sonolenta para levá-la de volta para nossa casa. Mas, naquela noite, achei que seria melhor mantê-la longe da celebridade embriagada.

Quando finalmente entramos no prédio, seguimos para o elevador. Assim que os pés de Oliver pisaram lá dentro, ele desabou sobre o apoio e começou a cantar uma das músicas de Alex & Oliver com os olhos fechados.

Mesmo bêbado, sua voz era perfeita. Não era o show dos meus sonhos, e Oliver com certeza estava fedendo, mas ele estava cantando, o que não me incomodava nem um pouco.

No mesmo instante, pensei na minha irmã, Sammie. Fiquei me perguntando se ela teria gostado de interagir com Oliver daquela maneira. Se ela se irritaria com o homem bêbado na minha frente ou se ela se derreteria por ele. Será que ela cantaria junto com ele?

Quando entramos no meu apartamento, finalmente pude soltá-lo. Ele cambaleou, esbarrando em mesas e luminárias — que segurei antes que se espatifassem no chão.

— Tá bom — murmurou ele, como se alguém tivesse dito alguma coisa.

— O que foi? — perguntei, confusa.

— Banheiro — disse ele, oscilando para a frente e para trás.

— Certo, claro. Fica bem a... — Comecei a apontar para o banheiro, mas minhas palavras foram interrompidas pelo som de uma pequena cachoeira às minhas costas. Eu me virei na velocidade da luz e dei de cara com Oliver, meu ídolo, meu *crush* famoso, mijando na minha planta. — O que você está fazendo?

— Ela precisava de água — resmungou ele.

Prendi a respiração, encarando a cena em choque. Mesmo bêbado, Oliver Smith não tinha nenhum problema com suas partes baixas. Minhas bochechas pareciam estar pegando fogo.

Desviei o olhar do corpo dele, tentando ignorar o constrangimento daquela situação.

— Bom, hum, talvez seja melhor você ir dormir. Pode ficar no sofá, se quiser, e...

Olhei novamente para ele, e meus olhos se arregalaram quando me dei conta de que não apenas Oliver exibia suas partes baixas como também parecia ter tirado a camiseta, revelando a barriga tanquinho. Pelo jeito, nem o uísque era capaz de acabar com ela.

E, de algum jeito, Oliver tinha conseguido arrancar a calça e a cueca boxer, então, lá estava ele. Completamente nu, no meio da minha sala, com as mãos no quadril feito o Super-Homem, ainda oscilando para a frente e para trás.

Exatamente como eu tinha imaginado minha primeira noite sozinha com Oliver — ele parecendo um super-herói bêbado e pelado.

— O que você está fazendo? — arfei, tentando não olhar para o pênis dele, mas ainda meio que olhando para o pênis dele.

— Vamos meter bronca. — Ele soluçou, esfregando a mão suja de pênis na boca de novo.

— Vamos o quê?

— Trepar.

Trepar?

Ele tinha mesmo dito "trepar".

— O quê? Não. A gente não vai transar, Oliver. Pode vestir sua roupa.

— Se a gente não vai transar, então por que você está pelada na minha casa? — perguntou ele, soluçando enquanto apontava para mim.

— Hum, como é que é?

Senti a necessidade real de olhar para o meu corpo para me certificar de que eu continuava completamente vestida e não tinha arrancado minhas roupas por acidente ao ver meu ídolo parado na minha frente.

Dava para perceber que ele estava tão doido que não falava mais coisa com coisa. Fiquei me perguntando se o Oliver sóbrio ficaria com vergonha quando amanhecesse e ele se desse conta do que tinha feito — se é que ele se lembraria de alguma coisa.

Eu me retraí diante da cena desconfortável que se desdobrava na minha frente.

— Por favor, só se veste, Oliver.

— Você se veste primeiro — argumentou ele.

Olhei ao redor do apartamento, meio desconfiada de que aquilo era uma pegadinha de mau gosto. Ou talvez eu tivesse entrado em coma em algum momento e aquilo fosse uma manifestação muito estranha da minha mente.

De toda forma, eu precisava que Oliver se vestisse, porque, quanto mais tempo ele passava pelado, mais desconfortável a situação ficava. Mas ele parecia determinado a só fazer isso depois que eu fizesse o mesmo.

Então, comecei a pagar de maluca, comecei a colocar roupas invisíveis diante dele.

— Pronto, me vesti — declarei, colocando as mãos no quadril.

— Beleza, vou para a cama.

Ele pegou todas as suas roupas do chão e seguiu para o quarto de Reese. Antes que eu conseguisse impedi-lo, ele já estava mergulhando de cabeça na cama de solteiro dela. Pelo menos tinha se vestido.

E lá estava ele, pessoal. Meu príncipe encantado, desmaiado na roupa de cama de princesas da Disney da minha filha.

Que situação. Mas a bunda dele era redondinha, perfeita.

Fechei a porta do quarto e fui direto para a cozinha, atrás da garrafa de vinho barato que eu guardava no armário mais alto para momentos de emergência.

Depois daquela noite, eu precisava de uma taça.

Ou talvez da garrafa inteira.

5

Oliver

Merda, merda, merda.

Acordei com a cabeça latejando como nunca, sem ter a menor ideia do que tinha acontecido na noite anterior para que eu sentisse tanta dor. Gemi quando senti o lado esquerdo do meu corpo sendo cutucado sem parar.

Gemi de novo quando me ergui apoiado nos cotovelos. O simples movimento de me sentar fez com que minha cabeça parecesse partir ao meio, então, voltei a me deitar. Por que meu rosto doía tanto?

— Ei, moço, você morreu? — perguntou uma voz.

Uma voz fina, de criança.

Por que eu estaria em um lugar onde poderia ouvir a voz de uma criança? Abri os olhos e fitei o serzinho parado ao meu lado. Era uma garotinha, me cutucando sem parar na barriga com uma Barbie.

— O que você está fazendo? — murmurei. — Que porra de lugar é este? — perguntei, empurrando a boneca com uma das mãos para que ela parasse.

Ela ficou boquiaberta.

— Você tem que colocar uma moeda no pote dos palavrões!

— Mas que porra é essa?

— Agora são *duas* moedas! — exclamou ela, então se afastou um pouco. — Ei, moço. Você morreu?

Levando em consideração meu corpo doído, havia boas chances de eu ter morrido em algum momento da noite anterior. Eu só não sabia se tinha ido parar no céu ou no inferno.

— Se eu tivesse morrido, você conseguiria falar comigo?

— Sei lá, talvez. Nunca falei com um morto antes.

— Como assim, a gente está em *O sexto sentido*? Eu virei o Bruce Willis? — gemi, apertando a ponte do nariz.

Quando toquei meu rosto, senti ainda mais dor. Eu já tinha tido noites complicadas, mas nunca uma tão dolorosa.

— Não entendi nada do que você falou — rebateu a menina.

— Então, sim. Eu estou morto.

Ela arfou, então berrou:

— Mãe! O moço na minha cama tá morto!

Abri os olhos de novo e observei meus arredores. Por que eu estava no quarto de uma criança? O que aconteceu comigo na noite anterior? O que estava acontecendo? Quem deixaria um desconhecido dormir na cama da filha?

Então tudo começou a voltar. O show... o show que abandonei. Eu fugi da apresentação em cima da hora e acabei entrando num boteco aleatório para encher a cara. Depois disso, tudo era um borrão, inclusive como eu tinha ido parar na cama de uma criança.

— Reese! O que você está fazendo? Eu avisei para não entrar aí. — A voz de uma mulher berrou-sussurrou enquanto ela entrava no quarto.

Ela segurou a garotinha pelos ombros e a guiou para a porta, ouvindo reclamações por todo o caminho.

— Mas, mãe! Tem um moço morto na minha cama!

— Ele não está morto! — respondeu a mulher; então ela olhou para mim com uma sobrancelha levantada. — Você não está morto, né?

Balancei de leve a cabeça.

— Ah, ainda bem. Eu não aguentaria ser responsável por isso. — Ela soltou um suspiro de alívio. — Viu só, Reese? Ele não morreu. Agora, vai escovar os dentes. Não quero que você se atrase para a colônia de férias.

A menina saiu do quarto reclamando. Segundos depois, a mulher surgiu de novo com um prato e um copo de água. No prato havia um donut e um frasco de ibuprofeno.

Eu me sentei e agarrei as bordas do colchão de solteiro. Esfreguei a boca com o dorso da mão enquanto fitava a mulher. Ela era deslumbrante. Linda sem fazer nenhum esforço.

Seu cabelo crespo escuro estava preso em um coque bagunçado, com algumas mechas soltas emoldurando o rosto. Seus olhos eram grandes como amêndoas. Sua pele tinha um tom marrom-escuro que parecia ter brilho próprio. Ela usava uma blusa larga com a estampa de um show do Elton John e calça legging. Suas meias não combinavam, e ela não parecia ter dormido nada na noite passada. As olheiras deixavam isso claro.

Seus olhos castanhos eram lindos. Era o melhor traço de seu rosto, seguido de perto por seus lábios carnudos. Uma pena eu não me lembrar daqueles lábios contra os meus.

Mesmo assim, torci para não ter ido para a cama com ela. Apesar de eu e Cam estarmos envolvidos apenas superficialmente, eu não queria ser o cara que saía traindo a namorada — apesar de, aparentemente, ela me trair o tempo todo. Isso não combinava com o meu caráter. Pelo menos quando eu estava sóbrio.

— Aqui. Acho que isto pode ajudar — disse ela, me entregando o prato e a água. — Eu teria feito café, mas acabou.

Sem pensar, joguei os comprimidos na boca e os engoli.

Pigarreei.

— O que aconteceu ontem à noite? — Eu me forcei a perguntar, com a garganta seca e arranhando.

A mulher ergueu uma sobrancelha.

— Você não se lembra de nada?

— Não... e, tirando a minha cara de dor, não tenho referência nenhuma. Desculpa.. hum... esqueci seu nome

— Não esqueceu, não — respondeu ela, indo até a escrivaninha da filha, onde pegou um espelho de mão de uma princesa da Disney. — Eu nunca te falei.

Ela se aproximou de mim e me entregou o espelho, mas fiz que não com a cabeça e o afastei.

— Estou bem — murmurei, sem querer encarar meu reflexo. Eu não me olhava no espelho fazia seis meses. Não queria começar agora. — Vou aceitar sua versão dos acontecimentos. Então... o que exatamente rolou?

— Bom, você ficou meio bêbado. Uma multidão acabou se juntando. Você arrumou briga com um gigante. E perdeu. O que explica... — disse ela, gesticulando para o meu rosto. — Por falar nisso, quer colocar gelo no seu olho? Tenho uma bolsa de gelo, posso pegar se você precisar...

Balancei a cabeça.

— Você está com o meu celular?

Ela foi até a gaveta de uma cômoda, pegou meu celular e o entregou para mim.

— Está desligado. Tentei ligar ontem à noite para chamar alguém para vir te buscar, mas já estava sem bateria.

— Você tem um carregador?

— Não. Tenho um iPhone, não um Android.

Claro que tinha. Não que aquilo fosse culpa dela. Eu tinha me colocado naquela situação, feito um completo idiota. Aposto que meu empresário e meu relações-públicas estavam desesperados.

Massageei as têmporas, torcendo para que o remédio fizesse efeito logo.

— Escuta, sobre ontem à noite... Bom, nós... — Olhei na direção dela, que exibia um olhar completamente inexpressivo enquanto esperava que eu continuasse. — A gente...?

Ela balançou a cabeça.

— A gente o quê?

— Você sabe.

— Sei o quê?

— Você sabe — insisti. — A gente transou?

— O quê? Não! Claro que não! — sussurrou-berrou ela de novo, fechando um pouco a porta do quarto para que a filha não escutasse.

O incômodo dela fez com que eu me sentisse um idiota.

— Não?

— Confia em mim, você não estava em condições de fazer nada do tipo. Além do mais, eu não ia me aproveitar de uma pessoa naquele estado. E, *acima de tudo*, estava mais preocupada em te impedir de fazer xixi na minha planta.

Eu tinha feito xixi na planta dela? *Isso que é ser um bêbado idiota, Oliver.*

— Se nós não fomos para a cama, então por que estou na sua casa?

— Como eu disse, você encheu a cara no bar onde eu trabalho, e os paparazzi apareceram, tentaram te encurralar. Se não fosse por mim, você não teria como sair de lá. Você levou um murro do Incrível Hulk por ficar gozando da cara dele.

— Eu gozei da cara dele?

— Você falou para o cara que a namorada dele ia preferir dar para você.

Então fui o oposto de mim. Que maravilha! O Oliver sóbrio mal conseguia organizar seus pensamentos para formar uma frase. O Oliver bêbado tinha coragem suficiente para se meter em uma briga de bar.

Estreitei meus olhos inchados para ela enquanto tentava juntar as peças, mas tudo continuava confuso. Então me levantei e cocei a nuca.

— Posso usar o seu banheiro?

— Contanto que não faça xixi na minha planta de novo, claro. É a primeira porta à esquerda. E coma o donut. Você precisa de alguma coisa para absorver um pouco do veneno que tomou ontem. — Ela com certeza era mãe. Quando saiu do quarto, gritou: — Reese! Sapatos, agora!

Assim que entrei no banheiro, fechei a porta e abri a torneira, jogando água no rosto. Tyler ia encher o meu saco por eu ter perdido o show. Era para eu ter tocado ontem à noite. Não, eu jamais devia ter aceitado fazer aquela porcaria de show. Era demais, muito cedo, mas achei que seria bom para mim me expor e encarar a realidade de que Alex não estava mais ali.

Seu babaca. Você devia ter tocado.

Tudo que eu me lembrava da noite era de estar sentado no camarim, tentando criar coragem para subir no palco e tocar as músicas que eu tocava fazia mais de dez anos. Eu só precisava parar de pensar demais, mas isso era difícil. Meus pensamentos me dominavam sempre que eu estava sóbrio, e, como um idiota, eu não tinha bebido nada. Achei que conseguiria me apresentar sóbrio, como Alex fazia.

Alex nunca tomava nem uma gota de álcool antes de pisar no palco. Ele não precisava de nenhum incentivo. Sua tradição antes dos shows era meditar e rezar — só. Nada de vodca, nada de uísque, nada de soluções temporárias. Alex havia passado a maior parte da vida com os pés no chão. Eu era o oposto do meu irmão. Tinha passado a maior parte da vida tentando escapar para longe enquanto a ansiedade fazia minha cabeça girar a mil por hora.

Na noite anterior, eu havia tentado me inspirar no meu irmão. Fiquei sentado no camarim só com o ventilador de teto ligado. Eu precisava de silêncio total, com exceção das pás girando. Era assim que Alex fazia. Era assim que ele se preparava para um show. Tentei rezar, mas parecia que ninguém estava escutando. Tentei meditar, mas minha mente gritava alto demais.

Como Alex conseguia? Como ele silenciava a própria mente quando a minha era sempre tão barulhenta?

Com o ventilador girando sobre mim naquela noite e meu coração sem parar de martelar no peito, agarrei o pingente em formato de coração pendurado no meu pescoço. Quando eu era mais novo, achava que era besteira, só que, com o passar do tempo, cada vez eu sentia mais falta dos meus pais e da sua bondade naquele mundo tão, tão duro.

Eu não conseguia visitar meus pais no Texas com tanta frequência, então pensava nos dois e no seu amor sempre que apertava aquele pingente contra o peito.

Mas, naquela noite antes do show, sem uísque, sem Alex, meus pensamentos pareciam me devorar. Odiei que minha mente não parava de pensar. Odiei o silêncio. Às vezes, minha mente ficava tão sombria que eu me perguntava por que continuava respirando.

Então eu pensava em Alex. Essa porra só me deixava mais triste. Quando a hora do show foi se aproximando, falei para Tyler que eu queria dar um pulo lá fora para tomar um ar. Depois que comecei a fugir, não parei mais. E foi assim que vim parar na minha atual situação.

Naquela manhã, fiquei ali, sentado no banheiro de uma desconhecida, completamente envergonhado da pessoa que eu havia me tornado. A pior parte foi cometer o erro de me olhar no espelho. Vi que minha existência se tornara desbotada, vi como minha vida era problemática... e o pior de tudo? Vi meu irmão.

6

Oliver

Cinco anos antes

— Nosso primeiro show com a casa cheia! Isso é do caralho! — exclamou Alex, andando de um lado para o outro no camarim.

A casa de espetáculos era minúscula, e tivemos que dividir um camarim bem pequeno, mas não ligávamos. Era o primeiro show para o qual tínhamos vendido todos os ingressos — todos os trezentos. Isso era demais. A casa só tinha espaço para assistir ao show de pé, e, do camarim, eu conseguia ouvir a multidão lá fora.

Eu era o nervosismo em pessoa.

— E você viu isto? — continuou Alex, colocando um jornal na minha frente, todo empolgado. — Alex e Oliver são os Sam Smiths negros desta geração — disse ele, lendo a matéria. — Tipo, sim, é meio racista incluir a cor da nossa pele nessa descrição, e também é irritante ser comparado a outro artista, mas puta merda! Eu adoro o Sam Smith. Se isso não for um elogio, não sei mais o que é — brincou ele.

Os tabloides pareciam adorar falar sobre nossa raça e nosso som. Nós vivíamos sendo comparados a outros artistas, o que era irritante e lisonjeiro ao mesmo tempo. A comparação mais estranha que fizeram com a gente foi quando disseram que éramos parecidos com Dan + Shay — o que não fazia sentido nenhum. Nosso som era completamente diferente do country, e a única coisa que tínhamos em comum era o fato de as duplas terem nossos nomes.

— É um elogio meia-boca — concordei, fazendo um gesto com as mãos.

Alex olhou para mim e riu.

— Você entrou nessa de novo?

— Nessa o quê?

— De ficar pensando demais. Escuta, você é talentoso pra caralho, Oliver, e o pessoal veio até aqui hoje para ver esse talento. A gente é capaz. Você é capaz. Este vai ser o melhor show que já fizemos. Agora, vem cá.

Ele abriu os braços, com os olhos fixos nos meus, assentindo com a cabeça.

Arqueei uma sobrancelha.

— O que você está fazendo?

— Oferecendo meu abraço apertado do aconchego. Vai, anda, irmãozinho, vem me abraçar.

— Não me chame de "irmãozinho". Eu nasci três minutos depois de você.

— O que faz com que você seja meu irmãozinho. Agora, vem cá. Abraço apertado.

Revirei os olhos.

— Não enche, Alex.

— Beleza. Se você quer ficar botando banca de durão, insistindo que não quer me abraçar, tranquilo.

Ele deu de ombros, desistindo da ideia. Ainda bem.

Eu me levantei e fui até o espelho de corpo inteiro, mas, quando comecei a alisar minha roupa, Alex apareceu atrás de mim e me puxou para o abraço mais apertado do mundo.

Era impossível não rir do meu irmão idiota, que me embalava de um lado para o outro em seus braços.

— Meninos! — Tyler entrou de supetão no camarim e arqueou uma sobrancelha ao nos ver. Ele não pareceu nem um pouco incomodado com nosso abraço fraternal, porque sabia que éramos dois idiotas esquisitos. — Odeio acabar com este momento lindo, mas vocês têm um *meet and greet* antes do show.

Eu e Alex nos encaramos e, em seguida, olhamos para Tyler, entrando em um consenso silencioso, e fomos correndo até ele, puxando-o para um abraço apertado também.

— Pelo amor de tudo o que é mais sagrado, me soltem, seus merdinhas melosos — resmungou.

— Você ficou sabendo que somos os Sam Smiths negros? — brinquei.

— Sim, fiquei, e já liguei para o jornal para reclamar. Agora, parem de palhaçada. Esta noite é importante. Hoje pode ser o dia em que vocês vão tocar para a pessoa certa e ter a maior oportunidade da vida.

O bom e velho Tyler dizia isso fazia dez anos. Ainda não tinha acontecido, mas eu continuava esperançoso.

Fomos para a parte da frente da casa de espetáculos, onde os fãs esperavam em uma fila para o *meet and greet*. Havia umas quarenta ou cinquenta pessoas. Que loucura! Por muito tempo, nossos maiores fãs tinham sido nossos pais. Eles ainda eram nossos fãs número um, mas agora havia pelo menos umas quarenta pessoas dispostas a ficar esperando em uma fila só para nos conhecer.

Nós nos encontramos com os fãs, autografamos tudo o que pediram — inclusive alguns peitos — e foi incrível. Quando duas mulheres se aproximaram de nós, percebi como nossos fãs eram dedicados, porque uma delas estava grávida do que parecia ser uns quinze meses. Aquele bebê sairia dela a qualquer momento. A outra moça, talvez a irmã, com base na semelhança entre as duas, sorria.

A grávida apoiou as mãos trêmulas na barriga. Apesar de ela estar nervosa, fiquei impressionado com o sorrisinho estampado em seu rosto, o que era a maior vitória do mundo para mim. Ver as pessoas empolgadas para nos conhecer fazia com que eu me sentisse muito abençoado.

As duas mulheres deram um passo para a frente, entrelaçando os braços uma na outra, e notei que suas pernas estavam bambas.

— Oi, eu sou o... — comecei, mas a voz firme da mulher que não estava grávida me interrompeu.

— Oliver Smith, sim, nós sabemos. Oi, tudo bem? E você é o Alex Smith. Ai, nossa! Vocês são maravilhosos. Os dois. Vocês são tudo de bom e inspirador e importante na indústria musical. Ninguém faz músicas como as de vocês. Acho que vocês dois são os melhores. Vocês são incríveis. E absurdamente maravilhosos, e, e, e...

De repente ela estava tagarelando, toda empolgada. Nunca na vida eu imaginaria que eu e Alex teríamos fãs tão empolgadas.

Cacete, como a gente tinha sorte!

A mulher grávida esticou a mão e beliscou o cotovelo da outra, interrompendo-a.

— Desculpa — murmurou ela, corando um pouco. — Eu só estou... *Nós estamos* muito felizes por conhecer vocês dois — explicou ela, gesticulando para si e para a outra mulher, que não tinha dado um pio. Ela esticou os dois ingressos para que eu e Alex os autografássemos. — Desculpa, queria eu ter outra coisa para vocês autografarem, mas a grana anda meio apertada, então essas são nossas lembrancinhas.

— Para a gente está ótimo — disse Alex. — Ficamos muito felizes só por vocês terem vindo. — Ele se virou para a mulher grávida e sorriu para ela, fazendo suas bochechas corarem. — Foi um prazer conhecer vocês duas. Quando o bebê nasce? — perguntou Alex.

Ela abriu a boca, e, quando estava prestes a falar, notei o nervosismo tomar conta dela. Nenhuma palavra escapou de seus lábios.

A outra tocou seu antebraço.

— A previsão é semana que vem.

Arregalei os olhos.

— Sério? E você está aqui, num show do Alex e Oliver? Isso que é dedicação!

— Eu disse... nós somos suas maiores fãs — brincou ela.

Eu sorri.

— Bom, se for menino, Oliver é um ótimo nome.

Alex acrescentou:

— Dizem por aí que Alex é mais bonito. Alexander também é bom. Além do mais, se for menina, Reese seria uma ótima opção, e é meu...

— Nome do meio — disse a mulher ao mesmo tempo que ele.

Ele riu.

— Vocês são nossas maiores fãs. — Ele piscou para ela, e quase tive certeza de que as mulheres iriam explodir em mil pedacinhos de tanta alegria. — Vocês são irmãs? Vocês meio que se parecem.

— Nós somos irmãs, mas não gêmeas. Vocês dois parecem gêmeos também. Tipo, é óbvio — disse a irmã que não estava grávida, toda tímida.

Ela era linda em sua timidez.

— Vocês querem uma foto? — perguntei.

— Ah, sim, por favor — respondeu ela, pegando o celular e o entregando a Tyler, que estava encarregado das fotos.

Ela correu para o meu lado direito, e a outra se posicionou à esquerda, entre mim e meu irmão. Estiquei o braço para colocá-lo sobre seus ombros, e, sem hesitar, a outra irmã me interrompeu.

— Espera, não, minha irmã não gosta que to...

— Não tem problema — disse a irmã grávida, balançando a cabeça.

Ela abriu um sorriso largo e assentiu com a cabeça para mim e Alex, nos dando permissão. No instante em que meu braço aterrissou sobre os ombros dela, tudo virou de cabeça para baixo.

— Ai, caramba! — arfou ela. Segundos depois, um jato de água acertou meu sapato. Fiquei tão chocado ao ouvir o som da sua voz que quase não percebi o que tinha acabado de acontecer. Sua bolsa havia estourado, fazendo com que nós quatro empalidecêssemos. — Ai, caramba! — Ela não parava de repetir, cruzando as mãos sobre a barriga enquanto alternava entre fitar meus olhos e meus sapatos.

— Me desculpa mesmo — murmurou ela, humilhada pelo que tinha acontecido.

Ela ficava pigarreando enquanto sua voz tremia de nervosismo.

— Caramba, não se preocupe com isso. Você está bem?

Antes que ela conseguisse responder, a irmã entrou em ação e correu para o seu lado.

— A gente precisa ir para o hospital. Desculpa, mas temos que ir. Foi mal pelo sapato.

Eu sorri.

— Contanto que você continue cogitando dar meu nome para o bebê, estamos quites. Boa sorte e parabéns.

Os olhos castanho-claros de Alex brilhavam cheios de carinho quando ele acrescentou:

— Vai dar tudo certo.

Os olhos dela ficaram cheios de lágrimas enquanto o sorriso voltava aos seus lábios. As duas nos agradeceram de novo, e a irmã pegou seu celular das mãos de Tyler, que continuava tirando fotos com um sorrisinho zombeteiro.

Quando as mulheres começaram a se afastar, a grávida se virou para olhar para nós.

— Alex? Oliver?

— Sim?

— Sua música... seus álbuns... sua música me ilumina. Espero que saibam que o trabalho que vocês fazem é importante demais para o mundo. Vocês não imaginam o quanto me ajudaram.

Os olhos de Alex ficaram marejados, então ele piscou, afastando as emoções e abrindo um meio-sorriso. Quase sempre, ele era o mais emotivo de nós.

— Sem vocês, nossa música não existe. Vocês não imaginam o quanto ajudaram a gente também.

Concordei com a cabeça.

— Sem vocês, nós cantamos no escuro. Vocês trazem a luz.

Elas foram embora correndo, e olhei para a poça diante de nós. Depois, me virei para Tyler.

— Vou precisar de sapatos novos.

Alex abriu um sorriso imenso para mim.

— A poça no chão me fez pensar numa boa música-tema para hoje.

— Qual?

— "Float On", do Modest Mouse.

Abri um sorriso idêntico ao que Alex exibia, porque a música era perfeita. E ela descrevia exatamente o que fizemos depois da interação mais esquisita e ao mesmo tempo perfeita com aquelas duas fãs.

Nós seguimos flutuando e fizemos um dos nossos melhores shows desde que tínhamos começado.

7

Oliver
Presente

— Ei, moço! Ei, moço! É o número um ou o número dois? — perguntou a vozinha, me distraindo dos pensamentos sobre o passado enquanto socava a porta do banheiro.

A garota enxerida quase me fez sorrir. Eu não gostava muito de crianças, mas tinha que admitir que a menina era corajosa e direta.

— O número três.

Ela arfou e saiu correndo.

— Mamãe! O moço tá com uma diarreia explosiva! — berrou ela, me fazendo arregalar os olhos.

Eu nem sabia que outras pessoas falavam sobre o número três, e, agora, a mãe da menina achava que eu estava me borrando no banheiro dela.

Mandou bem, Oliver.

Pouco depois, outra batida à porta, só que a voz agora não era de criança.

— Hum, desculpa interromper, mas você pode acelerar aí dentro? Preciso levar a minha filha para a colônia de férias, e meu dia está cheio. Então... — Ela meio que perdeu o rumo quando abri a porta. — Quer dizer, só se você estiver bem. Se estiver passando mal, não tem problema. Ou se, bem, estiver fazendo o número três e...

Escancarei a porta.

— Desculpa. Estou pronto — falei, tentando ignorar minha vergonha, que só aumentava.

Que ótimo. Ela achava que eu estava entupindo a privada.

— Não está, não! Você não deu descarga nem lavou as mãos! — gritou a garotinha para mim.

De novo, essa garota e seus gritos. Ela não sabia falar baixo?

Fui até o vaso sanitário, dei descarga, depois fui até a pia, lavei rápido as mãos e as sequei.

— Pronto — falei, abrindo um sorriso falso. — Satisfeita?

Ela colocou as mãos na cintura, como se fosse a menina mais atrevida do mundo.

— Você devia lavar as mãos por pelo menos um minuto para se livrar de todos os germes.

— Bom, sabe de uma coisa? Estamos sem tempo agora. Anda, vamos — disse a mulher, correndo para a porta do apartamento.

Seguimos pelo corredor e descemos de elevador em silêncio absoluto. Quando chegamos ao térreo, um homem saiu da sala da administração e gritou para nós.

— Emery! Emery! Seu aluguel está atrasado — disse ele.

O nome dela era Emery. Gostei. Combinava com ela, pelo que eu tinha visto até ali.

Seus ombros enrijeceram enquanto ela agarrava a mão da filha e acelerava o passo.

— Eu sei, Ed, eu sei. Juro que vou ter o dinheiro até o fim do dia. Vou receber meu cheque do Seven.

— Espero que esteja falando a verdade. É sério, Emery. Você sabe que gosto de você, mas estou me ferrando com isso. Não posso fingir que não está acontecendo nada.

Os olhos dela se voltaram para o chão, e seu corpo inteiro foi tomado pela vergonha. Parecia frágil, como se fosse se partir em mil pedacinhos, caso levasse mais um baque da vida. Senti uma mudança firme em sua energia quando ela baixou o tom de voz.

— Podemos conversar mais tarde, Ed? Sem ser na frente da minha filha?

Os olhos de Ed se voltaram para a menina, e ele franziu a testa de um jeito patético.

— Certo, beleza. Só me paga, tá?

— Pode deixar.

A garotinha puxou a manga de Emery.

— Mamãe, você pode usar o dinheiro que tenho guardado no meu cofrinho

E isso deixou claro para mim que a menina tinha um coração de ouro, apesar de ser atrevida. Emery parecia prestes a cair no choro com a oferta da filha.

Antes que ela conseguisse responder, Ed olhou para mim e arregalou os olhos.

— Puta merda! Você é o Oliver Sm...!

Emery agarrou meu braço com a mão livre e me puxou para perto dela de um jeito protetor.

— Então a gente se fala mais tarde... tchau, Ed!

A mulher cuidava de mim melhor que meus próprios seguranças.

Passamos correndo pela porta do prédio e viramos a esquina. Emery foi até o carro dela e olhou para mim.

— É melhor você ir embora antes que as pessoas fiquem sabendo que você está por aqui. O Ed é linguarudo.

Esfreguei a nuca e assenti.

— Tá bom. Desculpa por ter te dado trabalho.

Ela sorriu, seus lábios se curvando de um jeito verdadeiro, e ficou óbvio que eu havia me enganado — aquele sorriso era o melhor traço dela, não os olhos. Mesmo assim, a competição pelo primeiro lugar era acirrada.

E os olhos junto com o sorriso? Fenomenal.

Após ver aquela combinação, senti um frio na barriga. Uma sensação de familiaridade.

— Obrigada por se desculpar. — Ela abriu a porta traseira do carro e ajudou a filha a sentar-se na cadeirinha. Após fechar a porta, ela se virou de novo para mim. Suas mãos aterrissaram sobre o quadril, e ela estreitou os olhos, o sol brilhando exatamente em sua linha de visão. — Bom, foi um prazer conhecer você, mesmo não tendo sido a noite mais normal da minha vida.

Assenti com a cabeça.

Ela foi até a porta do motorista e me fitou. Eu olhava de um lado para o outro da rua, tentando me localizar no bairro, mas era óbvio que estava completamente perdido.

Emery pigarreou e, com as palmas das mãos, bateu no teto do carro.

— Você precisa de uma carona?

— Seria ótimo — falei, aliviado, indo até a porta do carona.

Ela soltou uma risadinha e balançou a cabeça.

— Hum... na verdade, eu estava sugerindo um carro de aplicativo. Tipo, alguém que venha buscar você. Um Uber, por exemplo... — Suas palavras foram desaparecendo, porque ela provavelmente percebeu que eu parecia um idiota.

Era claro que ela estava falando disso, Oliver, seu burro.

— Isso aí, beleza. Foi isso que eu quis dizer. Seria ótimo... hum... pois é. Isso.

Ela deve ter ficado com pena de mim, porque olhou de um lado para o outro, depois para o relógio.

— Ou eu posso levar você para onde quiser.

Franzi as sobrancelhas.

— Você me faria esse favor?

— Claro. Não seria nada de mais.

— Você deve estar ocupada...

— Não tá, não. A mamãe perdeu o emprego no hotel, então não tem nada para fazer durante o dia — declarou a menina em um tom prático, do outro lado de sua janela aberta.

Emery arregalou os olhos.

— Como você sabe disso?

Reese deu de ombros.

— Ouvi você falando disso com a dona Abigail quando me deixou na casa dela no outro dia. Aqui tá com um cheiro ruim.

Emery abriu um sorriso envergonhado para mim.

— Crianças falam demais. Mas é verdade. Tenho bastante tempo livre hoje, então posso te dar uma carona.

— Obrigado.

Fiz menção de abrir a porta do carona de novo, e ela ergueu a mão.

— Espera, espera. O que você acha que está fazendo?

— Você não falou que ia me dar uma carona?

— Falei — respondeu ela. — Mas, depois da carona de ontem, você perdeu o direito de andar no banco da frente. Senta atrás.

O que isso significava?

— Anda logo, tá? A Reese não pode se atrasar.

Ela se sentou no banco do motorista. Eu me acomodei no banco de trás, ao lado de Reese, feito uma criança. Só faltava a minha cadeirinha.

— Meu Deus do céu, que cheiro é esse? — falei no automático.

— Isso, meu amigo, é o cheiro do seu vômito — respondeu Emery.

— Eu vomitei no seu carro?

— Sim, vomitou no carro todo.

Lembrete: você, seu idiota, deve a esta mulher uma limpeza de carro, uma planta e provavelmente um milhão de dólares por ela ter bancado sua babá.

Todos os pensamentos depreciativos que meu cérebro conseguiu reunir a meu respeito me inundaram ao mesmo tempo. Eu estava chocado por Emery não ter me jogado no meio da rua e me largado às baratas. Ou aos paparazzi — dava no mesmo, na verdade.

Ela virou a chave na ignição. O carro rugiu, soluçou, tossiu e cuspiu antes de ligar.

— Eca, você vomitou no carro da mamãe? — berrou Reese, fazendo cara de nojo. — Que nojento.

— Foi sem querer, imagino. — Olhei para Emery na frente. — Vou pagar a limpeza.

Emery deu de ombros.

— Não precisa se preocupar. Eu dou um jeito.

Ela abriu as janelas para arejar o carro enquanto Reese apertava o nariz com a mão e pedia:

— Mamãe, bota a nossa música?

Emery olhou de soslaio para a filha enquanto começava a dirigir.

— Hoje, não, querida.

Reese baixou a mão, parecendo chocada.

— Mas, mamãe! A gente escuta todo dia!

— Sim, então está na hora de tirarmos uma folga.

— Mas, mamãe! — choramingou Reese, e, naquele momento, eu tive certeza de que não tinha nascido para ser pai.

Alex, por outro lado, teria sido um pai maravilhoso.

Pare de pensar nele, Oliver.

Eu queria conseguir desligar meu cérebro como se estivesse fechando uma torneira. Fácil e simplesmente.

— Tudo bem.

Emery finalmente cedeu e colocou para tocar uma música muito familiar, tornando ainda mais difícil tirar meu irmão da minha cabeça.

Era "Tentação", do nosso primeiro álbum. Fazia anos que eu não a escutava, e, quando começou a tocar, senti os calafrios do passado percorrendo meu corpo. Aquilo parecia ter acontecido há tanto tempo, quando os dias eram mais curtos e a música vinha fácil.

Era uma das canções favoritas de Alex.

Emery me fitou pelo espelho retrovisor.

— Não sou uma fã maníaca — comentou ela, voltando a olhar para a rua. — A gente só gosta muito dessa música.

— Não tem problema. Você pode gostar das minhas músicas.

Reese estreitou os olhos.

— Essa música não é sua.

— É, sim.

— Não é, não! É do Alex e do Oliver Smito — declarou ela em um tom prático.

— Smith — corrigi.

O "Smito" dela parecia "mito", e, por algum motivo, isso me deu a sensação de que eu não existia de verdade. Por coincidência, eu me sentia assim todos os dias.

— Foi o que eu disse — rebateu ela, concordando comigo. — E você não é nenhum deles.

— Acho que eu sei quem sou, menina.

— Você não tem a menor ideia de quem é — respondeu Reese, e, porra, se aquilo não era uma declaração emocionalmente pesada, eu não sabia o que poderia ser.

— É verdade, sim, Reese. Ele é o Oliver Smith. A música é dele — interferiu Emery.

Reese ficou boquiaberta tamanho o choque, e seus olhos se arregalaram mais do que eu imaginava ser possível. Então ela sussurrou. E quem diria que aquela garotinha conhecia a arte de sussurrar?

— Você... — começou ela, a voz ligeiramente trêmula agora. — Você é do Alex e Oliver?

— Sou, sim. — Fiz uma pausa. — Era.

Notei o olhar triste de Emery pelo espelho retrovisor antes de eu voltar a encarar Reese.

— Ai. Minhas. Bananas — murmurou ela, chocada, enquanto seu rosto empalidecia e ela batia com as palmas das mãos nas bochechas.

— Ai, minhas bananas? — Essa era nova.

Emery riu.

— Já deu para perceber que nós duas somos fãs das suas músicas. Você quer dizer alguma coisa para o Oliver, Reese?

— Quero. — Reese se remexeu na cadeirinha antes de entrelaçar as mãos e olhar para mim. — A gente só gosta dos dois primeiros álbuns, porque os outros são um lixo comercial reciclado que só foram feitos para ganhar dinheiro, e não pela arte. A gente não escuta esses porque, apesar de serem reciclados, continuam sendo lixo.

— Reese! — arfou Emery, balançando a cabeça de um lado para o outro. — Isso não foi nada legal!

— Mas, mamãe, é verdade, e você diz que precisamos ser sempre honestas. Além do mais, foi você que falou que é lixo reciclado. Lembra, mamãe?

Era impossível não achar graça daquela menina. Porra... quando eu sorri pela última vez? Eu devia começar a anotar as ocasiões em que tinha esses vislumbres de felicidade. Talvez parasse de me afogar todos os dias se soubesse que momentos de alegria também eram possíveis

— Desculpa — disse Emery. — Sabe como é, crianças não sabem o que dizem.

— Ei, Sr. Smito? — perguntou Reese, puxando a manga da minha camiseta.

— *Smith.*

— Foi o que eu falei. Ei, Sr. Smito, você acha que vai voltar a fazer músicas boas um dia?

— Reese! — arfou Emery outra vez, seu rosto estampado de vergonha.

Não me abalei e dei de ombros.

— Acho que todo mundo tem essa mesma dúvida, menina.

Reese cruzou os braços.

— Para de me chamar de "menina". Eu tenho cinco anos. Sou grande.

— Vou parar de te chamar de "menina" quando você parar de me chamar de "Smito".

— Tá bom, Sr. *Smito!* — rebateu ela, no tom mais atrevido do mundo.

— Tudo bem, então tá, a conversa desta manhã foi incrível, mas talvez seja melhor ficarmos quietos pelo resto do caminho pra escutarmos a música, que tal? — interrompeu Emery.

Cerca de vinte minutos depois, chegamos à colônia de férias, e Emery estacionou o carro.

— Preciso deixar ela lá dentro. Já volto.

Enquanto saía do carro, Reese fez questão de me dar outra cutucada.

— Tchau, Sr. Smito. Espero que você consiga fazer músicas boas de novo.

Eu também, menina.

— Ah, e Sr. Smito?

— Sim?

— Sinto muito pelo seu irmão — disse ela com a voz levemente arrastada. — Ele era o meu favorito.

Eu não sabia por que, mas a porrada de escutar aquilo de uma garotinha foi mais forte do que qualquer outra que eu já tinha levado.

— Ele também era o meu favorito, menina.

Ela abriu um sorriso imenso, e, por um milésimo de segundo, aquele sorriso pareceu suficiente para diminuir um pouco a minha dor.

— Não me chama de "menina", Sr. Smito.

Ela saiu apressada com a mãe, e, no automático, olhei para o meu celular, que continuava sem bateria. Fiquei me perguntando se o mundo achava que eu estava caído morto por aí. Fiquei me perguntando se isso deixaria algumas pessoas felizes. *Para de ser tão pessimista.* Era quase mórbida a frequência com que esses pensamentos surgiam em minha mente. Talvez perder alguém que era tudo para você causasse esse tipo de impacto.

Não quero estar aqui.

Merda.

Meus pais.

Sempre que pensava em desistir da vida, eu me lembrava dos meus pais.

Os dois deviam estar morrendo de preocupação. Eu tinha quase certeza de que teriam visto as matérias que saíram sobre mim, e não me surpreenderia se minha mãe estivesse tentando comprar uma passagem de primeira classe para Los Angeles para ver se eu estava bem.

— Desculpe — disse Emery, voltando para o banco do motorista. Ela se virou para me encarar com um sorrisinho. Por algum motivo, aquele sorriso também diminuiu um pouco a minha dor. — Para onde vamos agora?

Dei meu endereço, e ela ligou o carro.

Fiquei tamborilando os dedos na perna enquanto escutava a música que ainda tocava. Sempre que eu ouvia os *riffs* de guitarra de Alex saindo das caixas de som, meu peito se apertava mais e mais.

— A gente pode não escutar nada? Não gosto de ouvir minhas coisas. Ou, melhor, não gosto de ouvir nenhuma das minhas músicas desde... — Minhas palavras falharam, e os olhos castanhos dela se tornaram mais serenos no espelho retrovisor enquanto a culpa dominava seu olhar.

Ela rapidamente desligou o som e murmurou algo baixinho, mas não consegui escutar. Se eram condolências, eu não queria ouvir mesmo. Já tinha recebido mais que o suficiente delas, chegando ao ponto de achar que tudo não passava de falsidade.

Permanecemos calados por alguns quarteirões, até sua voz suave voltar a tomar conta do espaço. Fiquei me perguntando se ela também se incomodava com o silêncio. Se outras pessoas ficavam remoendo seus pensamentos tanto quanto eu fazia.

— Você é outra pessoa hoje — comentou ela, iniciando uma conversa sem nem imaginar que eu precisava falar sobre aquilo. — Ontem à noite, você foi o oposto do que eu imaginava. Sempre achei que fosse mais reservado.

O nervosismo que embrulhava meu estômago se intensificou enquanto eu me esforçava para juntar os pontos dos flashbacks da noite anterior. Eu devia ter feito papel de ridículo e me humilhado na frente daquela pobre mulher.

— Eu estava fora de mim ontem à noite. — Nem sabia quando havia sido a última vez em que não estivera. — Se ofendi você de alguma forma...

— Não precisa se desculpar — interrompeu-me ela. — Sério, eu entendo. Já passei por isso. Uma vez, fiquei tão bêbada que desmaiei no sofá de um desconhecido e acordei com um balde de vômito do meu lado e um burrito do Taco Bell grudado na bochecha. Quem nunca, né?

Por algum motivo estranho, isso até que me consolou. Eu não conhecia Emery, mas algo nela me deixava menos introspectivo.

— Você já mijou na planta de alguém? — perguntei.

— Não, mas é aquilo, né? Nunca se sabe o dia de amanhã.

Dei uma risadinha, e ela olhou para trás, parecendo quase surpresa por ouvir aquele som saindo da minha boca. Sempre que ela olhava para mim, eu sentia uma onda de calor percorrer minha pele.

Que estranho.

— Você está bem mais quieto hoje — comentou ela.

— Eu sou quieto. Saio de mim só quando bebo.

— Então por que você bebe?

— Porque eu saio de mim quando bebo.

Ela meio que estremeceu, parecendo comovida com meu comentário.

— Não sei se você faz de propósito ou se é algo natural, mas, às vezes, quando você fala, parece que está criando a letra da minha próxima música favorita.

Quem dera fosse assim tão fácil criar a música favorita de alguém. Minha gravadora que iria gostar.

— Ah! Ah! — arfou Emery, apontando pela janela com o carro em movimento. — Se interessar, apesar de eu duvidar disso, aquele lugar ali tem a melhor comida mexicana que você vai comer na vida. Se chama Mi Amor Burritos, e sua vida vai mudar para sempre se você for lá. — Ela assentiu, animada só de pensar naquilo. Aquela mulher era o oposto de mim, era mais parecida com Alex. Parecia que não faltava assunto para ela, enquanto eu tinha que me esforçar para pensar no que dizer. — O lugar é bem pequeno. Só descobri porque minha irmã, Sammie, o achou por acaso há alguns anos, quando veio passar um tempo comigo. Ela tem o dom de encontrar as melhores coisas em lugares aleatórios.

— Você e sua irmã são próximas?

Houve certa hesitação, então ela engoliu em seco e olhou para a frente.

— Nós éramos.

Puta merda.

— Sinto muito.

— Não tem problema. Ela não morreu nem nada. Ela só... Faz uns anos que não nos vemos, desde que ela saiu por aí em busca de autoconhecimento. A gente ainda se fala de vez em quando, só que não mais é a mesma coisa. Ela está se aventurando pelo país, tentando encontrar seu lugar no mundo.

— Você acha que isso existe? Que as pessoas têm um lugar específico no mundo?

— Acho que "lugar" é relativo. Pode ser um local físico, uma pessoa, um objeto, uma ocupação.

82

— Qual é o seu lugar?

— Com a minha filha — respondeu ela, sem hesitar. — Ela é meu porto seguro. E o seu?

Fiquei quieto. Pelo espelho retrovisor, notei como os lábios de Emery se apertaram. Ela não insistiu para que eu lhe respondesse, e me senti grato por isso.

Uns vinte minutos depois, viramos a esquina da minha rua e entramos em um condomínio fechado. Steven, o segurança, foi até o carro com uma prancheta nas mãos e um walkie-talkie preso na cintura.

Emery abriu a janela do carro e sorriu para Steven. Ele não sorriu para ela, provavelmente porque lidava com hordas de fãs e paparazzi tentando passar por aqueles portões de metal.

— Posso ajudar? A senhora se perdeu?

— Bom, com certeza não estou mais no Kansas — murmurou Emery, olhando para as mansões imensas por trás dos portões. Então ela sinalizou com a cabeça para o banco traseiro do carro. — Vim deixar uma das suas preciosidades.

Steven olhou para mim no banco de trás, ainda sem sorrir. Então assentiu com a cabeça.

— Olá, Sr. Smith.

— Oi, Steven.

— O senhor está causando um burburinho por aqui hoje.

Sorri, erguendo as mãos.

— De nada pela diversão.

— É bom para me manter atento — disse ele.

Steven se afastou, e, pouco depois, os portões começaram a abrir. Emery estava boquiaberta, e eu jurava que uma mosca logo chegaria à sua garganta.

— Então as pessoas realmente vivem assim? — perguntou ela, chocada.

— Vivem. — Concordei com a cabeça, olhando para as casas multimilionárias ao redor. Diziam que Demi Lovato tinha comprado uma mansão perto da minha. Alex teria adorado a notícia; era a celebridade favorita dele. — É nisso que gastamos nossas fortunas.

— Cacete — exclamou ela enquanto subíamos uma colina e passávamos por duas pessoas caminhando. — Era uma Kardashian? Cacete, é uma Kardashian — sussurrou-berrou ela, ainda com as janelas abertas.

— Uma Jenner — corrigi.

— Não faz diferença. — Ela suspirou, parecendo um pouco deslumbrada. Emery não parecia alguém que seria fã das Kardashian, mas as pessoas às vezes podiam surpreender. — Eu daria meu peito esquerdo para ter um batom da linha de maquiagem da Kylie.

— Acho que você precisa rever suas prioridades se está disposta a abrir mão de uma parte do corpo em troca de maquiagem.

— Você é que não entendeu como as maquiagens dela são boas.

Quando nos aproximamos da minha casa, ela seguiu pela entrada de carros, e vi duas pessoas sentadas na varanda da frente, deixando claro que eu estava encrencado após as minhas peripécias da noite anterior.

— Eles são sua equipe de relações públicas ou coisa assim? Para fazer o controle de danos depois de ontem?

— Pior. São meus pais.

Ela parou o carro, saltei e fui até sua porta, me inclinando pela janela.

— Obrigado por ter me ajudado.

— Não foi nada, sério. — Ela prendeu o cabelo farto, lindo, atrás da orelha e sussurrou: — Por mais estranho que pareça, foi meio que a realização de um sonho para mim. — Eu a analisei enquanto ela mordia o lábio inferior e passava os dentes por ele, nervosa. — Posso te fazer uma pergunta?

Fiz que sim com a cabeça.

— Se for pessoal demais, não precisa responder.

Fiz que sim de novo.

Ela se inclinou na minha direção, chegando mais perto enquanto colocava as mãos bem ao lado da minha na janela aberta.

— Você está bem? Tipo, no geral. Você está bem?

Sua pergunta era muito cuidadosa e cheia de carinho. Era essa a sensação que aquela manhã tinha me passado, desde que meu caminho havia se cruzado com o de Emery. Ela parecia um cobertor que me protegia e me impedia de desmoronar. Nos seus olhos castanhos, eu via sua preocupação comigo.

Por que ela ligaria para mim?

Eu não tinha importância alguma. Por outro lado, talvez ela só se importasse com o Oliver Smith músico, não o Oliver Smith que eu tinha sido. Se conhecesse a minha realidade, provavelmente não se importaria tanto assim comigo.

Eu sabia o que queria dizer para ela. Queria dizer o mesmo que dizia para o restante do mundo. Queria mentir. Queria responder que estava bem, que tudo estava nos conformes, mas, por algum motivo estranho, meus lábios se abriram, minha voz falhou, e eu disse:

— Não.

Não.

Foi bom falar isso.

Não, eu não estava bem. Não, eu não ficaria bem. Não, nada estava melhorando.

Não.

Ela abriu um sorriso que parecia ensopado de lágrimas. Eu nunca tinha visto um sorriso tão triste. Por mais estranho que parecesse, a tristeza em sua expressão me deixou um pouco mais em paz com meu próprio desespero.

Sua mão cobriu a minha e a apertou de leve. Seu toque era quente e delicado, como eu havia imaginado.

— Sinto muito, Oliver. Vou rezar para você ter dias melhores. Você merece dias melhores.

Aquela mulher existia mesmo? Ou era apenas produto da minha imaginação que tinha aparecido para me dizer as coisas que eu tanto precisava ouvir? Eu queria contar a ela a verdade sobre orações, que elas nunca se concretizavam. Antes de Alex ser declarado morto, eu rezei para ele voltar, mas ninguém me escutou. Eu tinha rezado por uma melhora, e nada aconteceu. Eu tinha rezado para o universo me levar no lugar dele, mas eu havia sido deixado vivo.

Não que vivo fosse a melhor palavra para me definir. Eu era um morto-vivo, silenciosamente desejando que o sol desaparecesse para sempre e que eu não precisasse mais sofrer.

Não quero estar aqui.

Quando Emery afastou a mão da minha, o calor que ela me oferecia foi embora também. Antes que eu conseguisse falar qualquer coisa, meus pais vieram correndo na minha direção.

O calor de Emery desapareceu das minhas mãos quando ela se retraiu, assentindo com a cabeça, como se aquela fosse nossa despedida. Minha mãe me alcançou e me puxou para um abraço.

— Minha nossa, Oliver! Você está bem?

— Sim, mãe. Estou — menti.

Às vezes, era mais fácil falar a verdade para desconhecidos. Não os magoava tanto. Eu sabia que meus pais ficariam arrasados se soubessem que eu não estava bem. Eu não queria que eles ficassem preocupados com meu bem-estar depois de tê-los feito perder a outra metade de seu coração.

Quando olhei para Emery, ela abriu um meio-sorriso, ouvindo a mentira que contei para meus pais, e respondi com um sorriso torto, fraco. Seu olhar parecia me dizer *Eu entendo você, Oliver, e vai ficar tudo bem*. Então ela assentiu mais uma vez com a cabeça, deu marcha a ré e foi embora. Ao contrário da minha entrada explosiva em sua vida, ela saía da minha devagar, de um jeito bem mais elegante.

— Por que vocês vieram para cá? — perguntei enquanto meu pai me puxava para um abraço mais rápido que o da minha mãe.

— Bom, ficamos sabendo meio que em cima da hora que você faria um show, então achamos que seria bom ter o apoio da família — explicou meu pai. — Aí, quando aterrissamos, não conseguimos falar com você e ficamos preocupados.

Os olhos da minha mãe ficaram marejados, e ela me deu outro abraço.

— Fiquei com tanto medo de que alguma coisa tivesse acontecido com você...

O peso de suas palavras e seu medo fizeram com que eu me sentisse o pior filho do mundo.

— Desculpa, mãe. A bateria do meu celular acabou, e só consegui voltar para casa agora. Desculpa pelo estresse. Eu não queria deixar vocês preocupados.

Ela levou uma das mãos à metade do coração pendurado no meu pescoço e a outra ao meu rosto, sorrindo entre as lágrimas. Então bateu no meu rosto e fungou.

— Nunca mais faça uma coisa dessas ou juro que vou colocar um rastreador no seu telefone. Agora, deixa a gente entrar. Você parece estar com fome. Vou preparar alguma coisa para você comer.

Minha mãe seguiu para a porta da casa, e meu pai ficou para trás. Ele não era tão tagarela quanto ela. Não era de falar muito, tirando quando as palavras eram necessárias. Eu era mais parecido com ele nesse aspecto, enquanto Alex puxara mais nossa mãe. Ele tocou meu ombro de um jeito reconfortante e me apertou.

— Está tudo bem, filho? — perguntou ele, a voz grave, baixa e calma como sempre.

Eu não conseguia me lembrar de nenhum momento em que meu pai tivesse levantado a voz. Ele provavelmente era a pessoa mais calma que eu já tinha conhecido.

— Sim, tudo bem.

Ele concordou com a cabeça, aceitando minha resposta.

— Quem era aquela moça que deixou você aqui?

— É só uma mulher que teve a bondade de me ajudar ontem à noite.

— Uma mulher bonita — comentou meu pai com um sorriso estampado no rosto, batendo com o ombro no meu.

— Sério? Nem percebi. Eu só queria voltar para casa.

Ele riu.

— Mentiroso.

Verdade. Seria quase impossível não notar a beleza de Emery. Se eu fosse um homem diferente, com problemas diferentes, teria pedido o telefone dela. Mas o mundo em que eu vivia não se encaixava no mundo que ela habitava. O dela parecia mais estável.

Além disso, havia Cam.

Fiquei me perguntando quantas mensagens ela havia me mandado enquanto meu celular estava desligado.

— Quer conversar sobre o que aconteceu ontem? — perguntou meu pai enquanto subíamos a escada da varanda.

— Agora, não.

— Tudo bem. Quando você se sentir pronto, estaremos aqui.

Meus pais eram a personificação da paciência. Eles nunca me pressionavam para falar sobre os pensamentos que inundavam minha mente. Na maior parte do tempo, apenas apareciam na minha casa do nada e faziam um monte de comida enquanto nós escutávamos música e batíamos papo, discutindo absolutamente tudo que não fosse minha carreira ou minhas emoções.

Eu sabia que eles me apoiariam no dia em que me sentisse pronto para me abrir. Havia certo conforto em saber que, mesmo quando eu me perdia, meu lar estava esperando por mim. Enquanto estava ali comendo e conversando com meus pais, me senti um pouco menos sozinho.

Então, sem permissão, meus pensamentos vagaram de novo para Emery. Ela era um dos melhores lugares para os quais minha mente havia vagado ultimamente, e não odiei sua presença ali.

8

Emery

Eu e minha irmã costumávamos ser melhores amigas.

A gente contava tudo uma para outra e se consolava quando nossos pais eram rígidos demais. Rígidos demais comigo. Meus pais nunca eram rígidos com Sammie. Talvez por ela ser a caçula. Talvez por a amarem um pouquinho mais. Talvez porque ela era a filha perfeita, que nunca errava.

Nos últimos cinco anos, depois do nascimento de Reese, nossa relação havia mudado muito. Não conversávamos como antes, e, quando nos falávamos, parecia forçado. Mesmo assim, havia momentos em nossos papos em que parecíamos voltar aos velhos tempos, em que apoiávamos uma à outra e compartilhávamos todos os maiores segredos de nosso coração.

Naquela tarde, quando ela me ligou, por um instante, eu e Sammie parecemos minha melhor lembrança de nós duas. Parecíamos melhores amigas de novo.

— *Aimeudeeeus!* Me conta tudo! Cada. Detalhe! Quero saber de absolutamente tudo — gritou Sammie ao telefone enquanto eu entrava no meu apartamento segurando uma pilha de currículos.

Depois de deixar Oliver em sua mansão gigantesca, eu sentia que estava entrando em um closet. No instante em que parei para respirar, mandei uma mensagem para Sammie contando tudo o que tinha acontecido na noite anterior.

Nem era preciso dizer que ela estava surtando. Se havia alguém que amava Alex & Oliver tanto quanto eu, era minha irmã.

Sua voz tremia de empolgação enquanto ela continuava falando:

— O que ele bebeu? Como era o cabelo dele? Os olhos dele continuam lindos? Que cheiro ele tem? Pelo amor de tudo que é mais sagrado, por favor, me fala que cheiro ele tem.

Eu ri.

— Hum, de uísque e vômito?

Ela se derreteu com a ideia de vômito de uísque como se fosse o melhor perfume do mundo.

— Sua sortuda — cantarolou ela do outro lado da linha. — Eu daria tudo para sentir o cheiro do vômito do Oliver Smith.

— Você é doida — falei, rindo.

— Talvez, mas, caramba, Emery. Que loucura! Não acredito que você acabou assistindo ao show do Oliver Smith da primeira fileira, por assim dizer. É como se o seu maior sonho tivesse se tornado realidade.

— Não era bem assim que eu sonhava em passar tempo com o Oliver.

Na minha cabeça, achei que nossos caminhos se cruzariam por acaso em Veneza, onde acabaríamos entrando na mesma gôndola sem querer, então acharíamos graça do nosso engano ao mesmo tempo. Aí nossos olhares se encontrariam, nossos corpos reagiriam, e ele cantaria para mim enquanto navegávamos pelos canais intermináveis do amor. Nós teríamos cinco filhos, e o primeiro se chamaria Oliver. Então, em algum momento, o canal E! nos faria uma proposta para termos nosso próprio programa, mas nós recusaríamos, porque eu sabia que casais poderosos eram sempre destruídos por reality shows. *Que saudade de Nick e Jessica, Jon e Kate, e Kendra e Hank.*

Então, comemoraríamos nosso aniversário de cinquenta anos de casamento em um passeio de gôndola, dessa vez cercados por nossos filhos e netos.

Esse seria meu romance dos sonhos com Oliver.

A realidade? Foram poucos os momentos mágicos. Com certeza passamos por mais situações nojentas.

— Então vocês vão se ver de novo? Rolou uma conexão? — perguntou ela, como se não tivesse escutado nada sobre o perfume de vômito.

— A única conexão foi que descobri que celebridades são pessoas normais que têm problemas, dinheiro e são perseguidas por paparazzi. Não foi tão incrível quanto você está imaginando.

— Tá, beleza, entendi. Que pena que foi uma decepção. — Ela pigarreou. — Mas, tipo, antes do vômito, qual era o cheiro dele?

Sorri, balançando a cabeça.

— Você quer mesmo saber? — perguntei, indo até meu sofá e desabando ali.

— Claro que quero, é óbvio!

— Tipo um carvalho defumado que pegou fogo pela quantidade de tempo perfeita.

— Ai, caramba, eu sabia. — Ela bufou, mais satisfeita do que eu imaginava ser possível. — Você cortou um pedaço do cabelo dele para guardar como lembrança?

Eu ri.

— Você é ridícula. Mas, realmente...

Antes que eu conseguisse concluir meu raciocínio, ouvi uma voz do outro lado da linha.

— Vamos começar seus ajustes daqui a pouco — disse a pessoa.

Arqueei uma sobrancelha.

— Quem está aí?

— O quê?

— Ouvi uma voz.

Sammie riu.

— Estou saindo de uma cafeteria; foi uma moça que estava entrando. Mas deixa isso pra lá. Me conta mais. O que aconteceu quando vocês estavam juntos? Quero todos os detalhes.

— Bom, ele fez xixi numa planta minha.

— Nossa! Hum, isso é algum tipo de código sexual que eu não conheço?

— O quê? Não. Ele literalmente fez xixi numa planta minha.

— Você pediu para ele fazer isso?

— Por que raios eu pediria para ele fazer xixi numa planta minha?

— Sei lá. Fãs são esquisitas às vezes.

Eu ri.

— Bom, não. Não pedi. Ele estava tão bêbado que achou que estava no banheiro, mas mirou direto na minha planta.

Eu quase conseguia ver a testa franzida de Sammie do outro lado da linha.

— Sinceramente, estou bem decepcionada.

— Desculpa por decepcionar você — falei rindo.

Nossa. Como eu sentia saudade dela. Seria bom ter sua presença, mas eu sabia que não daria certo pedir para que ela viesse me visitar. Se eu fizesse isso, acabaríamos nos distanciando. Sammie sempre se afastava quando se sentia pressionada.

Enquanto estávamos conversando, recebi uma mensagem de Joey, do Seven, me pedindo que fosse ao bar assim que possível.

— Sammie, preciso ir. A gente se fala mais tarde, tá?

Nós nos despedimos, e peguei o carro para ir até o Seven. Eu me esforcei para não pensar nas últimas vinte e quatro horas. Se pudesse voltar no tempo, jamais teria ido trabalhar naquela noite. Assim, minhas fantasias sobre o compositor das músicas que me salvaram nos meus períodos mais sombrios permaneceriam intactas. Eu ainda seria uma fã enlouquecida e não precisaria encarar o fato de que ele era apenas humano. Eu me lembrava de quando o conhecera em um *meet and greet* anos antes; mesmo assim, ele continuava parecendo o Super-Homem. Agora eu entendia que ele não passava de um homem que enfrentava dificuldades, assim como todo mundo. Não podia culpá-lo por estar passando por momento difícil. Ele tinha literalmente perdido sua outra metade.

Minha mente ficava me traindo ao vagar de volta para Oliver, o homem que havia acabado com minhas fantasias. De certa forma, ele tinha sido uma parte muito importante da minha vida quando eu era mais nova. Uma parte imensa da história da minha irmã também. A música dele era o que nos ajudava a lidar com a rigidez dos nossos pais. Ficávamos sentadas no quarto, escutando as músicas em silêncio com nossos fones de ouvido, porque, como nossa mãe sempre dizia: "A música do Satanás não tem espaço numa casa de Deus."

Só para deixar claro, qualquer música de que ela não gostasse era obra do Satanás.

As pessoas ouviam mesmo One Direction quando eram adolescentes? Porque eu com certeza não ouvia.

Minha mãe dizia que a única direção que aqueles garotos seguiriam seria a dos portões do inferno.

Ouvir as músicas de Alex & Oliver na nossa juventude era nosso segredinho. Era a base da conexão forte que tínhamos como irmãs. Então encarar a realidade sobre quem Oliver era agora, em comparação com a pessoa que acreditei que ele fosse quando eu e Sammie o conhecemos anos antes, era uma reviravolta emocional. Eu não sabia como me sentir em relação ao fato de Oliver ser o completo oposto da pessoa que tinha feito minha irmã sorrir tantos anos antes. Aqueles sorrisos eram os últimos que eu me lembrava de receber dela.

Eu queria acreditar que o homem que eu tinha conhecido era completamente diferente de quem Oliver era de verdade. Queria acreditar que ele estava apenas passando por um momento difícil e que não seria assim para sempre. Queria acreditar que o homem que havia escrito as palavras que me salvaram inúmeras vezes continuava dentro dele, em algum lugar.

Eu me apegava à ideia de que ele continuava sendo meu herói, não apenas um astro em decadência que havia se perdido. Ao mesmo tempo, eu sabia que nunca conseguiria ter certeza disso. Era bem provável que nunca mais nos víssemos. A pior sensação do mundo era entender que seus ídolos não passavam de seres humanos.

Quando cheguei ao Seven, ainda pensando em Oliver, fui pega completamente de surpresa.

— Você está demitida — bradou Joey quando entrei pela porta dos fundos.

Havia um grupo de paparazzi na frente do bar, querendo uma entrevista exclusiva. Eles estavam reunidos ali feito psicopatas, esperando para dar o bote. Joey ainda nem tinha destrancado a porta da frente, o que era estranho. Ele devia ter aberto o bar horas antes.

— O quê?

Parada ali, senti meu estômago embrulhar, embasbacada com suas palavras.

Ele cruzou os braços e apontou com a cabeça para mim.

— Eu falei que você está demitida.

— Joey, por quê...? — Pisquei, tentando engolir o pânico e a agitação que cresciam dentro de mim. Comecei a fazer contas na minha cabeça, os números disparando, os problemas que surgiriam sem meu emprego no Seven. Já estava difícil *com* aquele trabalho. Não conseguia nem imaginar o que faria sem ele. — Eu... eu não posso perder este emprego. Não posso.

— Mas perdeu. Estou o dia inteiro limpando a bagunça que você deixou e contando o dinheiro no caixa, tentando fechar a conta, e sabe de uma coisa? A porcaria da conta não fecha, porque você expulsou um monte de gente do bar antes que eles pagassem o que estavam bebendo! Quando a situação saiu de controle, as pessoas começaram a roubar garrafas do bar. E você deu um uísque caro para uma celebridade sem cobrar nada.

— Posso pagar o prejuízo... — falei, com a voz ficando trêmula.

— Ah, mas você já pagou, pode acreditar. Vou usar o seu salário dessa última semana para compensar parte das perdas. Acho melhor deixarmos por isso mesmo. Pode ir.

Meu corpo tremia com suas palavras, porque eu não podia sair daquele bar sem meu cheque. Eu não podia encarar Ed sem ter um tostão para lhe dar. Se eu saísse dali sem o dinheiro para pagar o aluguel, sabia que seria despejada na mesma hora.

— Não, não, não. Você não entende, Joey. Esse salário... é o meu aluguel, que preciso pagar hoje. Eu precisava pagar na semana passada, aliás. Por favor, você não pode fazer isso comigo.

— Não só posso como já fiz. Fora daqui! — bradou ele, apontando para a porta.

Eu queria continuar insistindo. Eu queria me ajoelhar e implorar para que ele me desse outra chance, mas conhecia Joey há tempo suficiente para saber que ele era teimoso e que seria quase impossível fazê-lo mudar de ideia. Além do mais, eu já o vira demitir pessoas por bem menos.

As lágrimas não paravam de encher meus olhos, mas me esforcei ao máximo para segurá-las. Não queria desmoronar na frente de Joey. Eu não chorava na frente dos outros. Não conseguia nem me lembrar da última vez que alguém tinha me visto perdendo o controle. Minha tristeza e meus colapsos emocionais eram reservados apenas para mim mesma, sozinha, quando ninguém poderia tentar me consolar. Eu não queria ser alvo da pena de ninguém; eu só queria ser forte o suficiente para não desabar.

Mas ainda não tinha chegado a esse ponto. No momento em que entrei no carro, as lágrimas começaram a rolar. Apertei o volante sem nem tentar impedir meu coração de desmoronar. Havia um milhão de motivos pelos quais meu coração estava se partindo, um milhão de motivos para eu estar desmoronando, mas o principal era Reese.

Minha estrelinha linda que merecia muito mais do que eu conseguia dar. Ela merecia o mundo, e eu só lhe dava migalhas.

Eu não sabia como fazer aquilo. Eu não sabia como conseguiria sustentá-la. Eu só sabia que não podia deixá-la sem um teto. Não podia colocar sua vida em risco por causa dos meus fracassos. Não havia nada no mundo tão importante quanto minha filha.

~

Nada é tão ruim que não possa piorar.

Cerca de um ano atrás, eu escutei essas palavras de uma pessoa em situação de rua parada na frente de um mercado pedindo esmola. Não costumava chover tanto em Los Angeles, mas caía um dilúvio naquela tarde, fazendo com que até dirigir ficasse difícil.

A mulher estava parada na chuva com um casaco cobrindo a cabeça, oscilando para a frente e para trás, morrendo de frio, segurando uma placa que pedia por ajuda. Reese nem percebeu a situação difícil da mulher; sua única missão na vida era pular em todas as poças que via.

Ao olhar para a mulher, meu peito apertou. Sim, minha vida com Reese não era perfeita, mas algumas situações podiam ser piores. Enfiei a mão dentro da bolsa e peguei as poucas notas que eu tinha, entregando-as para ela junto com meu guarda-chuva.

— Ah, não, pode ficar com o guarda-chuva — disse ela enquanto me agradecia pelo dinheiro. — Não preciso dele.

— Está chovendo muito. Eu e minha filha podemos ir correndo até o carro e nos secarmos lá. Você precisa mais dele.

— Nada é tão ruim que não possa piorar — cantarolou ela, olhando para o céu enquanto seu rosto ficava encharcado, mas sem perder o sorriso. Um sorriso enorme. — Mas a chuva sempre passa, e o sol volta a brilhar. Obrigada pela sua bondade. Que Deus te abençoe.

Eu tinha certeza de que aquela conversa me afetara muito mais do que àquela mulher, mas sua filosofia tinha me ajudado a enfrentar momentos difíceis. Especialmente no presente.

Nada é tão ruim que não possa piorar, mas a chuva sempre passa, e o sol volta a brilhar

Era engraçado como desconhecidos podiam afetar sua vida sem nem se dar conta.

Eu estava tendo um dia péssimo, passando por um dilúvio pessoal, e não conseguia nem parar para pensar em uma solução, porque, antes que eu pudesse ser humana, precisava ser mãe.

Quando busquei Reese na colônia de férias, estava determinada a ser uma ótima atriz na frente dela. Por dentro, a tempestade estava me afogando; por fora, eu abria um sorriso ensolarado.

— Como foi o dia na colônia de férias, meu bem? — perguntei depois de me sentar de novo no banco de motorista enquanto Reese cantarolava alguma música que tinha aprendido naquele dia.

— Foi legal! Nós estamos fazendo a maior, maior, *maiooor piñata* do mundo, e a tia Kate disse que vamos quebrar no último dia da colônia! Mamãe, ela é do tamanho da lua!

Ela estava radiante, e isso me fez rir. Mesmo nos piores dias, aquela garotinha conseguia arrancar sorrisos de mim.

— Nossa! Deve ser muito grande mesmo.

— É. É a maior coisa do mundo. Tem mais! Vamos colocar doces lá dentro, e todo mundo escolheu os doces que queria, porque a tia Kate e a tia Rachel disseram que a opinião de todo mundo é importante, e eu escolhi Skittles, porque é o meu doce favorito, e minha melhor amiga Mia disse "eca", porque ela detesta Skittles, e meu outro melhor amigo Randy falou que eu escolhi mal, então, mudei pra pirulito.

Ela falou de um jeito tão despreocupado, como se aqueles dois não fizessem bullying com ela.

Não passou despercebido o fato de que Mia e Randy eram os mesmos que tinham perguntado a Reese se nós éramos pobres.

Na segunda eu teria uma conversa séria com as monitoras da colônia de férias para me certificar de que elas estavam de olho mesmo na minha filha para que ela não fosse atormentada por aqueles dois.

— Reese, você sabe que não devia mudar de ideia por causa da opinião dos outros. Você adora Skittles. Não deixe esses dois fazerem você pensar que não gosta das coisas de que gosta.

Olhei para trás a tempo de vê-la dando de ombros.

— É que a Mia e o Randy são mais legais do que eu.

— Reese Marie, nunca mais repita uma coisa dessas, ouviu? Você é a pessoa mais legal desse mundo todinho, e não acredite em ninguém que te diga o contrário.

Era dramático demais querer muito dar uma lição de moral em duas crianças de cinco anos? Ou pelo menos nos pais delas? Eu ficaria horrorizada se descobrisse que minha filha fazia bullying com alguma outra criança. E a ideia de Reese estar cercada por gente assim me deixava apavorada. Eu não queria que ela (a) começasse a duvidar de si mesma de maneira alguma nem (b) se tornasse igual àqueles dois e começasse a fazer bullying com os outros.

Ela estava numa fase em que tudo afetava seus pensamentos. Eu precisava resolver o problema o mais rápido possível, antes que aquilo realmente influenciasse seu desenvolvimento.

— Tá bom, mamãe — disse ela, voltando a cantarolar, como se nada importante tivesse acontecido.

— É sério, Reese. Você é a pessoa mais legal que eu já conheci na vida. Não se esqueça disso.

Ela concordou comigo e voltou a cantar "Som ambiente", de Alex & Oliver, claro. Enquanto seguíamos para casa, também me perdi na música deles, me esquecendo um pouco da loucura da minha vida e me permitindo respirar por um instante.

Ainda bem que Abigail tinha deixado aquela sacola de comida para mim e Reese no dia anterior. Eu poderia fazer os ingredientes renderem por um tempo e, na pior das hipóteses, venderia o carro.

Sempre existe uma solução, sempre existe uma solução, sempre existe uma solução.

Minha cabeça foi tomada pelas afirmações que eu praticava diariamente. Elas me impediam de desmoronar e de me perder nos meus pensamentos.

— Mamãe?

— Sim, Reese?

— Quem é o meu pai?

Meu coração foi parar no estômago quando olhei para o banco traseiro e a vi brincando com as bonecas que ficavam sempre ali. Aquela era a última pergunta que eu esperava. Eu sabia que nós precisaríamos ter essa conversa em algum momento. Eu a havia ensaiado inúmeras vezes na minha cabeça nos últimos cinco anos.

— Por que está perguntando isso? — questionei, tentando soar o mais calma possível, apesar de meu coração estar batendo tão forte que parecia prestes a explodir no peito.

— Bom, estamos fazendo cartões de Dia dos Pais pra todo mundo na colônia de férias, e eu falei pra Mia e pro Randy que não tenho pai, e eles me disseram que todo mundo tem pai, e eu não sabia disso. Achei que algumas pessoas só tivessem mães, então, agora fiquei curiosa pra saber quem é o meu pai, já que todo mundo tem um pai.

Malditos Mia e Randy. As duas crianças demoníacas.

— Essa é uma ótima pergunta, querida, e vamos deixar para conversar sobre isso mais tarde, quando já estivermos em casa, tá?

— Tá, mamãe. Espero que a gente se conheça um dia. Quero dizer pra ele que amo ele do mesmo jeito que amo você.

Meu coração já estraçalhado se despedaçou em ainda mais pedaços do que antes.

— Eu te amo, Reesezinha — falei com a voz embargada, lutando contra as lágrimas que se acumulavam em meus olhos.

— Também te amo, mamãe.

Por sorte, ela não tocou mais no assunto naquela noite. Após o jantar, seguiu para o quarto para brincar com seus brinquedos, e eu limpei a cozinha e juntei o lixo para deixar na lixeira de fora.

Quando saí do apartamento, Abigail estava entrando no dela e abriu um sorriso imenso quando me viu.

— Oi, Emery. Como você está... — Suas palavras foram sumindo quando seu olhar encontrou o meu. — Ah, não, o que aconteceu?

Aquele escudo de mãe que me protegia começou a ruir; meus ombros murcharam e meu peito começou a arder.

— Foi só um dia ruim.

— O que aconteceu?

— Fui demitida por causa da loucura toda que aconteceu no bar ontem à noite. Não sei o que vou fazer. As coisas já estavam apertadas, e cometi a burrada de gastar boa parte das minhas economias na colônia de férias para Reese. Agora, o dinheiro está ainda mais curto, perdi dois empregos e sinto que estou perdendo o controle de tudo.

— Ah, querida. Se você precisar de ajuda...

— Não, de verdade. Está tudo bem. Vou dar um jeito. Mas obrigada. Para piorar a situação, a Reese perguntou pelo pai hoje.

Abigail fez uma careta e assentiu com a cabeça, compreensiva. Ela conhecia minha história de cabo a rabo. Caramba, ela me deu mais apoio do que minha própria mãe quando meu mundo virou de cabeça para baixo, cinco anos antes.

— Ela está chegando àquela fase em que vai começar a questionar esse tipo de coisa — disse Abigail. — Especialmente se estiver cercada por crianças com outros estilos de vida.

— Estilos de vida melhores — suspirei.

— Nenhuma vida é melhor do que outra. Todas são diferentes.

— Nem sei o que dizer para ela, como abordar o assunto. Caramba, eu não consigo pensar nisso sem ficar nervosa.

Abigail tocou meu ombro de um jeito reconfortante e abriu um de seus sinceros sorrisos.

— Só aborde o assunto quando se sentir pronta. A sua filha vai estar disposta a ouvir quando você achar que consegue falar. Até lá, só mostre que ela tem uma mãe que a ama. Você está indo muito bem, Emery. Saiba disso, mesmo nos dias em que não parecer verdade.

Agradeci a ela por sua bondade, e ela me deu um abraço do qual eu não sabia que minha alma precisava. Continuei seguindo até a lixeira e Abigail entrou em casa. Na volta, me deparei com Ed, que obviamente estava atrás do pagamento do aluguel.

— Emery! — chamou ele, vindo na minha direção.

— Eu sei, Ed, eu sei. Vou te pagar amanhã — falei, sem ter certeza de estar falando a verdade, mas sabendo que faria de tudo para cumprir a promessa.

Mesmo que eu tivesse que pegar um empréstimo que me custaria o dobro para quitar.

— Você disse que pagaria hoje! — argumentou ele com a testa franzida, bufando. — Não dá para continuar assim, Emery. Já chega! — bradou ele.

Seu rosto estava muito vermelho, e eu conseguia sentir sua irritação. Era compreensível. Ele já havia aturado meus problemas por tempo suficiente e não tinha motivo nenhum para continuar fazendo exceções para mim.

— Só mais vinte e quatro horas, Ed. Eu juro. Vou vender o carro amanhã para conseguir o dinheiro. Por favor — implorei, secando as lágrimas teimosas que escorriam pelas minhas bochechas.

No instante em que ele notou que eu estava mesmo abalada, seu corpo relaxou um pouco, e ele resmungou baixinho, apertando a ponte do nariz.

— Vinte e quatro horas. Depois disso, é rua para você e para sua filha, tá? Já chega, Emery. O combinado é esse.

— Combinado. Obrigada, Ed.

Ele resmungou baixinho, fez um gesto com a e foi embora.

Naquela noite, depois de nos ajoelharmos para rezar, dei um beijo na testa de Reese, coloquei-a na cama e fui para o meu quarto, para uma bela sessão de choro. Depois que me debulhei em lágrimas sozinha, depois de desmoronar, soube que precisava de alguma coisa. Não. Eu precisava de alguém. Precisava da minha irmã.

Liguei para o número dela com as lágrimas se acumulando nos meus olhos.

— Alô? — atendeu Sammie. Só com o som da sua voz eu já estava desabando, e ela deve ter percebido. — Em? O que houve?

— Fui demitida.

— Ai, caramba, Emery. Sinto muito.

— Você acha que pode vir para cá? Eu só preciso de você.

— Emery... — Ela suspirou.

— Eu preciso de você, Sammie. É muita pressão. Estou em frangalhos e preciso de você aqui comigo. Não consigo fazer isso sozinha. — A linha ficou em silêncio por um milésimo de segundo, e senti um medo avassalador enquanto voltava a implorar. — Por favor, Sammie. Estou mal. Não consigo fazer isso sozinha. Eu não pediria se não precisasse de ajuda, e...

— Posso mandar dinheiro — ofereceu ela, com a voz falhando.

— Não. Não preciso de dinheiro, Sammie. Preciso de você. Eu sempre estive do seu lado nos seus piores momentos... por favor... Preciso de você ao meu lado. Pode ser uma visita rápida. Você nem precisa ver a Reese, eu juro. Só preciso de você.

Mais uma vez, o silêncio preencheu o telefone, e senti uma espécie de traição quando Sammie sussurrou:

— Desculpa, Emery. Não consigo ser quem você precisa que eu seja. Não consigo.

— Sammie...

Nem consegui terminar a frase. Ela desligou, me deixando ali, sozinha. Como ela podia fazer aquilo? Como podia virar as costas para mim depois de eu ter ajudado sempre que ela precisou? A verdade mais difícil de assimilar na vida era que nem todo mundo amava da mesma forma que a gente. Eu tinha dado tudo para minha irmã no passado e, em troca, ela batia o telefone na minha cara.

9

Oliver

Meus pais passaram a noite na minha casa e foram embora na manhã seguinte. Embora eu tivesse certeza de que os dois estavam sofrendo, eles não demonstravam um pingo de tristeza na minha frente. Na verdade, exibiam aquelas personalidades alegres, expansivas, com as quais eu estava acostumado desde pequeno e iluminavam minha vida sombria com seu amor. Eu ficava grato por sua luz.

Cam não tinha nem dado as caras, porque ainda estava irritada comigo por não ter atendido às suas ligações no dia anterior. Estava ainda mais irritada por eu não ter tocado, porque ela havia preparado uma música surpresa para o público.

— Você nem pensou na exposição que isso traria para o meu álbum novo — reclamou ela. — Você nunca pensa em mim, Oliver.

Ela nem cogitou perguntar por que eu não tinha conseguido me apresentar.

Ela nem cogitou perguntar se eu estava bem.

Eu nem cogitei a hipótese de estarmos destinados a um final feliz.

Apesar disso, eu era egoísta o suficiente para precisar dela. Quando não havia ninguém ao meu lado à noite, eu cedia e me entregava à bebida. Eu não queria que o álcool continuasse sendo minha solução para tudo, porque ele sempre me dominava e me fazia acordar na manhã seguinte me sentindo pior do que no dia anterior.

Então eu contava que Cam viesse para casa toda noite.

Nossa relação era completamente baseada no egoísmo. Ela ficava comigo porque era ótimo para sua imagem ser a fofa que permanecia ao meu lado durante minha tempestade, e eu ficava com ela para não me perder na escuridão.

Era tóxico? Sim.

Era uma péssima forma de lidar com problemas? Sim também.

Fiquei sentado no meu quarto com headphones grandes cobrindo as orelhas. Estava sozinho, então aumentei o volume para abafar os sons que ecoavam pela minha cabeça. Eu tinha uma playlist com mais de seiscentas das minhas músicas favoritas que significavam algo para mim — provavelmente metade das quais eu tinha descoberto por Alex, na época em que ele me mandava uma música por dia. Eu sentia falta de receber essas músicas.

Sentia falta de compartilhar as minhas músicas também.

— Oliver? Você está aqui? — berrou uma voz pela casa.

A voz era alta o suficiente para que eu a ouvisse mesmo com os fones. Eu os tirei das orelhas e os deixei pendurados no pescoço.

Escutei os saltos de Kelly estalando pelos meus corredores conforme ela se aproximava do meu quarto.

— Só vim ver se está tudo bem! Sua mãe ligou e me pediu que desse um pulinho aqui, e, bom, eu também quis vir, depois do que aconteceu no show. — Sua voz continuava alta e com um leve tremor enquanto ela me procurava. — Então, se você estiver em casa, pode fazer algum barulho? Porque a ideia de entrar em algum cômodo e não te encontrar bem está me enchendo de ansiedade.

Engoli em seco e pigarreei.

— Aqui! — gritei. — No quarto.

Eu jurava que o suspiro de alívio de Kelly poderia ser escutado do espaço.

Ela veio andando rápido até o quarto e abriu um sorriso desanimado ao parar sob o batente com um café nas mãos. Seu cabelo estava preso em um coque bagunçado, e ela parecia estar sem dormir fazia dias. O inchaço sob seus olhos era prova da exaustão.

— Oi, Oliver.

Assenti e me sentei na beira da cama.

— Oi.

Ela veio até o meu lado e se sentou também, então me entregou o café.

— Café, sem uísque.

— Então não presta — brinquei.

— Você está bem? — perguntou ela.

— Estou, sim.

— Mentiroso.

— Talvez.

Baixei a cabeça e fiquei olhando para os meus dedos. Nos últimos meses, eu havia dito a mim mesmo que o que eu tinha não era depressão, apenas uma tristeza temporária que iria embora com o tempo. Depois que o tempo passou e que nada mudou, soube que teria que lidar com aquilo pelo restante da minha vida. De algum jeito, após a morte de Alex, eu me sentia... vazio.

Eu nem sabia se "deprimido" era a melhor forma de me descrever. Minha única certeza era que havia um vazio dentro de mim, e eu não tinha a menor ideia de como preencher aquele espaço. Era como se estivesse andando em cacos de vidro e não sentisse nem a dor dos cortes. Tudo estava anestesiado, tudo estava embotado, tudo estava sem sentido.

Eu queria que a dor de perder meu irmão passasse. Era por isso que eu bebia, para impedir esses pensamentos de virem à tona, mas o uísque não acabava com o sofrimento, apenas o escondia temporariamente. Quando o efeito passava, a dor voltava mais forte do que nunca.

— O que faz você feliz, Oliver?

Eu abri a boca, mas nenhuma palavra saiu. Droga. Eu não tinha a menor ideia.

Kelly franziu a testa.

— E a música? A música faz você feliz?

Continuei em silêncio.

— Você quer mesmo abandonar a música? Tipo, se você tiver perdido o interesse, beleza, larga tudo. Mas eu conheço você há muito tempo e acho que a música é muito do que você é.

— É, sim.

— Então por que você está se afastando dela?

Dei de ombros e pigarreei.

— Não sei como fazer música sem o Alex ao meu lado.

Os olhos dela ficaram marejados, e fiquei mal por fazê-la se sentir mal. Kelly sentia falta de Alex de um jeito diferente de mim, mas eu sabia que ela estava sofrendo. Ainda estava passando pelo processo do luto, mas jamais falaria sobre isso comigo. Talvez por achar que seria uma conversa difícil. Talvez por ainda não ter encontrado as palavras para expressar sua dor.

Ela forçou um sorriso e assentiu com a cabeça.

— Sabe o que deixaria o Alex bem triste?

— O quê?

— Saber que você se afastou da música. Ele iria querer que você se jogasse nela, não que fugisse. Ele iria querer que a música fosse o seu combustível depois de ter ficado tanto tempo parado. Então, de verdade, acho que a melhor forma de honrar seu irmão é fazendo aquilo que mais ama. Oliver, você precisa voltar para a música. Acho que é a única forma de melhorar. Não sei o que aconteceu no show, e não precisamos conversar sobre isso, mas eu só queria dizer para você ser mais gentil consigo mesmo. Você ainda está sofrendo por uma perda imensa.

— Achei que eu pudesse me convencer a fazer o show, mas entrei em pânico. Não consegui subir no palco.

— Ninguém culpa você pelo que aconteceu. Pelo menos ninguém que importa de verdade. O Tyler e a equipe de relações públicas já resolveram o problema e mudaram a narrativa. Ainda bem que aquela moça do bar cuidou de você. Podia ter acabado de um jeito bem pior.

Graças aos céus por Emery.

— Mas estou com pena dela — continuou Kelly. — Os paparazzi ficaram rondando o lugar, tentando conseguir uma entrevista exclusiva com a *bartender* da noite, mas publicaram que ela foi demitida pelo dono por causa da confusão

— Ela foi demitida?

— Foi. Pelo menos é isso o que estão dizendo.

Merda.

Emery já estava enfrentando muitos problemas. Só eu e meus demônios mesmo para piorarmos assim a vida dela.

— Preciso resolver um negócio — falei de repente, me levantando da cama.

Kelly arqueou uma sobrancelha.

— Está tudo bem? O que houve?

— Tenho que resolver um problema, só isso.

— Tudo bem, mas, se você precisar de qualquer coisa, me avisa. Vou continuar respondendo os seus e-mails e tal.

— Obrigado, Kelly.

Já estava saindo do quarto, mas parei e me virei para olhar para minha assistente. Por trás de sua organização e bondade, eu conseguia ver a tristeza. Eu não era o único sofrendo pela morte do meu irmão, isso era certo.

Todo mundo sabia que ela e Alex estavam ficando cada vez mais próximos antes do acidente. Eu me perguntava o que teria acontecido se os dois tivessem tido mais tempo. Eu me perguntava se era para eles terem vivido um romance com um final feliz. Eu me perguntava se ela me culpava pela morte dele, assim como o restante do mundo.

E ela era exatamente o tipo dele. Uma mulher linda com o coração de ouro. Durante seu tempo livre — que era pouco —, fazia trabalho voluntário servindo comida em abrigos, ajudava comunidades, participava de protestos em prol da igualdade ou meditava por dias melhores. Os dois eram muito parecidos — ela e meu irmão. Porra, ela e Alex tinham nascido um para o outro, até que a vida interferiu.

Na minha frente, Kelly nunca demonstrava tristeza pela perda de Alex. Ela simplesmente lidava com todos os aspectos da minha vida com cuidado e tato. Nunca mencionava as merdas que o restante do mundo dizia a meu respeito e se esforçava ao máximo para tornar minha vida mais fácil. Eu queria fazer algo para tornar a vida dela mais fácil também. Porque eu tinha certeza de que, nos seus momentos de tristeza, ela desmoronava sozinha.

— Como você está, Kelly? Sabe, com tudo. Como você está?

— Estou bem.

— Mentirosa.

Ela riu.

— Talvez. — Ela esfregou a nuca e me deu um sorriso cheio de tristeza. — Mas eu continuo respirando, então já é uma vitória.

Era algo aparentemente tão simples, só que, por mais estranho que parecesse, eu achava respirar uma das coisas mais difíceis de fazer nos últimos tempos.

— Então tá. Continua respirando. Você tomou café da manhã? — perguntei. Ela se remexeu um pouco, o que foi resposta suficiente para mim. — Tenho tempo antes de ir resolver aquele negócio. Vamos tomar o café.

— Oliver, eu estou bem — disse ela em um tom cauteloso.

Fiquei me perguntando quantas vezes por dia as pessoas mentiam umas para as outras dizendo que estavam bem.

— É, eu sei. Agora, anda logo. Vamos tomar o café.

10

Emery

Quando a manhã chegou, acordei com a campainha tocando. Meu corpo doía de exaustão, e meus olhos ainda deviam estar inchados de todo aquele chororô, mas consegui sair da cama mesmo assim. Que vitória.

Fui até a porta e fiquei chocada ao encontrar Oliver do outro lado. Ele abriu um sorrisinho que parecia mais uma careta; em suas mãos, havia uma planta gigante, junto com um cartão.

— Oi — falou ele, arfando, me deixando mais confusa do que nunca.

Seus olhos estavam pesados, como se ele também não tivesse dormido muito na noite anterior.

— Oi? — Esfreguei meu braço para cima e para baixo, o nervosismo tomando conta de mim. — O que você…?

— Eu estava devendo uma planta para você — disse ele, me interrompendo e esticando aquela belezinha na minha direção, junto com o cartão. — Achei que não custava nada acrescentar um cartão também.

— Não precisava. Mas que menina bonita — falei, sorrindo para a nova planta.

— Menina?

Assenti.

— Plantas são seres vivos, como os humanos.

109

— Você também dá nome para elas?

— Não, isso é responsabilidade da Reese. A que fica em cima da mesa de centro se chama Bobby Flay. A espinhosa no banheiro é Guy Fieri.

Ele abriu um meio-sorriso e assentiu, mas não disse nada. Franziu as sobrancelhas e esfregou a bochecha com uma das mãos.

— Era... só isso? — perguntei, sem saber por que ele continuava parado ali na minha porta.

— Era Quer dizer, não. Na verdade, fiquei sabendo que você foi demitida.

Fiquei boquiaberta e me retraí.

— Ah... Pois é.

— Não consigo parar de pensar que foi por minha causa. Então... — Ele coçou o pescoço e pigarreou, então levantou uma sobrancelha. — Quero contratar você?

Ele falou como se aquilo fosse uma pergunta, parecendo não ter muita certeza do que estava dizendo.

Eu ri, porque era óbvio que Oliver tinha enlouquecido. Quanto mais eu ria, mais confuso ele parecia.

— Desculpa — falei, rindo e balançando a cabeça. — Por que você está aqui, de verdade?

— É sério, Emery. Quero contratar você.

— Me contratar para fazer o quê?

Ele baixou as sobrancelhas e esfregou o nariz com o dedão.

— Bom, o que você faz?

— O que eu faço?

— Isso Além de trabalhar como *bartender*.

— Não entendi aonde você quer chegar.

— Você foi demitida por minha causa.

— Não foi exatamente por sua causa...

— Fui eu que arrumei aquela confusão no bar. Você foi demitida por minha causa.

— Não tem problema — menti.

110

— Tem, sim. — Ele sustentou o olhar, e pude ver culpa em seus olhos. — Quero consertar esse erro. Por isso quero contratar você para... fazer o que você faz. Ou o que gosta de fazer. Ou o que tenha vontade de fazer.

Eu ri.

— Oliver, não precisa. Você não tem que...

— *Por favor* — implorou ele, sua voz falhando. — Me deixa ajudar.

— Por que isso faz tanta diferença para você?

Os olhos dele encontraram os meus de novo, e cada gota de sofrimento que habitava aquele homem me encarava naquele momento. Eu não sabia por que era tão importante para ele me contratar, mas dava para perceber que aquela atitude era uma necessidade mais profunda e que ia além do que ele estava disposto a me contar.

Ele ficou parado ali como se tentasse encontrar uma forma de expressar seus sentimentos, como se sua mente estivesse girando mais rápido do que ele era capaz de acompanhar. Ele estava com as mãos enfiadas nos bolsos da calça jeans, e vi seus braços musculosos se flexionarem ligeiramente. Seus olhos piscaram algumas vezes, e ele respirou fundo, porém, mesmo assim, as palavras não vieram.

Mordisquei o lábio inferior.

— Eu sou chef. Bom, mais ou menos. Estudei gastronomia durante alguns anos, mas precisei parar quando a Reese nasceu.

Um vislumbre de esperança surgiu no olhar dele.

— Você é chef.

— Se a gente usar essa palavra num sentido bem abrangente, sim.

— Perfeito. Eu preciso de uma chef.

Eu duvidava muito que ele precisasse de uma chef.

— Você quer mesmo me contratar?

— Quero.

— Para... cozinhar para você?

— Isso.

— Mas você ouviu que eu não terminei o curso de gastronomia?

Ele franziu a testa enquanto pensava. Fiquei me perguntando se ele sabia como era fofo quando parecia se distanciar da realidade.

— Todo chef precisa de diploma para cozinhar bem? — perguntou ele.

— Bom, não, mas... como você sabe que vai gostar da minha comida?

— Não sou exigente. Como de tudo.

— Você quer ver meu currículo?

— Não.

— Quer que eu faça um teste? Para garantir que sou boa o suficiente.

— Emery.

— Sim?

— Você é boa o suficiente.

— Ah. — Mordi o lábio inferior. — Só acho que você encontraria outra pessoa mais qualificada.

— Não quero outra pessoa mais qualificada. Quero você.

Quando ele disse isso, senti um frio na barriga.

Oliver não percebia como era difícil para mim simplesmente existir perto dele. Sua beleza chegava a ser dolorosa, e, toda vez que ele se aproximava de mim, minhas bochechas esquentavam. Ele era bem parecido com o irmão, mas também diferente em muitos sentidos. Alex vivia sorrindo nas entrevistas quando estava com o irmão. Oliver sempre fora o mais tranquilo, com um olhar sério. Nunca achei que ele fosse mal-educado ou frio, como muita gente imaginava — ele apenas parecia estar pensando em tudo. Era como se sua mente estivesse sempre vagando por assuntos mais profundos.

Eu gostava disso — de ele parecer avaliar tudo antes de compartilhar os próprios pensamentos.

Oliver girou os ombros para trás e se empertigou. Ele devia ter quase um metro e noventa, porque eu me sentia minúscula ao seu lado, com meu um metro e sessenta e sete.

Ele esfregou o pescoço com um dedo algumas vezes.

— É para trabalhar cinco dias por semana. Os fins de semana são livres, é claro, a menos que tenha algum evento. Sei que você é mãe, e isso vem sempre em primeiro lugar. Então, se tiver algum conflito, podemos ajustar os horários. O salário é de cento e cinquenta mil por ano, e...

— O quê? — arfei.

Aquilo só podia ser uma piada. Ele estava bêbado de novo?

Ele repetiu o valor, e tive certeza de que eu tinha virado a Alice e caído no buraco do coelho.

— Você está falando sério? — perguntei.

— Por que eu estaria brincando?

— Hum... Por causa dos cento e cinquenta mil por ano.

— Não é suficiente? Porque a gente pode negociar até chegar a um valor justo.

Eu ri.

— Sério? É mais do que suficiente. E eu só vou precisar cozinhar para você e tal?

— Só.

Eu jamais poderia recusar uma oportunidade como essa. Aquele salário poderia mudar a minha vida e a de Reese para sempre. Eu poderia oferecer muita coisa à minha filha. Poderia matriculá-la em uma escola melhor no ano que vem. Nós poderíamos nos mudar para um apartamento mais confortável. Eu conseguiria economizar para o futuro dela e guardar um pouco para o meu.

Ele esticou a mão para mim.

— Combinado?

Senti um frio na barriga mais uma vez ao tocar sua palma fria. Será que ele sempre era tão gelado assim?

— Combinado. Quando começamos?

— Na segunda. Você se lembra de onde eu moro?

— Lembro, sim.

— Vou colocar seu nome na lista de acesso liberado ao condomínio. Qual é o seu sobrenome?

— Taylor.

— Emery Taylor.

Ouvi-lo dizer meu nome era como escutar uma canção que eu queria que ele cantasse para sempre.

— O telefone da minha assistente, a Kelly, está no cartão. Ela vai acertar os detalhes com você antes da segunda. Também vai explicar tudo o que precisa ser feito. É só ligar para ela.

— Obrigada, Oliver. De verdade. Você me salvou... você nem imagina como.

Ele assentiu uma vez, e apenas uma, com a cabeça.

— Até segunda.

Quando ele desapareceu no corredor, corri para a janela da sala para vê-lo entrando no carro. Fiquei olhando até o veículo sumir na rua. Depois, peguei o cartão que ele me dera e arfei ao abri-lo e encontrar notas de cem dólares junto com uma mensagem simples que dizia: *Valeu pela carona — OS.*

Havia o suficiente ali para que eu acertasse o aluguel com Ed. Havia o suficiente para passar o fim de semana e ter comida não apenas para Reese se alimentar, mas realmente desfrutar de uma bela refeição.

Dei uma olhada na minha filha, que estava dormindo, e deixei que ela continuasse na cama por mais um tempinho enquanto eu corria até o térreo para pagar o aluguel atrasado. Assim que entrei na sala de Ed, ele ergueu o olhar, parecendo mil vezes mais calmo do que durante nossa última conversa.

— Bom dia, Emery — disse ele, assentindo com a cabeça para mim e... ele estava sorrindo?

Sua mesa estava um caos, e ele mexeu na papelada à sua frente como se estivesse tentando colocar ordem nela.

— Oi, Ed. Vim pagar o aluguel. Desculpa pelo atraso, não vai acontecer de novo.

— Eu sei que não. O Oliver Smith já acertou o restante do seu contrato.

Inclinei a cabeça.

— Como é?

— Oliver Smith... você sabe... o Oliver Smith. Aquele que estava passeando por aí com você ontem. Ele passou aqui há alguns minutos e pagou seu aluguel pelos próximos sete meses. Deixou um cheque para cada mês. Até autografou o meu caderno. — Ed exibiu radiante seu papel autografado. — Ele é maneiro.

O mais estranho de tudo era que, de repente, algo poderia surgir na sua vida do nada e mudar tudo em uma questão de segundos.

11

Emery

— Você vai dar conta, Emery. Você é uma cozinheira fantástica. Tudo bem você não ter nenhuma experiência como chef particular, e trabalhar para um dos maiores músicos da sua geração pode ser um pouco intimidador, mas você está criando uma criança sozinha. Você dá comida para ela. Pode aprender novas técnicas num instante. Você vai dar conta; você vai dar conta — murmurei para mim mesma várias vezes no caminho até a casa de Oliver para meu primeiro dia de trabalho.

Eu tinha entrado em contato com Kelly, que havia me informado que eu deveria fazer as compras de mercado para a semana toda e que depois seria reembolsada, então, o porta-malas do meu carro estava lotado de comida para Oliver. Eu tinha revisado o cardápio da semana um milhão de vezes. Caramba, tinha montado dez cardápios diferentes, com dez tipos diferentes de culinária. Não era todo dia que você preparava as refeições de uma celebridade.

No banco de trás, também estava meu conjunto de facas da faculdade de gastronomia. Por quê? Eu não fazia a menor ideia. Mas eu achava estranho aparecer no trabalho de mãos vazias, apesar de ter certeza de que ele tinha facas maravilhosas. Eu precisava admitir que a sensação de voltar a precisar das minhas facas era ótima. Eu sentia falta de usá-las com a frequência da época da faculdade.

Nem era preciso dizer que aquele trabalho seria difícil, mas o que viria com ele valeria a pena. Era uma oportunidade não apenas de trabalhar para uma celebridade, mas também de oferecer uma vida melhor a Reese — uma vida que ela merecia.

Nós teríamos dinheiro suficiente para nos mudarmos para outro estado — para um estado mais barato —, com mais oportunidades. Talvez eu até pudesse voltar a estudar, me formar e abrir meu próprio restaurante um dia. Talvez conseguisse matricular Reese em uma escola particular. Ou colocá-la para fazer ginástica olímpica ou teatro. As possibilidades eram infinitas.

Quando cheguei ao condomínio, informei meu nome a Steven no portão. Ele liberou minha entrada, e fui direto para a casa de Oliver. A mansão era ainda mais linda do que eu me lembrava. Naquela manhã, uma equipe estava cuidando do jardim para deixar a propriedade nos trinques. Os jardineiros podavam arbustos que, para mim, já pareciam perfeitos e regavam flores que haviam desabrochado em tons vibrantes de amarelo e vermelho.

Fiquei me perguntando quantas pessoas eram necessárias para cuidar de uma casa daquele tamanho. Eu mal conseguia deixar meu apartamentinho limpo por um dia inteiro. Não dava nem para imaginar como eu cuidaria de uma mansão do tamanho da de Oliver.

Fui até a entrada e percebi que precisava de um instante para me acalmar, então passei as mãos suadas pelo cabelo que estava preso para trás. Toquei a campainha e esperei um pouco, até que vi a porta ser escancarada por uma mulher linda de salto alto.

— Oi! Você deve ser a Emery. Eu sou a Kelly. A gente se falou pelo telefone. Pode entrar — disse ela, abrindo a porta completamente.

Dar o primeiro passo dentro daquela mansão foi surreal. Meu apartamento inteiro era do tamanho da sala de estar de Oliver, talvez menor. Um imenso lustre de cristal brilhava no hall de entrada, criando pontos de luz que dançavam pelo cômodo ao refletir os raios de sol que entravam. A casa era bem iluminada com luz natural por causa das janelas que iam do chão ao teto. À direita, havia uma escada em espiral feita de madeira, e eu não conseguia deixar de imaginar aonde ela levava. O piso também era de madeira e parecia impecavelmente encerado.

Ainda bem que eu não falei para Oliver que era faxineira, porque manter aquilo tudo arrumado acabaria comigo.

— Que casa linda — elogiei, olhando ao redor, fascinada.

Parecia que eu tinha entrado em uma revista de decoração. *A vida dos ricos e famosos*. Tudo estava perfeitamente arrumado. Um sinal gritante de que Oliver não tinha filhos.

— Não é? Espera só até ver tudo.

Ela sorriu. Kelly passava a impressão de ser muito gentil. Parecia extremamente receptiva, o que abrandou um pouco meu nervosismo. Ela me levou até a sala de estar — a sala de estar com móveis *brancos*. Eu não conseguia nem imaginar ter um cômodo assim. Reese sujaria tudo com farelo de Cheetos e massinha em um piscar de olhos.

— Então, preciso explicar para você todas as tarefas e a documentação que tem que ser preenchida. Vou mostrar a casa também, e a última parada vai ser a cozinha, seu novo reino.

Com toda a calma, Kelly me explicou todos os detalhes sobre ser chef particular de Oliver. Ela disse que ele precisaria de três refeições por dia, mas o jantar podia ficar pronto cedo, para que eu tivesse tempo de buscar Reese na colônia de férias. Falou que meu orçamento para compras no mercado era ilimitado e que eu seria reembolsada por todos os gastos. Por fim, me informou que, se precisasse levar Reese comigo para o trabalho, não haveria problema nenhum.

— O Oliver queria que eu deixasse isso bem claro. Ele disse que você é mãe solo e que não precisa se sentir na obrigação de deixar sua filha em outro lugar durante o expediente. Até ofereceu para contratar uma babá para tomar conta dela enquanto vocês duas estiverem aqui. Então existe essa opção.

Ele queria contratar uma funcionária para a funcionária?

Minha expressão de choque fez Kelly sorrir.

— Ele quer que você fique o mais à vontade possível, o que me leva ao próximo assunto. — Ela pegou um cheque e me entregou. — Seu primeiro salário.

Ergui uma sobrancelha.

— Mas eu ainda não fiz nada — falei, embasbacada com o valor escrito no papel.

— É um bônus de contratação. Para ajudar antes de você receber daqui a duas semanas.

Cinco mil dólares.

De graça.

Eu não queria parecer doida, mas tive que me controlar para não me acabar em lágrimas.

— Não posso aceitar.

— Ah, pode e deve. Caso contrário, vou levar uma bronca por não fazer o meu trabalho. Então é melhor você colaborar comigo — brincou ela.

— Obrigada. É só que... obrigada.

Kelly sorriu.

— Fico feliz por poder dar boas notícias para você, mas, acredite em mim, isso é tudo coisa do Oliver.

Quando terminamos de listar minhas principais atribuições e eu assinei os contratos e acordos de confidencialidade, Kelly sentou-se comigo no sofá e me dirigiu um meio-sorriso.

— Só quero explicar uma coisa logo, para você entrar nessa com a mente e o coração abertos. O Oliver mudou um pouco. Ele sempre foi meio introvertido, mas, agora, depois da... — Ela respirou fundo e piscou para afastar a emoção em seus olhos. — Tem dias que ele fica vagando por aí como se estivesse desconectado da realidade. Se ele estiver usando fones de ouvido, provavelmente está tentando lidar com alguma emoção. Se ele entrar em um cômodo e ignorar você, ou se parecer frio ou grosseiro, não leve para o lado pessoal. Ele está se esforçando, diariamente, para melhorar.

— Eu entendo.

— E talvez você encontre a Cam pela casa de manhã, antes de ela sair para fazer as coisas dela.

— Cam? Tipo a Cam Jones? — perguntei, com os olhos brilhando. — Sério?

Kelly não parecia tão impressionada assim.

— É. Sério.

— Ai, caramba. Sou muito fã dela!

Nas entrevistas, Cam sempre parecia a pessoa mais fofa do mundo. Ela era uma das minhas cantoras de música country favoritas. Mal podia esperar para conhecê-la.

— Mal posso esperar pra conhecer essa mulher! — exclamei.

Kelly arqueou uma sobrancelha e abriu a boca, como se fosse compartilhar sua opinião sobre ela, mas apenas balançou a cabeça e abriu um sorriso.

— Aham. Claro. Além disso — continuou ela, mudando de assunto —, não se assuste com os espelhos cobertos pela casa. O Oliver ainda está lidando com algumas questões. Se você precisar usar um espelho, no banheiro e tal, é só não esquecer de cobrir de novo antes de sair, por favor.

Celebridades e suas manias esquisitas.

Kelly então me mostrou a propriedade, começando pela área externa. Ela me levou até a quadra de tênis e a uma piscina absurdamente linda, com uma jacuzzi acoplada, óbvio. Havia uma área de churrasqueira e uma espécie de salão de festas, com um sistema de som, espreguiçadeiras e um espaço para acender uma fogueira. Se Reese estivesse comigo, era bem capaz de achar que estávamos na Disney. Eu não me surpreenderia se um príncipe encantado saísse dos arbustos para tirar fotos comigo.

Kelly me mostrou todos os cômodos da casa, incluindo a suíte de Oliver. A Emery adolescente ficaria enlouquecida com a ideia de ver o quarto de Oliver Smith. A Emery adulta se esforçou ao máximo para manter a calma.

Então chegamos à cozinha.

Aquela cozinha fora concebida para preparar banquetes perfeitos. Não faltava nenhum utensílio nos armários. Havia até algumas geringonças que eu precisaria aprender a usar no Google.

— Quais são as orientações para a comida? — perguntei, passando os dedos pelas bancadas de mármore.

— Ah, pode cozinhar de tudo. Ele não tem nenhuma alergia, então nada é proibido. Confie em mim, ele é bem tranquilo.

Ela ainda me mostrou mais um espaço da casa, na ala oeste, onde ficava o estúdio de Oliver. Conforme percorríamos os corredores, passamos por paredes de vidro que davam vista para dentro do estúdio. No começo, achei que ele não estivesse ali, já que não o vi.

— Ah, ele está mergulhado no trabalho — comentou Kelly, me fazendo erguer uma sobrancelha. Então ela apontou para o chão, onde Oliver estava deitado, cercado por folhas de papel amassadas. Com os fones cobrindo as orelhas, ele exibia uma expressão carrancuda. — Às vezes, ele passa o dia inteiro aí dentro, então pode ficar à vontade para interromper e fazê-lo comer alguma coisa. É mais do que permitido — explicou Kelly.

Fitei o artista deitado no chão, e um sorrisinho se abriu em meus lábios. Fiquei me perguntando se ele havia feito a mesma coisa quando estava escrevendo minha música favorita, "Carimbos do coração". Será que ele tinha ficado jogado no chão, cercado por papéis amassados de seus pensamentos? Tinha fechado os olhos e movido os lábios enquanto murmurava alguma coisa para si mesmo? Tinha coberto os olhos com a palma das mãos e batido o pé no chão?

Fiquei me perguntando qual seria a próxima criação dele.

Fiquei me perguntando se também a amaria.

~

Após o tour pela casa, guardei todas as compras e enchi a geladeira bem rápido. Eu ainda tinha algumas horas até o almoço, então comecei a cortar uns legumes que poderia usar ao longo da semana.

Estava trabalhando há alguns minutos quando Oliver apareceu na porta da cozinha com fones de ouvido. Desviei o olhar da minha tábua e sorri para ele. Quando seus olhos encontraram os meus, ele pareceu um pouco surpreso.

— Emery. Olá — disse ele, todo formal. Ele tirou os headphones e os pendurou no redor do pescoço. — A Kelly mostrou tudo para você?

— Mostrou. Estou me ambientando neste lugar lindo. De verdade, eu mataria para ter uma cozinha assim. Ela é bem ampla, e os aparelhos são todos incríveis.

— Que bom que você gostou.

— Gostei, sim. — O nervosismo que eu costumava sentir perto dele começou a aumentar, como sempre. — Quer que eu faça alguma coisa para você? Uma vitamina? Um lanche?

— Não. Só vim buscar água. Vou parar de te atrapalhar — disse ele, passando por mim e indo até a geladeira para pegar uma garrafa de água.

— Eu queria dar uma palavrinha com você, se der — comecei.

Ele arqueou uma sobrancelha.

— Não está tudo certo?

— Não. Está. Quer dizer, não está. O que eu quero dizer é... — Fui até minha bolsa e peguei o cheque que Kelly havia me dado. — Não posso aceitar isto.

— É um bônus de contratação.

— Não é, não. E eu fiquei sabendo que você pagou o meu aluguel, mas, apesar de estar muito agradecida, prefiro pagar as coisas por conta própria. Então, se você puder descontar o valor nos meus contracheques, eu prefiro.

O olhar dele foi tomado pela confusão. Então ele piscou, e sua expressão pareceu arrependida.

— Eu ofendi você.

— Não. Foi muito legal da sua parte, mas não posso aceitar esse tipo de favor. Não quero nada que eu não tenha feito por merecer.

Ele não falou mais nada, só pegou o cheque das minhas mãos e colocou os fones de volta. Quando começou a se distanciar, parou e se virou de novo para mim. Seus lábios se abriram, mas não saiu som nenhum deles. Oliver respirou fundo e se retraiu um pouco enquanto tentava de novo.

Será que ele sempre tinha tanta dificuldade para ordenar os pensamentos?

— Você pode me fazer um favor? — pediu ele.

— Qualquer coisa.

— Quando preparar a comida para mim, pode fazer o suficiente para Kelly também?

— Sim, claro. Sem problema.

Ele enfiou as mãos nos bolsos e me agradeceu.

— Se precisar de mais alguma coisa, é só me avisar. De verdade, Oliver. Sei que já disse isso, mas este emprego é mais do que eu podia sonhar. Obrigada pela oportunidade.

Ele quase sorriu, e eu quase adorei isso.

Seus lábios carnudos se abriram de novo para falar, mas as palavras não vieram. Em vez disso, ele se virou outra vez para ir embora, e fiquei me perguntando o que ele pretendia dizer.

∾

No início da tarde, uma voz irritada me interrompeu enquanto eu preparava o almoço de Oliver.

— Quem é você?

Afastei o olhar do peito de frango que estava cortando e sorri para a mulher parada na minha frente. Cam Jones. A *própria* Cam Jones.

Caramba!

Eu adorava Cam Jones.

Ela era ainda mais bonita pessoalmente. Estava usando um top esportivo, calça legging e uma peruca cor de mel, e sua maquiagem estava perfeita: delineado impecável, batom maravilhoso. Cam parecia uma deusa e estava parada a apenas alguns metros de mim.

Larguei a faca e fui correndo até ela, limpando as mãos no avental.

— Ai, nossa, oi! Você é a Cam Jones! Que prazer conhecer você — falei, radiante, e estiquei a mão para cumprimentá-la.

Ela baixou o olhar até minha mão e voltou a me encarar.

— E quem é você?

— Ah. É. Você me perguntou isso quando entrou. Eu sou a Emery, a nova chef do Oliver.

— Chef? — Ela bufou, estreitando os olhos. — Faz anos que eu peço para o Oliver contratar um chef, e ele sempre diz que não tem necessidade. Para quem você já trabalhou?

— Hum, bom, para ninguém, na verdade. Já trabalhei em restaurantes e hotéis, mas...

— Você nunca trabalhou para outra celebridade?

— Não.

— Nenhuma? Nem para nenhuma subcelebridade? Tipo um dos irmãos do Alec Baldwin ou coisa assim?

— Não...

— Meu Deus! Onde o Oliver te encontrou? Na internet?

— Quase isso. — Eu ri. — Num bar.

— Você só pode estar de brincadeira. — Eu a encarei, inexpressiva, e ela arfou. — Ai, você não está de brincadeira. — Cam apertou os lábios. — Você é chef de verdade?

— Sou. Mais ou menos.

— Mais ou menos? — Ela me olhou como se houvesse um chifre crescendo no meio da minha testa antes de me dar as costas e gritar: — Onde você estudou?

— Bom, eu acabei não me formando. Mas, sabe o que dizem... nem todo chef precisa de diploma para cozinhar bem...

No caso, quem dizia isso era Oliver.

Cam me encarou, horrorizada.

— Sim! Precisa! Oliver! — berrou ela, marchando para longe de mim e da minha mão estendida, que permaneceu ignorada. — Tem uma estranha na nossa casa!

12

Emery

Meu deus!

Eu detestava Cam Jones.

Não demorou muito para eu entender que Cam Jones não era a moça fofa que eu via na internet. "Cruella de Vil" parecia uma definição mais adequada. Eu não me surpreenderia se descobrisse que ela chutava filhotinhos de cachorro por aí. Todos os dias, inventava um pedido mais bizarro que o outro. Quando eu preparava ovos, dizia que não queria mexidos. Quando eu fazia cozidos, seguindo suas ordens, ela os jogava fora e dizia que queria mexidos.

Sempre que ela comia minha comida, fazia careta e só dava algumas poucas garfadas.

— É por isso que não se contrata gente que conhecemos na rua — resmungou ela uma vez, depois de cuspir minha salada de frango com limão e pimenta, que estava fantástica, aliás.

Ela só era babaca demais para admitir que eu tinha preparado algo delicioso.

Oliver, por outro lado, devorava tudo que eu fazia e me elogiava daquele seu jeito de poucas palavras. "Fantástico." "Incrível." "Ótimo." "Tem mais?"

Era a pergunta dos sonhos de todos os chefs — "tem mais?".

O que mais me incomodava em Cam não era a forma como ela me tratava; era como ela tratava Oliver. Tendo sido criada pelos meus pais, era difícil me abalar — quase nada me afetava, ainda mais vindo de Cam, porque não era pessoal. Não podia ser, porque ela não me conhecia. Sua virulência e seus comentários maldosos diziam mais sobre ela do que sobre mim. Mas, com Oliver, era diferente. Os dois se conheciam — pelo menos deveriam se conhecer. Afinal, estavam juntos fazia anos.

Ele parecia muito distante dela, mas, em suas interações, ela sempre parecia menosprezá-lo, como se ele fosse o cocô do cavalo do bandido. Vivia fazendo comentários sobre a aparência dele, a voz dele, o talento dele. Julgava a forma como ele bebia água, como escrevia, como franzia o nariz quando parecia incomodado. Para tudo que Oliver fazia, Cam tinha uma reclamação. Era surpreendente ela não reclamar do jeito como ele respirava.

Ou do jeito como ele brincava com as mãos.

Ou do ar de perdido em seus olhos sempre que ele piscava.

Ou da maneira pela qual sua alma parecia tomada pelo desespero.

Eu ainda não o conhecia bem, mas notava isso tudo nele. E nenhuma dessas coisas me irritava. Quando via aquele homem perdido diante de mim, eu só queria envolvê-lo nos meus braços e lhe dizer que tudo ficaria bem.

Talvez fosse meu instinto maternal — minha ânsia em proteger todas as almas perdidas e mostrar que elas eram amadas. Era o que eu tinha tentado fazer por Sammie. Não dera muito certo naquela ocasião, então achei melhor ficar longe de Oliver.

Oliver nunca questionava os comentários grosseiros nem os julgamentos dela. Apenas os assimilava como se merecesse as críticas. Ou talvez ele já estivesse no ponto em que a ignorava totalmente, portanto nada mais o abalava. De toda forma, aquilo não era legal, especialmente depois de tudo pelo que Oliver havia passado nos últimos meses. Pelo contrário, ela deveria estar oferecendo apoio a ele nos momentos mais difíceis.

Além disso, ela zombava dele na minha frente, o que só fazia tudo parecer ainda mais humilhante. Por sorte, sempre que ela sentia necessidade de me atormentar, estávamos sozinhas. Mas parte de mim se perguntava como Oliver reagiria se testemunhasse aqueles momentos.

— Por que você não me avisou? — perguntei a Kelly em uma tarde, enquanto ela estava sentada na sala de estar, lendo algum documento.

— Não avisei o quê?

— Sobre a Cam — resmunguei, detestando ter que falar aquele nome. Ela interrompeu o trabalho e me fitou com um brilho no olhar.

— Que ela é uma pessoa horrível?

— Nossa! Sim! Você sabia?

— Achei que eu estivesse sendo sensível demais, então preferi ficar quieta. Além do mais, você parecia tão empolgada para conhecê-la que não quis acabar com o seu sonho.

— Pois o sonho acabou. Ela é má.

— Pois é. Ela com certeza não é minha pessoa favorita no mundo.

— Então ela é sempre assim? Venenosa? Ela trata o Oliver de um jeito absurdo. E ele deixa.

— O Oliver de antes teria se defendido de algumas coisas que ela fala agora. Acho que ele continua apegado a uma versão dela que não existe mais. E, depois de perder o irmão... — As palavras dela falharam de novo ao falar de Alex. Parecia que parte do espírito de Kelly se partia sempre que ela mencionava o nome dele. — Ele ainda não voltou a ser o que era antes. É como se não estivesse completamente presente, então os comentários da Cam mal fazem diferença.

— Que pena. Ele não devia estar com alguém que torna a vida dele mais difícil.

— A Cam não faz mesmo questão nenhuma de facilitar a vida do Oliver.

— Ela também trata você mal?

— O tempo todo. Mas nunca na frente dele. Ela não é tão burra assim. Porque, apesar do Oliver não se defender, ele defende os outros. Ele é esse tipo de pessoa. Então a Cam é bem sorrateira nos ataques dela. Sabe exatamente o que está fazendo.

E, na minha opinião, isso só a tornava mais perigosa.

13

Emery

Conforme os dias iam se passando, Cam só piorava. Seu senso de superioridade estava nas alturas.

— Sinceramente, você é tão ruim no seu trabalho que chega a dar vergonha — comentou Cam em uma tarde de sexta-feira, pouco antes de eu precisar sair para buscar Reese na colônia de férias. Nossa, como eu estava louca para passar o fim de semana longe dessa mulher. — Este suco está com gosto de terra!

Bom, foi você que pediu para que eu só colocasse beterraba e aipo nele, mas beleza.

Abri um sorriso falso para ela.

— Puxa, que pena. Quer que eu faça outro? Talvez com maçã e melancia?

Ela estremeceu ao ouvir minha sugestão.

— Não. Carboidratos demais. Não acredito que você estragou o suco com, literalmente, só dois ingredientes.

— Eu fiz o que você pediu.

— E, mesmo assim, fez besteira. Juro, é impossível achar alguém que preste de fato um bom serviço hoje em dia. Eu devia mandar o Oliver demitir você.

Senti um aperto no peito ao ouvir a ameaça, mas não tive medo. Na verdade, eu já estava ficando irritada com as ameaças constantes dela de mandar Oliver me demitir. Ela falava isso desde meu primeiro dia de trabalho. Kelly dizia que ela se sentia intimidada pela minha

128

beleza, o que não fazia o menor sentido para mim. Ela era uma das mulheres mais lindas que eu já tinha visto na vida.

Pelo menos por fora. Por dentro, era mais parecida com o diabo.

— Toma aqui. — Ela franziu a testa de nojo, esticando o copo para mim. — Joga essa porcaria no lixo.

Nossa. Ela com certeza agia como se fosse uma diva vencedora do Grammy, apesar de nunca ter sido nem indicada.

Fique de bico calado, Emery. Fique de bico caladinho.

Sustentei meu sorriso falso enquanto me aproximava dela. No instante em que fui pegar o copo, Cam jogou o suco em mim, me cobrindo da cabeça aos pés com a bebida vermelha.

— Porra, você está de sacanagem? — gritei, minha voz preenchendo o espaço.

Eu não era de estourar, mas, caramba, aquela mulher estava pegando pesado.

— Opa, desculpa — cantarolou ela, toda inocente. — Parece que você sujou tudo.

— Eu? Eu não fiz nada!

— Fez, sim. Você derrubou o suco em você mesma quando tentei te entregar o copo. Sério, você devia prestar mais atenção. E talvez fosse melhor não usar blusa branca, sendo chef. Parece que esse é um emprego que faz muita sujeira.

A alegria no rosto dela me deixou ainda mais irritada.

— Você é uma, uma, uma, uma...

Ela se empertigou e chegou mais perto de mim, se esticando o máximo possível nos seus saltos de sola vermelha.

— Eu sou o quê?

— Uma *cretina*! — berrei, minha raiva borbulhando e escapulindo dos meus lábios.

— O que está acontecendo aqui? — perguntou Oliver ao entrar na cozinha e se deparar com aquela cena.

O suco pingou do meu queixo enquanto meu corpo tremia de raiva.

— Você ouviu isso, Oliver? — perguntou Cam. — Ela me chamou de cretina! Demite essa mulher agora!

Oliver olhou para Cam, depois para mim, mas não disse nada.

Ela marchou até ele como uma diva, fazendo beicinho.

— Você me ouviu, Oliver? Demite essa mulher.

Oliver veio na minha direção, e meu coração disparou quando vi seu rosto se fechando em uma carranca. Ele parecia irritadíssimo com a situação, e era impossível ler sua mente, então comecei a pensar nas piores consequências possíveis. Eu não podia perder meu emprego. Não por causa de uma aspirante a celebridade.

Você pode até me demitir porque queimei a torrada na semana passada, ou porque meu ensopado ficou um pouco seco alguns dias atrás, mas, por favor, não me demita por causa dela.

Cam não conseguia esconder a satisfação em testemunhar meu sofrimento.

Oliver franziu as sobrancelhas, olhando para mim e depois para o suco que pingava da minha roupa. Sua expressão foi se fechando ainda mais. Ele esticou a mão para pegar o pano de prato pendurado na porta do forno, chegou mais perto de mim e começou a secar o líquido no meu rosto.

— Mas o que você está fazendo? — berrou Cam. Berrar parecia um de seus passatempos favoritos. — Não toca nessa coisa.

Oliver a ignorou e não desviou o olhar do meu.

— Você precisa de uma muda de roupa limpa? — perguntou ele em tom calmo, com a voz baixa e controlada.

— Por favor.

Ele assentiu e se virou para sair da cozinha. Eu o segui, deixando Cam dando seu chilique.

— Você está de brincadeira? — gritou ela, mas Oliver não olhou para trás nem por um segundo.

Nem eu. Meus olhos estavam focados nele.

Ele me levou até seu quarto e entrou no closet. Fiquei tão imóvel quanto possível, sem querer sujar o carpete. Em poucos instantes, ele voltou com uma calça de moletom e uma camiseta lisa.

— Isto serve? — perguntou ele.

— Serve, obrigada.

— Pode trocar de roupa no meu banheiro. — Ele abriu a boca para falar mais alguma coisa, só que nenhuma palavra saiu, então seus lábios se fecharam de novo.

— O que foi? — perguntei, querendo saber no que ele estava pensando.

— Nada. Quer dizer, bom... — Ele respirou fundo. — Ela fez isso mesmo com você? Jogou a bebida na sua cara?

— Fez.

— Ela já tinha te tratado mal alguma vez?

— Desde o primeiro dia.

A expressão sofrida no rosto dele quase me fez franzir a testa também.

— Vou conversar com ela.

— Não se desculpe por ela. Ela é adulta, e responsável pelas próprias escolhas.

— Mesmo assim. Você trabalha para mim, e ela não pode tratar meus funcionários desse jeito.

— Para mim isso não faz sentido nenhum. Ela é assim com todo mundo? Eu nunca fiz nada contra ela. Na verdade, me esforcei para ser legal e fazer tudo que ela me pedia, tipo a porcaria do suco de beterraba.

Quem bebe suco de beterraba?

— Ela tem inveja de você.

— Nem imagino por que motivo ela teria inveja de mim.

— Porque você é uma boa pessoa — disse ele baixinho. — Isso deixa a Cam incomodada, porque destaca os defeitos dela.

Fiquei chocada com o comentário dele, porque não fazia sentido.

— Espera, você sabe que ela não é uma boa pessoa?

E, espere um pouco! Ele falou mesmo que eu era uma boa pessoa?

— Sei.

— Então por que você a atura? Eu reparo no jeito como ela trata você. Ela é maldosa, Oliver.

— Ela não foi sempre assim — confessou ele. — A Cam era diferente.

— Às vezes as pessoas mudam, mas nem sempre para melhor. — Eu havia aprendido isso com Sammie. — Sei que o amor pode fazer as pessoas cometerem loucuras, mas...

— Eu não amo mais a Cam — confessou ele.

Desde que nos conhecemos, Oliver nunca havia falado nada de forma tão espontânea quanto aquilo. Não havia um pingo de hesitação em sua voz.

— Então por que você está com ela? Por que ficar com uma pessoa assim?

Ele esfregou o nariz com o polegar.

— Você não ia entender.

— Tente me explicar.

— Se ela não estivesse aqui, eu ficaria sozinho.

— E qual é o problema disso?

Ele fez uma pausa, olhou para as mãos e depois as enfiou nos bolsos.

— Minha cabeça não fica muito bem quando estou sozinho.

Isso me tocou. Era verdade que eu não conseguia entender completamente aquela situação, mas senti que ele estava falando sério. Oliver Smith tinha medo de ficar sozinho, porque era nesses momentos que sua mente mais saía de controle. A minha fazia isso quando Reese era bebê, e eu varava madrugadas acordada enquanto ela dormia. Eu desmoronava e me perdia, mas a verdade era que fora nesses momentos que aprendi a me encontrar.

— Prefiro enfrentar minha solidão a me sentir solitária com alguém que não gosta de mim. Você tem tanto medo assim de encarar seus próprios pensamentos?

Ele esfregou a nuca enquanto me contava sua verdade mais profunda:

— Você nem imagina como meus pensamentos são pesados.

Na segunda-feira após a Batalha da Beterraba, cheguei à casa de Oliver e peguei o casal aos berros. Bom, Cam estava berrando. Oliver estava parado na sala de estar, tranquilo, com os braços cruzados.

— Eu juro, Oliver, se você não se livrar daquela chef de araque hoje, vou transformar a sua vida num inferno! — Ela se esgoelou, sem parecer notar minha chegada.

Fiquei paralisada, sem saber o que fazer.

Seria melhor dar meia-volta e sair de fininho até a briga acabar?

Antes que eu conseguir cogitar fugir de verdade, Oliver ergueu o olhar e me viu. Fiquei o mais imóvel possível, como se pudesse me tornar invisível.

— Bom dia, Emery — disse Oliver, obrigando Cam a se virar e olhar para mim.

O ódio no olhar dela era tão intenso que quase parecia capaz de me cortar. Mesmo assim, não me mexi. Eu sentia como se qualquer movimento fosse dar motivo para Cam brigar comigo.

Em vez disso, ela voltou a encarar Oliver, que também permanecia imóvel. Ela chegou mais perto dele e, com um dedo, o cutucou com força no peito.

— Resolve logo isso ou você vai ver.

Oliver não fez nada. Com a palma da mão, ele esfregou o queixo com barba por fazer e olhou de novo para mim. Seus olhos pareciam pesarosos, e, por um instante, não entendi por quê. Eu não sabia se tinha acabado de entrar em uma conversa que levaria à minha demissão.

Oliver pigarreou e manteve os olhos cor de mel focados nos meus.

— Emery. Você pode… — Ele fechou os olhos e respirou fundo antes de voltar a me encarar. — Fazer um omelete para mim?

A pressão no meu peito diminuiu um pouco quando essas palavras escaparam dos lábios dele.

— Posso. Claro — murmurei, e minha voz não passava de um sussurro.

— Inacreditável — cuspiu Cam, balançando a cabeça. — Quando você tiver colhões, me liga, Oliver. Vou viajar com as minhas amigas.

Dito isso, ela pegou sua bolsa no sofá e veio na minha direção batendo os pés, dando um encontrão de ombro no meu para me empurrar. Cambaleei ligeiramente, mas não caí.

Oliver continuava olhando para mim. Nós dois abrimos a boca para falar, mas paramos quando notamos que o outro queria dizer alguma coisa.

Soltei uma risada nervosa.

— Pode falar.

— Desculpa... por ela.

— Como eu disse, você não tem que se desculpar em nome dela. Mas eu quero pedir desculpas para você, se causei um problema. Não quero causar brigas entre vocês. Sou só a chef, afinal de contas.

Ele estreitou os olhos e pareceu confuso com o que eu disse, mas não falou nada de imediato. Apenas assentiu e soltou:

— Vou para o estúdio. Pode levar o café da manhã para lá.

— Pode deixar. Você quer algum recheio específico?

Seus lábios se curvaram em um quase sorriso.

— Vou gostar de qualquer coisa que você fizer.

Meu coração perdeu o compasso daquele jeito que às vezes fazia na presença de Oliver. Ele era uma pessoa bem esquisita. Falava pouco, mas, ao mesmo tempo, dizia muito.

— Tudo bem.

Alternei o peso entre os pés quando Oliver se virou para sair, e, sem pensar, eu o chamei, finalmente pronta para fazer a pergunta que não saía da minha cabeça desde que eu tinha começado a trabalhar ali.

Ele ergueu uma sobrancelha, esperando para que eu falasse, então respirei fundo e perguntei:

— Você está bem?

Sua boca meio que se retorceu antes de ele responder.

— Não.

14

Oliver

Era como se eu tivesse passado os últimos meses existindo, mas não vivendo de verdade. Na maior parte do tempo, a única coisa em que conseguia me concentrar era minha música, porque era minha válvula de escape. Sem ela, provavelmente estaria perdido.

Só que, agora, depois de ver o que havia acontecido entre Emery e Cam, era impossível não questionar o quanto eu ignorara nos últimos meses. Parecia que eu estava cego em relação ao comportamento de Cam nos últimos anos.

E era exatamente por isso que precisava que Kelly me falasse a verdade. Nós nos sentamos no meu escritório para nossa reunião semanal para discutir futuros acordos publicitários, mas minha cabeça não conseguia assimilar nada do que ela dizia.

Eu me recostei na cadeira e fiz uma careta.

— Ela trata você mal?

Kelly arqueou uma sobrancelha.

— O quê?

— A Cam. Ela age como se fosse superior a você? Ela é grosseira?

— A hesitação de Kelly e o lampejo de preocupação que surgiu em seus olhos responderam às perguntas. Apertei a ponte do nariz. — Por que você nunca falou nada?

— Achei melhor não me meter. Ela já estava com você antes de eu ser contratada. Pensei que seria meio absurdo sua assistente dar pitaco no seu namoro.

Fazia sentido, mas Kelly havia se tornado mais do que minha assistente desde então. Para mim, era como se ela fosse parte da família. O fato de Cam tratar minha família daquele jeito me dava calafrios.

— Você sabe que é como uma irmã para mim, Kelly — falei.

Ela franziu o cenho.

— Teve uma época em que achei que isso poderia se tornar realidade... — murmurou ela, falando de seu relacionamento com Alex. Merda. Eu só estava piorando as coisas. Ela balançou a cabeça para não deixar que as emoções a dominassem, aquelas emoções que raramente expressava perto de mim, e sorriu. — Está tudo bem. É sério, Oliver. Se você está feliz com a Cam...

— Não estou — confessei.

Eu não conseguia me lembrar da última vez que tinha me sentido feliz com ela. Mesmo antes da morte de Alex, parecia que eu e Cam estávamos ficando cada vez mais distantes. Eu estava apegado a uma Cam Jones que já não existia mais.

— Então por que você continua com ela?

Era exatamente a pergunta que eu vivia me fazendo nos últimos dias.

Dei de ombros.

— Costume.

— Você está mesmo acostumado com ela, Oliver? Ou só está torcendo para a versão antiga dela voltar um dia?

Franzi as sobrancelhas e entrelacei as mãos.

— É que eu já perdi tanto nesse ano...

— Pois é, eu sei. Não quero dizer para você o que tem que fazer. Mas, se não está feliz com a Cam, devia avaliar a situação. Você não precisa viver do jeito como está acostumado para sempre. Às vezes, é melhor seguir em frente e deixar certas coisas para trás.

Concordei com a cabeça e lhe agradeci por me dar uma opinião sincera. Voltamos a falar sobre negócios, e, na conversa, o nome de Emery veio à tona quando Kelly mencionou as pessoas que trabalhavam para mim.

— E o que estamos achando da Emery? — perguntou ela. — Tipo, eu, pessoalmente, estou apaixonada por ela, então ficaria arrasada se ela fosse demitida. Mas o que você acha? Está dando certo?

— Sim — respondi, me recostando na cadeira. — Ela está indo bem.

~

— Sobre o que você quer conversar? Vou fazer a unha daqui a uma hora, então é melhor ser rápido — disse Cam naquela tarde, enquanto nos sentávamos na sala.

Quanto mais eu a analisava, mais percebia que ela quase nunca olhava para mim. Parecia que vivia grudada ao telefone ou que só desviava o olhar rapidamente na minha direção e me dava ordens.

— Eu faço você feliz? — perguntei, sendo bem direto.

Ela ergueu uma sobrancelha.

— Como é? — Achei que fosse uma pergunta simples, mas Cam parecia chocada. — Você quer saber se me faz feliz?

— Isso mesmo. Você é feliz comigo?

— Nós estamos bem. Quando você lançar músicas novas, nosso namoro pode voltar a ser público, o que vai ajudar nós dois. E, se lançarmos alguma coisa juntos, a mídia vai ficar louca.

Como interpretar aquela resposta para minha simples pergunta? O que ela falou não tinha relação nenhuma com o nosso namoro. Fiquei olhando para Cam sem reconhecer a pessoa que estava sentada à minha frente. Até os resquícios da antiga Cam que eu costumava ver pareciam ser apenas fachada.

— Cam — murmurei, balançando a cabeça. — Eu faço você feliz?

— Por que você está insistindo nisso?

— Porque você não me responde. Cacete, a gente nem se comporta como um casal.

— Isso porque você está lidando com os seus problemas, seja lá quais forem...

— O que me leva ao próximo assunto... você nunca pergunta como eu estou. E dá até para entender, porque eu também nunca pergunto como você está. A gente não conversa, Cam. Cacete, nós nem dormimos juntos. Não tenho a menor ideia do que estamos ganhando com este namoro. Se é que posso usar essa palavra para se referir ao que a gente tem.

— Do que é que você está falando, Oliver? Nós estamos construindo um império juntos. Nós somos os próximos Beyoncé e Jay-Z. É só você...

— Eu não quero isso.

— Pois é, eu sei, mas eu quero. Então vamos fazer acontecer, porque nós dois vamos sair ganhando. A minha carreira... — Ela fez uma pausa, nitidamente se dando conta de suas palavras. — As nossas carreiras vão decolar depois disso, por causa do nosso relacionamento.

— Não consigo mais.

— Não consegue mais o quê?

— Fazer isso. Ficar com você. Não dá para continuar com esse namoro, Cam. Nós não somos felizes. Nós não nos amamos.

Os olhos dela brilharam com emoções, e, por um milésimo de segundo, eu a vi. Vi a garota que eu tinha conhecido, viva por trás daqueles olhos tristes. Só que, antes que eu conseguisse me comunicar com ela, a raiva tomou conta dela.

A nova Cam estava de volta com a corda toda.

— Você vai mesmo terminar comigo? Só porque a gente não se ama? *Hum... sim?*

— Acho que é um bom motivo, sim — falei.

— O que o amor tem a ver com qualquer coisa? — rebateu ela. — Quer dizer, fala sério, Oliver. Nós estamos em Hollywood. Ninguém aqui ama ninguém!

Senti pena dela. Eu já tinha visto aquilo acontecer com muitas celebridades do meio. A fama as dominava e engolia a alma delas. Mas nunca achei que aquilo poderia acontecer com Cam. Anos antes, os olhos dela costumavam brilhar. Ela sonhava em se apresentar para

138

uma plateia de cem pessoas. Levava a sério sua música, sua arte. Agora, só queria saber de dinheiro e fama.

— Sinto muito, Cam. Espero de verdade que você encontre o que está procurando, mas não vai ser comigo.

Ela abriu a boca, em choque, e aí balançou a cabeça. Depois que a surpresa passou, seu olhar se tornou duro, e ela soltou um suspiro pesado.

— Você vai pagar por isso, Oliver. Pode acreditar. Você vai se arrepender dessa decisão. É sério.

Ela se virou e saiu da sala, levando embora um peso que eu não tinha percebido que nosso namoro colocava sobre minhas costas.

15

Emery

Cam não tinha voltado desde o dia da discussão, na segunda-feira. Achei que ela estivesse mantendo distância até meus turnos acabarem. Oliver não falava sobre ela, mas isso não me surpreendia. Ele não falava sobre nada comigo. Apenas me agradecia pela comida, depois colocava os headphones e voltava ao trabalho. Às vezes, eu perguntava se ele estava bem, e ele respondia que não. Em outros momentos, eu insistia e perguntava se havia algo que eu pudesse fazer para ajudar, e ele respondia que não de novo. Nossas conversas se resumiam a isso.

Eu me pegava pensando nele o tempo todo. Quando fechava os olhos, via seu olhar triste. Quando abria, via sua testa franzida.

— Licença — falei, ao entrar no estúdio de Oliver.

Ele ergueu o olhar do caderno em suas mãos.

— Já terminou por hoje?

— Já. O jantar está na geladeira. É só colocar no forno por quarenta e cinco minutos a duzentos e vinte graus.

— Obrigado, Emery. Quero pedir uma coisa para você. O feriado do Dia da Independência está chegando. Meus pais vêm para cá. A Kelly vai estar por aqui, e o Tyler também, com a esposa e os dois filhos. Estava pensando em dar uma festa, se você estiver livre para cozinhar. É claro que você também pode participar da festa e trazer a Reese. Ela pode brincar na piscina, e vou providenciar alguma atividade divertida para ela e os filhos do Tyler, que têm mais ou menos a mesma idade dela. — Seus trejeitos nervosos voltaram, e ele afastou o olhar de mim. — É claro que, se você já tiver planos...

— Não tenho. E acho que vai ser divertido. Nunca fiz uma festa do Dia da Independência. Estou empolgada para planejar tudo! — exclamei, talvez um pouco animada demais. Assim que eu chegasse à minha casa, abriria o Pinterest para pesquisar ideias. Além disso, tinha certeza de que Reese adoraria a ideia de ir a uma festa, mesmo com pessoas desconhecidas, contanto que tivesse uma piscina. — Ah, posso fazer sobremesas em miniatura e vários tipos de petiscos.

Eu estava radiante de empolgação.

E jurava que, por um milésimo de segundo, Oliver também havia sorrido.

— Que bom. Obrigado, Emery.

— Eu que agradeço. Vai ser muito divertido — disse, mordendo meu lábio inferior. — A Cam também vem? Talvez com a família? Só para eu ter uma ideia da quantidade de pessoas.

Ele olhou para o caderno, depois voltou a me encarar.

— Acho que não vamos mais ver a Cam por aqui com frequência.

— Ah? Vocês dois... vocês terminaram?

— Sim, não estamos mais juntos.

— Caramba, Oliver. Sinto muito. Espero que não tenha sido por minha causa...

— Foi muito por sua causa.

A culpa me acertou em cheio.

— Me desculpa, Oliver. Eu não queria causar problemas para vocês e...

— Emery. Eu não disse que isso era ruim. Era uma decisão que eu já tinha que ter tomado há muito tempo. Você só ajudou a deixar tudo mais claro. Além do mais, você tinha razão. Preciso aprender a encarar minha solidão.

— Se você se sentir muito sozinho, pode conversar comigo — falei sem pensar. Ele franziu as sobrancelhas ao ouvir o que eu disse, e eu quis bater em mim mesma por ter soltado aquilo. Ele não respondeu, o que interpretei como um "nem ferrando". Pigarreei, sentindo como se tivesse um sapo entalado na minha garganta. — Enfim. Boa noite.

Eu me virei para ir embora.

— Emery, espere.

— Sim?

— Outro dia fiquei incomodado com uma coisa que você falou.

— A, é?

— Você disse que era só a chef. — Os olhos de Oliver se encheram de carinho. — Você é muito mais que só a chef.

E o frio na barriga que Oliver causava em mim de vez em quando? Pois é, voltou com força. Abri a boca, mas não consegui formar as palavras.

— Boa noite, Emery.

— Boa noite, Oliver.

Mais tarde naquela noite, recebi uma mensagem de um número desconhecido.

Desconhecido: Do que a Reese gosta?

A menção ao nome de Reese fez com que eu me empertigasse no sofá.

Emery: Quem é?

Desconhecido: Desculpa. É o Oliver.
A Kelly me passou seu telefone.

O suspiro de alívio que escapou de mim foi intenso.

Emery: Ah, desculpa. Você está perguntando por causa da festa? Ela adora qualquer super-heroína e princesas da Disney.

Oliver: Perfeito. Obrigado.

Emery: Obrigada!

Voltei para o meu caderno, onde eu estava montando um cardápio para a festa. Para minha surpresa, o celular apitou de novo.

Oliver: Como você está?

Fiquei surpresa por ele mandar outra mensagem, e não uma mensagem qualquer, mas sim perguntando como eu estava. A maioria das nossas conversas nunca levava a lugar nenhum, e eu nem me lembrava de ele um dia ter me perguntado isso. Especialmente às nove da noite.

Emery: Estou bem. E você?

Ele ficou alguns minutos sem falar nada. Imaginei como seria viver na cabeça de Oliver — havia muitos pensamentos lá dentro.

Oliver: Você já pensou em alguma coisa para o cardápio da festa?

Emery: Você está evitando a minha pergunta?

Oliver: Estou.

Emery: Por quê?

...

...

Oliver: Porque não quero estragar a conversa.

Emery: É a sua primeira noite sem a Cam, né?

Oliver: É.

Emery: E você está se sentindo sozinho?

Oliver: Você disse que eu podia conversar com você,
se me sentisse muito sozinho.

Em vez de mandar outra mensagem, liguei para o número de Oliver, torcendo para que ele atendesse. Conhecendo a figura, podia ser que sim ou que não. Eu nunca sabia o que esperar dele.

— Alô? — disse ele, sua voz parecendo mais grave ao telefone do que ao vivo.

Lá vinha aquele frio na barriga de novo.

— Oi, Oliver. Achei que seria mais fácil ligar e conversar em vez de ficar trocando mensagens. Você está bem?

Ele pigarreou.

— Por que você vive me perguntando isso?

— Porque eu quero saber.

— Mas a resposta é sempre a mesma.

— É — falei, concordando com a cabeça, como se ele conseguisse me ver. — Mas, um dia, vai ser diferente. Um dia, você vai estar bem.

— Por que você acha isso?

— É que tenho a sensação de que você vai encontrar seu final feliz um dia. Que isso é temporário... A sua tristeza.

— Eu sempre fui triste, Emery.

Isso fez meu coração se partir um pouco. Queria poder abraçá-lo.

— Por quê?

Ele fez uma pausa, talvez parando para pensar. Eu conseguia imaginá-lo com uma expressão séria.

— Acho que algumas pessoas simplesmente nascem mais tristes do que outras.

Eu esperava que isso não fosse verdade. Esperava que, um dia, Oliver encontrasse a felicidade. Que encontrasse o lugar que o libertaria de toda a tristeza que o rondava.

— Podemos falar sobre outra coisa? — pediu ele.

— Claro. Sobre o que você quer conversar?

— Qualquer coisa. Qualquer coisa além de mim. Me conta de você. Ou da Reese. Quero saber mais sobre vocês. — Mordi o lábio, sem saber o que dizer, mas, por sorte, Oliver me fez uma pergunta para continuar a conversa. — Por que você quis virar chef?

— Por causa dos meus pais. Bom, foi mais ou menos isso. Eles nunca ficavam em casa durante a semana, porque trabalhavam na igreja da nossa cidade e passavam boa parte do tempo lá, chegavam muito cedo de manhã e iam embora muito tarde da noite, para participar dos estudos bíblicos. Venho de uma cidade pequena muito religiosa, onde só se falava de Jesus. Não que isso fosse um problema, mas seria legal se meus pais passassem mais tempo em casa. Então, enquanto eles estavam fora, eu era responsável por fazer a comida para mim e para minha irmã mais nova. Foi aí que descobri minha paixão pela cozinha.

— Quantos anos você tinha?

— Sete.

— Seus pais deixavam você sozinha cuidando da sua irmã quando tinha sete anos?

— Digamos que os valores deles eram meio confusos.

— Você ainda tem contato com eles?

— Nossa, não. Faz cinco anos que a gente não se fala.

— Desde que a Reese nasceu?

— Sim.

— Eles não aceitaram que você tivesse um bebê sendo tão nova? — Ele pigarreou. — Se minhas perguntas estiverem sendo pessoais demais, é só me mandar parar.

— Não. Está tudo bem. Meus pais não aceitavam nada que eu fazia. Nunca entendi por que eles eram tão rígidos comigo e com a minha irmã, não, mas paciência.

— Eles eram muito religiosos?

— Demais — falei, rindo, pensando na quantidade de cruzes que havia na casa deles.

Então olhei para o meu apartamento, que também era cheio delas.

— Isso fez com que você se tornasse menos religiosa?

— Surpreendentemente, não. Eu me rebelei contra quase todas as crenças dos meus pais, como forma de expressar meu sofrimento adolescente. Mas não quando se tratava de Deus. Minha fé sempre permaneceu intacta. E você? Acredita em Deus?

— Eu queria — confessou ele —, mas não acho fácil acreditar em algo que parece tão distante de mim.

Dava para entender. Só que, para mim, quando Deus parecia mais distante, geralmente significava que eu estava desviando do meu caminho.

Passamos horas conversando, falando sobre tudo, sobre nada, sobre a vida. Durante esse tempo, Oliver começou a se soltar. Ele até riu de uma piada horrível que fiz. Quando chegou a hora de nós dois dormirmos, ele me agradeceu pelo telefonema, e eu respondi:

— Me liga de novo amanhã.

E ele ligou.

16

Oliver

Emery permitia que eu ligasse para ela toda noite. Quando eu não ligava, quando me sentia desconectado demais da realidade, meu celular tocava com uma chamada dela para ver como eu estava. Com nossas conversas à noite, eu acabava descobrindo mais e mais sobre ela. Só que, quando ela aparecia na manhã seguinte, eu ficava paralisado. Eu meio que não conseguia conversar com ela cara a cara. Parecia que era mais fácil mostrar minha vulnerabilidade quando estávamos ao telefone.

Eu odiava aquilo. Odiava a impressão que às vezes passava, por não saber me comunicar com ela quando estávamos no mesmo ambiente. Principalmente porque ela me deixava sem fôlego. Tudo em Emery era impressionante. Da forma como ela cozinhava ao jeito como se vestia. O jeito que amava a filha, o jeito como falava com aquela voz suave. Estar perto dela me deixava desconfortável, porque parte de mim não queria que ela fosse embora. Ela parecia um porto seguro, e eu nunca tinha sentido isso em relação a uma mulher. Nunca tive ninguém que não fosse da minha família que ficasse acordado comigo até tarde da noite só para garantir que eu estivesse bem.

E Emery fazia isso com muito cuidado. Ela nunca parecia se cansar das nossas conversas, e eu jurava que praticamente conseguia sentir a luz dela pelo telefone enquanto ouvia sobre sua vida.

Sempre que desligávamos, eu sentia saudade da voz dela na mesma hora.

Aí, ela aparecia para trabalhar, e eu ficava paralisado. Mas ela não parecia se importar. Apenas seguia o dia com sua personalidade animada e bondosa, preparando algumas das melhores refeições que eu já tinha experimentado na vida. Eu me sentia agradecido por isso. Por sua capacidade de tornar meu desconforto menos... desconfortável.

— Você não para de olhar para ela — comentou Kelly quando estávamos sentados à mesa para almoçar.

Quanto mais eu conseguia convencer Kelly a sentar-se e comer comigo, melhor. Ela parecia mais saudável ultimamente. As olheiras estavam diminuindo um pouco a cada dia, e ela também ria mais. Isso também era por causa de Emery. Emery tinha esse tipo de personalidade. No instante em que ela e Kelly criaram uma conexão, se tornaram grandes amigas. Isso também me deixava feliz. Kelly precisava de alguém com quem pudesse contar, e eu sabia que não poderia ser essa pessoa.

Ela sorria mais a cada dia, o que era ótimo. Emery provocava esse efeito nas pessoas. Ela fazia com que as almas mais tristes desejassem se sentir melhor.

— Para quem? — resmunguei, voltando a encarar minha salada.

De canto de olho, vi Kelly sorrindo de orelha a orelha.

— Você sabe para quem! — sussurrou ela, se inclinando na minha direção. — Ai, meu Deus! Você gosta da Emery?

— Eu gosto da Emery? — Forcei uma risada sarcástica. — A gente mal se conhece.

Era mentira; eu a conhecia mais a cada dia que passava. Ela gostava de Scrabble; odiava Monopoly. Adorava todos os tipos de música, exceto heavy metal. Teve um peixinho-dourado chamado Moo quando tinha dez anos, e sua mãe o jogou no vaso e deu descarga; desde então, ela evitava comer frutos do mar. Odiava os amigos da Reese da colônia de férias. Sua cor favorita era amarelo, e sua estação do ano favorita era o outono. Quando sorria, uma covinha surgia em sua bochecha esquerda.

Ela não me contou este último detalhe; eu percebi por acaso.

— Então por que você está vermelho? — perguntou Kelly.

— Eu não estou vermelho. Homens não ficam vermelhos.

— Que mentira!

— É verdade. Além do mais, mesmo se eu gostasse da Emery, o que não é o caso, seria cedo demais. Acabei de terminar um namoro de anos.

Kelly bufou.

— Você vai mesmo chamar o que tinha com a Cam de namoro? Já tive relacionamentos mais intensos com gatos de rua.

Isso era bem verdade.

— Então, seja sincero. Você gosta da Emery? — perguntou ela. Sua incapacidade de sussurrar estava me deixando com medo de que Emery pudesse ouvir nossa conversa. — Não vou contar para ela. É nosso segredinho.

— Não existe segredo nenhum, porque você está inventando coisas.

— Tá bom. Bom, então acho que você não vai se incomodar se eu convidar a Emery para comer com a gente — disse ela, se comportando feito uma irmã caçula irritante. Antes que eu tivesse a chance de recusar a ideia, Kelly gritou o nome de Emery. — Você já almoçou, Emery? — perguntou ela.

A cabeça de Emery apareceu na entrada da sala de jantar, e senti um bolo se formar em minha barriga. Então ela sorriu, e outro bolo se juntou ao primeiro.

— Não, ainda não.

— Ótimo! Vem se sentar com a gente.

Kelly me fitou com um sorriso culpado.

— Tem certeza? Não quero atrapalhar — disse Emery.

— Tenho. Você não vai atrapalhar nada. Senta aqui, entre mim e o Oliver.

Kelly bateu na cadeira ao meu lado, e, em questão de segundos, Emery estava entrando na sala e se sentando conosco. Bem do meu lado. Com sua salada. E seu sorriso. Seu sorriso que sorria para mim.

Ah, merda.

Talvez homens ficassem vermelhos, sim.

Encarei meu prato e comecei a me encher de comida.

Kelly olhou para o relógio.

— Ai, que droga! Esqueci que preciso enviar uns e-mails. Já volto.

Eu me empertiguei.

— Não é melhor você terminar de almoçar primeiro?

— Não, não. Já volto. Vocês podem comer e ficar aí conversando. Já venho.

Ela se virou para sair, e, quando Emery deu as costas para ela, encarei Kelly com um olhar assassino. *Fale com ela!*, articulou Kelly com os lábios antes de sair da sala.

O silêncio tomou conta do espaço, e eu não sabia o que fazer. Ficava pensando demais em todos os assuntos que poderia puxar, então voltei a me encher de comida enquanto Emery comia feito uma pessoa normal.

Olhei na direção da cozinha e vi Kelly espiando pela porta. Ela articulou mais uma vez: *Fale!* Então engoli um pedaço grande demais de frango e engasguei feito um idiota.

— Ai, meu Deus! — Emery ofegou. — Você está bem?

— Estou, é só... — Tossi, sentindo a carne presa na minha garganta. — Estou... — a tosse foi piorando — bem.

A última palavra saiu com dificuldade, e a tosse piorou. Mas que merda. Eu estava engasgando de verdade.

— Ai, caramba, aqui! — exclamou Emery, se levantando. Ela parou atrás de mim, me puxou da cadeira e começou a dar tapas nas minhas costas. Depois, passou os braços pelo meu tronco e começou a fazer a manobra de Heimlich. Seu corpo pequeno sacudiu o meu imenso pela sala como se ela fosse uma levantadora de peso olímpica. — Calma, calma, aguente firme — disse ela.

Então começou a cantar... sim, a cantar, "Stayin' Alive", do Bee Gees, enquanto pressionava as mãos contra minha barriga. Ela repetiu o movimento sem parar enquanto eu tentava respirar e, de repente, o pedaço de frango que estava preso saiu voando da minha boca, aterrissando na mesa de jantar.

Todo meu orgulho também saiu voando junto com a comida.

— Ai, nossa, Oliver, você está bem? — perguntou Emery, esfregando minhas costas em círculos, e, por mais estranho que parecesse, eu não queria que aquele movimento parasse.

— Estou. Sim. Desculpa por isso.

— Não tem problema. Caramba, você me assustou. Vou buscar um copo de água para você.

Emery foi correndo até a cozinha, e Kelly agora estava parada na sala de jantar, boquiaberta de choque com tudo o que havia acontecido em cinco minutos.

— Bom, deu tudo errado muito rápido — disse ela com um sorrisinho.

— Você está achando graça?

— Mais ou menos. Sim. Eu só queria que você falasse com ela, e, bom... não foi bem o que aconteceu. Você se enrolou todo. — Ela veio até mim e me deu um tapinha nas costas. — Você está bem?

— Estou.

— Tá, beleza. — Um sorriso maldoso surgiu em seus lábios. — Lembra aquela vez que tentei te ajudar a conversar com a Emery e você engasgou, tanto no sentido literal quanto no figurado? — brincou ela.

— Kelly?

— Oi?

— Cala a boca.

Nem era preciso dizer que a tentativa de Kelly de bancar o cupido não aconteceu como o planejado, e fugi para meu estúdio para evitar passar mais vergonha. Depois que Emery foi embora naquela tarde, continuei lambendo minhas feridas, não parava de pensar no papel de idiota que fiz enquanto ela me sacudia feito uma batata.

A única coisa que interrompeu meus pensamentos foi a chegada de um Tyler bem nervoso.

— Você viu isto aqui? — bradou ele, entrando no estúdio batendo os pés. Ele exibiu o celular para mim enquanto secava o suor da testa. — Puta que pariu, inacreditável — resmungou. — Ela é uma cobra! Eu sempre soube que ela era uma cobra, mas isto é uma palhaçada!

Suas narinas se inflaram enquanto eu pegava o celular e lia a manchete.

Cam Jones revela detalhes sobre como era a vida com Oliver Smith.

Eita.

— Você leu? Não leia — disse Tyler, arrancando o celular da minha mão. — Não tem nada que preste. Ela não presta. Por que ela faria uma coisa dessas? Para que dar esse tipo de entrevista?

— Eu terminei com ela há uns dias.

Ele me encarou, e seus olhos se encheram de alegria.

— Você terminou com ela? Deus existe! Você terminou com ela! — repetiu, dando pulos de felicidade. Então sua alegria pareceu desaparecer conforme outra realidade surgia em sua mente. — Ah, não... não, não, não...

— O que foi?

— O que foi? Cara. A Cam é doida. E agora ela está ganhando atenção da mídia por causa do término. Quem sabe o que ela vai falar por aí?

Antes que eu conseguisse responder, meu celular começou a tocar. O nome de Kelly surgiu na tela, então atendi.

— Oi, o que houve?

— Ai, caramba, ela é maluca! — exclamou ela, falando de Cam, pelo visto.

— É, eu vi a matéria.

— Matéria? Não. Ela está na televisão agora dando uma entrevista.

No mesmo segundo, Tyler ligou a televisão, e lá estava ela, com um lenço em punho, falando com o entrevistador enquanto fungava. Dane-se a carreira como cantora: Cam devia começar a atuar.

— Então você está dizendo que viver com ele era viver na escuridão? — perguntou o entrevistador.

— Sim. Nem sempre foi assim. Eu sabia que o Oliver tinha depressão, mas nunca imaginei que ele me maltrataria daquele jeito. Ele era muito cruel, me xingava dizendo que eu não era nada, me colocava para baixo o tempo todo.

— Que coisa horrível — comentou o entrevistador, esticando a mão para tocar no joelho dela.

— Pois é, foi... — Cam parou de falar e virou o rosto, parecendo emocionada. — Desculpa, é difícil falar dessas coisas. Eu fiz tudo que podia por ele. Todos nós estamos sofrendo com a perda do Alex. Eu queria ter alguém com quem contar durante isso tudo, mas o Oliver era muito cruel.

— Ele chegou a bater em você?

— Mas que pergunta escrota é essa? — berrou Tyler, gesticulando para a televisão, frustrado.

Cam ergueu o olhar do seu lenço, e a expressão sofrida em seu rosto mostrava exatamente o que ela queria — que eu era abusivo. Como se eu fosse um monstro isolado do mundo que tinha tornado a vida dela um inferno.

Ela não respondeu à pergunta com palavras, mas seu silêncio transmitiu a todos os espectadores a mensagem que ela desejava. Todo mundo pensaria que eu era um monstro. E ainda por cima agressivo.

Tyler desligou a televisão e continuou murmurando palavrões.

— Merda, merda, merda, merda — resmungou ele, andando de um lado para o outro. — Mas que bando de bosta!

Fiquei quieto, porque o que eu poderia dizer? Minha mente girava rápido, imaginando o que todo mundo estava pensando sobre mim. Senti o peso daquilo tudo. Senti o entojo dos outros ao acreditar em qualquer vírgula do que Cam havia falado. As pessoas achavam que eu era abusivo. Elas achavam que eu era cruel. Elas achavam que eu era o monstro, quando a verdade era que eu só tinha me livrado da fera.

Não quero estar aqui.

— Mas que diaba escrota! — chiou Tyler. — Como ela teve coragem de falar essas coisas? Vou ligar para a equipe de relações públicas e ver o que podemos fazer para dar um jeito nessa merda. Droga. A entrevista vai viralizar. Merda, merda, merda. Preciso cuidar disso. Você está bem, Oliver?

Não.

Mas obviamente menti.

— Estou.

— Beleza. Vou lá resolver isso. Fique com seu celular por perto e nem pense em entrar na internet, tá? Não leia essas merdas.

Depois que Tyler foi embora, tentei me concentrar na música a fim de silenciar minha cabeça, só que não deu certo. Eu estava perdido em pensamentos, então recorri à minha segunda opção: álcool. Naquela hora, eu queria beber para esquecer a realidade por um instante. Comecei a beber sozinho para me anestesiar, porque meus pensamentos estavam descontrolados. Só que eu não era um bêbado inteligente, e sim um idiota.

Entrei na internet e procurei matérias sobre Alex & Oliver no Google. Li os comentários das pessoas sobre as entrevistas de Cam. Busquei vídeos dos nossos shows no YouTube. Assisti a Alex tocando alguns dos melhores solos de guitarra da história, e doeu pra caralho.

Naquela noite, o álcool não mascarou minhas emoções; ele as liberou como um rio de tristeza. A dor da perda de Alex se multiplicou por dez, até que li comentários no Twitter me culpando pela morte dele. Comentários me chamando de babaca abusivo. Comentários me culpando por existir.

Que monte de merda. Aquelas pessoas não me conheciam. Como tinham coragem de vomitar seus julgamentos por trás dos teclados como se fossem santas? Como tinham coragem de resumir o relacionamento mais importante da minha vida a boatos e mentiras? Como elas tinham coragem de me machucar sem nem cogitar os danos que suas palavras poderiam causar?

Se as pessoas soubessem o quanto as palavras eram capazes de afetar a saúde mental e a estabilidade de alguém, talvez pensassem melhor antes de falar.

Por outro lado, talvez elas gostassem do que causavam. Talvez alguns escrotos doentes curtissem magoar os outros para se sentirem melhores com sua vida de merda.

Emery tentou me ligar algumas vezes, mas eu não atendi. Não estava no clima para conversar. Ela tentaria me consolar, e eu achava que não merecia isso naquela noite. Minha campainha tocou por volta das dez. Eu me levantei cambaleando para atender e, quando espiei pelo olho mágico para ver quem era, fiquei surpreso ao ver Emery do outro lado.

Merda.

O que ela estava fazendo aqui?

Ela não podia me ver daquele jeito. Eu estava bêbado e sem condições de falar com ela. Emery não merecia meus pensamentos pesados naquela noite.

— Oliver? Estou ouvindo você aí do outro lado da porta. Pode abrir, por favor? — pediu ela.

Suspirei e dei um passo para trás. Alisei minha camiseta preta e esfreguei o rosto, como se isso fosse me ajudar a parecer menos bêbado.

Abri a porta, e lá estava ela. Aquele raio de sol, segurando uma garrafa de vinho. No instante em que me viu, seu sorriso se curvou para baixo.

— Oi — falou ela, suspirando.

— O que você está fazendo aqui?

— Você não me atendeu, então vim ver se está tudo bem. Vi as matérias sobre...

Suas palavras foram sumindo, mas eu já sabia do que ela estava falando. Àquela altura, o mundo inteiro já sabia do que ela estava falando.

— Pensei em trazer um vinho, mas parece que você já deu um jeito de se acalmar um pouco.

Eu não me orgulhava daquilo. O dia em que eu acordei em uma cama de princesa da Disney havia sido a última vez em que eu bebera. Por sorte, eu ainda não tinha chegado àquele ponto. Se Emery não tivesse aparecido naquele momento, era bem provável que eu bebesse tanto quanto bebi naquele dia.

— Posso entrar? — perguntou ela.

Fiz uma careta.

— Não sou a melhor companhia agora.

— Tudo bem. A gente não precisa conversar, não de verdade. Só não quero que você fique sozinho hoje.

— E a Reese?

— Minha vizinha ficou tomando conta dela. Então posso? — perguntou ela de novo. Dei um passo para o lado da porta, e ela entrou.

— Talvez, em vez do vinho, a gente devesse beber uma água, hein?

— Não estou a fim de água — falei, querendo uísque.

— Bom, pode ser água com gás, e a gente dá uma incrementada. Sabia que dá para colocar uns xaropes na água com gás para fazer com que ela fique com gosto de refrigerante? Essa foi minha dica aleatória do dia — comentou ela, como se tudo estivesse normal.

Como se Cam não tivesse falado coisas absurdas sobre mim na internet e na televisão.

Senti a garganta apertar enquanto ela seguia para a cozinha e voltava com duas garrafas de água com gás. O que ela achava de mim? O que achava dos boatos?

— Emery.

— O quê?

— Eu... — Olhei para minhas mãos e as esfreguei. — Eu nunca bati na Cam. Eu jamais faria uma coisa dessas. Jamais machucaria uma mulher.

As palavras queimavam ao sair da minha boca. Eu não conseguia pensar em um boato pior para ser espalhado sobre mim. A ideia de que as pessoas estavam pensando isso, fazendo os comentários que eu tinha lido no Twitter, me deixava enjoado.

— Eu sei — falou ela, concordando com a cabeça, como se nem precisasse da minha confissão sobre aquela verdade.

— Eu me sinto na obrigação de deixar claro que tudo o que ela falou era...

— Mentira. — Emery apoiou a mão livre no meu antebraço e balançou a cabeça. — Oliver. Eu sei. Ela mentiu sobre tudo. Eu vi a Cam mentindo na sua cara no dia em que ela jogou o suco em mim. Testemunhei a crueldade dela por dias seguidos. Sei que tipo de pessoa ela é. Você não precisa se explicar para mim. Eu conheço o seu coração. Ou estou começando a conhecer aos poucos, pelo que você me mostra.

— Não é assim que as pessoas me veem na internet. Estão dizendo o completo oposto disso, julgando cada detalhe da minha vida. Até voltaram a falar que a morte do meu irmão foi culpa minha.

— O que é mentira. Você sabe disso, né?

Não respondi porque meu cérebro parecia adorar fazer uma bagunça em meus pensamentos, tornando difícil entender o que eu realmente acreditava.

Emery colocou as garrafas de água em cima da mesa de centro e se sentou ao meu lado. Ela segurou minhas mãos e as apertou.

— Oliver, as pessoas que mais julgam você são aquelas que nunca chegaram perto o suficiente para conhecer seu coração. As opiniões delas não fazem diferença nenhuma. Elas não têm o direito de usar mentiras para definir você. E, sempre que se sentir incomodado com elas, vou fazer você se lembrar da verdade.

— Isso não faz parte do seu trabalho.

— Realmente não faz. Para mim, isso faz parte de ser humano. É isso que deveríamos fazer. Nós deveríamos cuidar uns dos outros.

Fiquei me perguntando se ela sabia que era boa demais para o mundo que habitávamos. Não havia muita gente como Emery Taylor por aí. Especialmente no meu mundo. A indústria do entretenimento tinha sido construída com base na ideia de que era cada um por si.

— Você não acha mesmo que a morte do Alex foi culpa sua, acha? — perguntou ela.

Inclinei a cabeça para encontrar seu olhar e soube que ela havia enxergado a verdade, porque a vi arfar. Ela enxergou meu sofrimento, os demônios que estavam estampados na minha cara. Então ela olhou bem nos meus olhos, cruzou as pernas e apertou minhas mãos de novo. Depois entrelaçou nossos dedos, e seu calor fez derreter as partes mais frias de mim.

— Oliver, a culpa não foi sua — sussurrou ela.

Como se soubesse a história que eu contava para mim mesmo havia sete meses. Como se ela visse minha alma carregada pela culpa e soubesse quais palavras eu precisava ouvir.

Eu estava muito perto de desmoronar, mas não queria fazer isso na frente dela. Não queria parecer ainda mais patético na frente da primeira mulher que fazia meu coração sentir coisas que eu nunca soubera que um coração era capaz de sentir.

— Se você quiser, posso passar o contato da minha amiga. Ela é psicóloga aposentada e me ajudou nos meus momentos mais difíceis. Se eu não tivesse conversado com ela, teria desabado.

Engoli em seco e pigarreei.

— Ela ajudou você?

— Ajudou.

— Você confia nela?

— Com a minha vida. — Ela apertou minha mão de leve. — Mas como eu posso ajudar agora?

Sempre que ela falava, eu sentia uma onda de conforto. Sempre que ela me tocava, eu me sentia um pouco melhor.

— Só fica comigo por um tempinho? — pedi, me sentindo um idiota por dizer aquilo, me sentindo louco por querer aquilo.

Mas sabendo que era o que eu precisava.

— Claro. Mas posso fazer uma pergunta?

— Pode.

— Por que você não fala comigo durante o dia? A gente conversa muito por telefone toda noite, e de dia as coisas parecem diferentes. Parece que você tenta se afastar de mim.

— Às vezes não sei como agir quando estamos juntos — confessei. — Você me deixa nervoso.

— Por quê?

— Porque, por algum motivo, você faz com que eu me sinta melhor, e não sei se eu deveria me sentir melhor.

— Ah, Oliver. — Ela suspirou. — Se existe uma pessoa neste mundo que merece se sentir melhor, é você.

Abri um sorriso bobo, sem saber o que dizer. Então, feito um idiota, falei a primeira coisa que surgiu na minha cabeça.

— Devia ser "War", do Edwin Starr.

Ela arqueou uma sobrancelha para mim, confusa. Era óbvio que estava confusa. Meu raciocínio não fazia sentido.

— Você cantou Bee Gees enquanto fazia a manobra de Heimlich. Acho que o certo era cantar "War", do Edwin Starr, e fazer o movimento a cada *huh*.

Seu sorriso se tornou dez vezes maior, mas ela tentou cobrir o rosto de vergonha.

— Ai, nossa, eu sabia que estava fazendo alguma coisa de errado!

— Acho que Bee Gees é para reanimação cardiorrespiratória.

— Vou me lembrar disso se um dia precisar fazer respiração boca a boca em você — brincou ela.

Apesar de ser uma brincadeira, a ideia tomou conta da minha mente, e baixei o olhar para os lábios dela. Aqueles lábios carnudos...

— Então, hum, talvez seja melhor a gente ir para o sofá. Para assistir à televisão ou alguma série? — sugeri, mudando o rumo dos meus pensamentos e desviando o olhar da boca de Emery.

Ela concordou, e nos acomodamos no sofá.

Emery sentou-se perto de mim. Conforme o tempo ia passando, parecia que ela ia chegando mais perto. Assistimos a alguns filmes. Bom, ela assistiu aos filmes, e eu assisti a ela. Sempre que ela ria, era como se o sol estivesse brilhando.

Eu não percebi quando ela se apoiou em mim. Eu não percebi quanto tempo passamos grudados. Eu não percebi quanto tempo meus braços passaram apoiados nos dela e quanto tempo os dela passaram ao meu redor, mas percebi que gostei daquilo. Gostei da sensação da sua pele macia. Gostei do cheiro de madressilva do seu cabelo. Gostei do jeito como ela me abraçava, como se não pretendesse me soltar.

Gostei do jeito como ela ficou comigo.

17

Oliver

A Dra. Preston não era o que eu esperava. Quando ela apareceu na minha casa, achei que me depararia com uma mulher de terninho carregando uma pasta. Em vez disso, dei de cara com uma mulher muito animada, vestindo roupas coloridas. Ela usava óculos de armação grossa, e eu quase conseguia sentir a energia emanando de seu corpo.

— Oliver? Oi — disse ela, esticando a mão para mim. — É um prazer conhecer você

Apertei sua mão.

— Sim, Dra. Preston, é um prazer conhecer você também.

Ela acenou com uma das mãos para mim.

— Ah, não. Nada disso de doutora. Me chame de Abigail. Posso entrar?

Dei um passo para o lado, abrindo caminho para ela, e a recebi em minha casa. Eu não sabia o que esperar daquela experiência. Tinha minhas dúvidas se Abigail conseguiria me ajudar a lidar com a confusão dos meus pensamentos.

— Você acha melhor irmos para o meu escritório? Ou...? — comecei.

Abigail abriu um sorriso carinhoso e balançou a cabeça.

— Ah, podemos ficar onde você quiser. Sou flexível. Onde for mais confortável. O importante aqui é você, não eu.

Escolhi a sala de estar. Ela sentou-se em uma poltrona grande, e eu me acomodei no sofá. Minha ansiedade começou a aumentar, e tive quase certeza de que Abigail tinha algum tipo de sexto sentido, porque balançou a cabeça.

— Não se preocupe, é normal.

— O que é normal?

— Sentir que não sabe o que vai acontecer.

Eu ri e apertei a ponte do nariz.

— É exatamente isso que estou sentindo. Desculpe, essas coisas são novidade para mim. Tentei uma vez, e, bom, os paparazzi meio que estragaram a experiência. Para ser sincero, não entendi por que resolvi entrar em contato com você. Não entendo muita coisa, na verdade.

— Bom, eu entendo — falou ela em um tom prático enquanto cruzava as pernas e se inclinava na minha direção. — Quer saber por que você me procurou, Oliver?

— Me conte.

— Porque você chegou ao ponto em que está cansado de se sentir cansado. Você está à beira do desespero e vai querer procurar uma luz. E, quando começar a procurar, é bom saber que a luz sempre vai estar esperando por você. Meu trabalho é ajudar você a melhorar o mais rápido possível. Então vou ser sincera: em alguns dias, vou parecer sua melhor amiga; em outros, sua maior inimiga. Mas não importa o que aconteça, estou do seu lado. Estou aqui para ajudar no que eu puder. A melhora não segue um caminho linear; ela dá voltas. Acredito que a cura aconteça tanto nos dias sombrios como nos mais ensolarados. Nem tudo é um mar de rosas. Às vezes, melhorar significa reabrir as cicatrizes que mais causaram sofrimento e examiná-las para compreendê-las por completo. Por que algo doeu tanto no passado? Como isso fez com que você se tornasse a pessoa que é hoje? O que podemos aprender com a tristeza do passado para termos um futuro mais feliz?

— Parece complicado — confessei.

— E é mesmo. Mas, por sorte, não temos pressa. Podemos ir analisando as coisas aos poucos, com cuidado, no nosso ritmo. Vamos seguir nosso próprio tempo, Oliver, não o do restante do mundo.

Isso me tranquilizou mais do que eu imaginava ser possível.

Abigail se recostou na poltrona e ajeitou os óculos.

— Então... você é músico, certo?

— Sou, sim.

— Bem-sucedido?

— Sim.

— Isso fez você mais feliz? — perguntou ela.

— Não.

Ela assentiu com a cabeça.

— Então você está dizendo que o sucesso exterior não traz felicidade?

— Exatamente.

Por muito tempo, eu acreditei que dinheiro e fama melhorariam tudo. A verdade é que não há dinheiro capaz de comprar a felicidade se a alma da pessoa está triste.

— Então você já sabe uma verdade que muita gente ignora. O sucesso verdadeiro vem de dentro. E esse sucesso é definido por conseguir acordar pela manhã e se sentir agradecido por tudo o que nós temos. O objetivo é esse. Veja bem, isso não quer dizer que tudo seja perfeito quando estamos felizes. Felicidade não é isso. A felicidade, a gratidão, é a capacidade de acordar e pensar: sim, estou passando por algumas dificuldades na vida neste momento, mas há coisas que fazem com que eu me sinta bem. Você pode escolher se sentir alegre mesmo nos momentos difíceis. É aí que queremos chegar.

— Parece bom demais para ser verdade.

— Sempre parece, no começo. Então — disse ela, abrindo seu caderno colorido. Ela tirou uma caneta de trás da orelha e começou a escrever. — Me conte a sua verdade.

— A minha verdade?

— É. Me conte aquilo que não sai da sua cabeça. Não importa se for bom ou ruim.

Abri a boca e senti vergonha do pensamento que foi parar na ponta da minha língua. O pensamento que me assombrava havia meses.

— Não quero estar aqui.

— Aqui na Terra?

Fiz que sim com a cabeça.

— Quer dizer, também não quero morrer. Mas fico pensando nisso. Às vezes, nem parece que sou eu quem está pensando.

— Nem todo pensamento que temos é nosso. Nós vivemos em um mundo em que a barulheira exterior polui nossas mentes. Por você ser famoso, tenho certeza de que as pessoas falam da sua vida o tempo todo e dão opinião sobre ela.

— Sim, exatamente. Minha cabeça é muito barulhenta, e não sei quais pensamentos são meus.

— Nós vamos entender isso tudo, não se preocupe. Mesmo assim, é um bom ponto de partida. Que bom que você me contou. Falar as coisas em voz alta tira um pouco da força delas. E vamos trabalhar esse pensamento nas próximas semanas, tá?

Assenti, e ela sorriu. Eu desconfiava de que ela não sabia como seu sorriso funcionava, como ele era poderoso. O jeito como ela sorria me dava a sensação de que eu não era um caso totalmente perdido.

— Então me conte sobre a sua playlist — disse ela.

— Sobre o quê?

— Sobre a sua playlist. Imaginei que, já que você é músico, seria a melhor forma de conhecer a sua história. Todo mundo tem uma espécie de playlist, uma coleção de músicas que define sua vida. Cada memória é uma canção, e elas se juntam para criar uma obra de arte. Então, me conte a sua história. Que letras e que melodias compõem a sua playlist?

Naquele momento, soube que estava nas mãos certas.

Respirei fundo, entrelacei as mãos e comecei a falar de uma das músicas mais importantes da minha playlist. As palavras entalavam na minha garganta, que ardia, mas me esforcei para arrancá-las de mim. Consegui compartilhar aquela canção dolorosa.

— Eu tinha um irmão gêmeo chamado Alex, que morreu há quase sete meses.

— Sinto muito, Oliver. — Abigail me fitou com um olhar sincero e reconfortante. — Continue. Me conte mais sobre ele.

18

Emery

A cada dia, eu me sentia mais próxima de Oliver. Não apenas tínhamos nossas conversas noturnas por telefone como também almoçávamos junto com a Kelly todos os dias. Ele fazia perguntas sobre a minha vida, e eu fazia perguntas sobre a dele. O irmão nunca era mencionado, e eu não queria forçar a barra. Imaginei que ele falaria sobre Alex quando estivesse pronto. Mas me contou um milhão de outras coisas.

Ele me relatou as dificuldades da fama. Ele me contou sobre seu livro favorito na infância e sobre seus medos. Confessou que achava que suas músicas não ficariam boas o suficiente, que os fãs não gostariam de ouvi-las.

Dia a dia, ele se abria mais um pouco para mim, revelando uma nova parte de sua história, e meu coração se apegava um pouco mais a ele. Oliver era um homem lindo, com uma alma torturada linda, e a melhor parte era que ele não tinha noção da própria beleza. Eram os caquinhos da sua história que o faziam brilhar.

~

— Mamãe, vou mesmo poder nadar na piscina do Sr. Smito hoje? — perguntou Reese enquanto estávamos a caminho da casa de Oliver para a festa do Dia da Independência.

Eu já tinha deixado a comida toda preparada para ir ao fogo à tarde, mas estava indo para lá mais cedo, antes de todo mundo chegar, para organizar as coisas.

Apesar de ser um evento para menos de dez pessoas, havia comida suficiente para um batalhão. Eu não entendia por que estava tão nervosa com tudo. Talvez porque fosse conhecer os pais de Oliver. Não que isso significasse alguma coisa. Eu e Oliver não estávamos juntos. Mesmo assim, a ideia de conhecer os pais dele me deixava ansiosa.

Já Reese, por outro lado? Ela só queria saber de uma coisa — a piscina. Desde que contei sobre a festa, ela só falava da piscina.

— Vai, mas só depois que eu terminar de preparar a comida. Você não pode ir sozinha, porque vou estar trabalhando.

— Mas, mamãe! — choramingou ela.

— Não me venha com "mas, mamãe", Reese. As regras são essas, e, se você não me obedecer, não vai ter piscina.

Ela foi resmungando e choramingando pelo caminho todo, até pararmos na frente da casa de Oliver. Então seus olhos se arregalaram de choque, e seu queixo caiu.

— Nossa — sussurrou ela, encarando a mansão. — A gente pode se mudar para cá? — perguntou ela, me fazendo rir.

— Acho que não. — Parei o carro e me virei para olhar para ela. — Agora lembra o que a gente conversou? Hoje você vai fazer novos amigos, pintar seus desenhos, me ajudar um pouquinho com a comida e o que mais?

Ela suspirou e bateu a mão no rosto.

— E não vou perguntar pro Sr. Smito por que os espelhos estão cobertos nem dizer pro Sr. Smito que as músicas dele são uma porcaria, apesar de serem, porque chamar as músicas dos outros de porcaria é falta de educação.

Sorri.

— Exatamente. Agora, ande. Vamos entrar.

Ela soltou o cinto de segurança na mesma hora e pulou para fora do carro, praticamente correndo até a porta da casa. No instante em que a abriu, Oliver lançou um olhar sério para Reese.

— Você veio implicar comigo, menina? — perguntou ele com uma expressão sabichona.

Uma expressão sabichona muito, muito sexy.

Reese colocou as mãos na cintura.

— Depende. Você vai implicar comigo, Sr. Smito?

— É Smith.

— Foi. O. Que. Eu. Disse — rebateu ela em um tom atrevido. Socorro! Aqueles dois iam acabar comigo.

— Tá bom, menina. Que tal você ir até a cozinha? A minha assistente, a Kelly, vai mostrar um negócio para você. Ela está te esperando lá.

— Você tem uma surpresa pra mim? — perguntou Reese, estreitando os olhos.

— Acho que você precisa ir até lá para ver — respondeu Oliver.

No mesmo instante, Reese desapareceu pelo corredor em direção à cozinha. Assim que chegou, ela arfou.

— Caramba, Sr. Smito! Que incrível! Mamãe, vem ver! — berrou ela.

Sorri para Oliver.

— Você não precisava ter feito nada para ela.

— É uma bobagem. Achei que ela precisaria de uma distração. — Ele enfiou as mãos nos bolsos e abriu um meio-sorriso. — Você está bonita hoje.

Olhei para meu vestido verde-azulado e sorri. Então fitei a calça escura dele e a blusa escura de gola careca que abraçava todos os músculos de seu corpo.

— Você também não está nada mal.

Continuamos parados ali por um instante, olhando um para o outro, e fiquei me perguntando se ele sentia o mesmo frio na barriga que eu. Fiquei me perguntando se o coração dele batia na velocidade da luz do mesmo jeito que o meu sempre fazia quando eu estava perto dele.

— Mamãe! — berrou Reese, exigindo minha atenção naquele exato segundo.

Entramos na cozinha e demos de cara com uma exibição completa de bonecas e *action figures* de super-heroínas, junto com uma capa com o nome de Reese nas costas. Kelly já a ajudava a amarrá-la no pescoço.

Sobre a mesa, havia donuts decorados com capinhas também.

— Olha, mamãe! Sou uma super-heroína! — declarou Reese, fazendo pose.

Eu ri da felicidade dela enquanto ela pulava para cima e para baixo.

— É coisa demais, Oliver — falei para ele.

— Não, é o suficiente! — exclamou Reese, pegando duas bonecas. — Olha! É a Mulher-Maravilha e a Capitã Marvel. Tem até a Gamora!

— Nossa, que incrível. E como se fala para o Oliver?

Reese ergueu o olhar e ficou um pouco tímida. Não era todo dia que aquela menininha faladeira e cheia de energia ficava quieta. Ela foi até Oliver e passou os braços ao redor das pernas dele, lhe dando um abraço.

— Obrigada, Sr. Smito, por ser legal comigo mesmo depois de eu dizer que as suas músicas eram uma porcaria.

— Reese! — eu a repreendi.

Ela me encarou com aqueles olhos inocentes arregalados.

— O que foi, mamãe? Eu não falei mais que elas eram um lixo, mesmo que continue sendo verdade — explicou ela.

Eu não sabia o que era pior — as palavras dela ou seu olhar verdadeiramente confuso.

Oliver riu e se abaixou para fazer cócegas nela.

— Ah, você acha que elas são uma porcaria, é?

Reese não conseguiu parar de rir enquanto os dois se embolavam. Vê-los interagindo, presenciar Oliver brincando e se soltando com minha filha, foi estranhamente excitante para mim.

E foi assim, crianças, que eu conheci seu pai.

Gravidez instantânea.

Kelly levou Reese para a sala de jantar para devorarem os donuts e brincarem com as bonecas enquanto eu começava a pegar algumas das coisas que tinha deixado prontas no dia anterior.

— Espere, você não pode cozinhar sem o seu presente — disse Oliver, se esticando para pegar algo pendurado atrás de uma das cadeiras.

Ele ergueu o presente, e comecei a rir no mesmo instante ao ver o avental em suas mãos.

— Um avental de super-heroína?

— Para combinar com o tema. — Ele veio até mim e inclinou a cabeça ligeiramente na minha direção. — Posso?

— Pode.

Ele passou o avental por cima da minha cabeça, e, quando me virei de costas e ele começou a passar os laços pela minha cintura para amarrar, o frio na minha barriga estava incontrolável. Por um segundo, seus dedos ficaram imóveis. Por um instante, seus dedos roçaram meu quadril, então se apoiaram na minha lombar. Fechei os olhos e prendi a respiração, sentindo sua proximidade. Eu jurei que a respiração dele soprava contra meu pescoço. Podia jurar que seu corpo pressionava o meu de leve. E eu queria mais...

— Prontinho — disse ele, amarrando o avental e dando um passo para longe de mim.

Soltei o ar que estava prendendo.

— Obrigada.

Alisei o avental e me virei para encará-lo, torcendo para que ele não percebesse o quanto tinha me abalado.

Ele colocou as mãos nos bolsos e se endireitou. Parecia diferente hoje. Ainda bonito, ainda como se fosse um sonho meu, só que... talvez mais feliz? Algo parecia ter mudado. Mas eu não conseguia identificar o quê.

— O pessoal deve começar a chegar daqui a umas três horas. Então como posso ajudar? — perguntou ele, esfregando as mãos.

Arqueei uma sobrancelha.

— Ajudar? Na cozinha?

— É.

— Você cozinha?

— Eu faço um queijo quente incrível. Sei que você deve usar queijo chique e tal, e acrescentar abacate, bacon e algum ingrediente sofisticado, mas o meu queijo quente é imbatível.

— É mesmo?

— É. Você vai implorar por mais.

Eu ri.

— Então você vai ter que fazer um para mim qualquer dia desses.

— Mal posso esperar. Então, o que posso fazer enquanto isso?

— Hum, nada.

— Como assim?

— Desculpe, Oliver. Não vou deixar você chegar perto de nada que preparei para hoje. É importante demais para mim que tudo fique perfeito.

— Não precisa ficar perfeito. Vão ser só amigos próximos.

— E os seus pais — acrescentei.

Ele ergueu uma sobrancelha.

— Você quer impressionar meus pais?

— Talvez.

— Por quê?

— Hum, sei lá... talvez porque sejam seus pais?

Oliver abriu um sorriso malicioso, e a quantidade de sorrisos que estamparam seu rosto nos últimos dias me fazia querer dar um abraço apertado nele. Talvez fosse isso que havia mudado. Ele estava sorrindo.

— Você anda sorrindo mais — comentei, me permitindo externar meus pensamentos.

— Ando?

— Anda.

— Deve ser a companhia.

Ah, Oliver. Você vai me deixar vermelha.

— Por que você está solteira? — perguntou ele, me pegando completamente desprevenida.

Eu me virei para ele e ergui uma sobrancelha.

— O quê?

— Desculpe. Só fiquei pensando nisso. Você é uma mulher incrível. Quer dizer, não que estar solteira signifique que você não seja uma mulher incrível. O que eu queria perguntar é: você sai?

— Se eu saio?

— Para encontros.

Ah.

— Bom, depois da Reese, passei a ter dificuldade até para me arrumar de manhã. Aí, conforme ela foi ficando mais velha, passei a trabalhar em dois empregos ao mesmo tempo. Não tinha muito tempo para sair com ninguém. Além disso, não tive bons exemplos de relacionamentos quando era mais nova. Então isso nunca foi prioridade para mim.

— Então não é algo que te interesse?

— Ter um namorado? Se fosse a pessoa certa, acho que tudo bem.

— O que faria alguém ser a pessoa certa?

Fiquei surpresa com todas aquelas perguntas. A cada dia que passava, as palavras de Oliver pareciam fluir com mais facilidade em nossas conversas. Era como se ele não se atrapalhasse mais tanto com os próprios pensamentos.

— Ah, sei lá, alguém que seja carinhoso. E romântico. E gentil. Que goste de crianças, obviamente. Alguém que me escute. Alguém... — *Como você...* — Alguém assim. Alguém que me passe a sensação de lar.

— Entendi. — Ele franziu a testa. — Alguém que faça você se sentir segura.

— Exatamente. Que me passe a sensação de que pertenço a algum lugar.

— Você faz isso comigo — confessou ele. — Você me passa a sensação de que pertenço a algum lugar. Ninguém mais fez com que eu me sentisse assim depois do meu irmão.

O irmão dele.

Ele finalmente estava falando do Alex comigo.

Antes que eu pudesse fazer qualquer pergunta, uma voz ecoou pela cozinha, interrompendo nossa conversa.

— Oliver, a gente precisa conversar antes da festa! — anunciou Tyler, entrando na cozinha. — A minha esposa me proibiu de falar sobre trabalho hoje, então vim mais cedo para resolver isso logo! —

Ele parou no instante em que notou nossa proximidade. — Hum, interrompi alguma coisa?

— Mamãe, deixei meu donut cair no chão e sujei minha blusa! — exclamou Reese, entrando correndo na cozinha com a mesma rapidez de Tyler. — Posso pegar outro donut?

— Vamos limpar isso primeiro — falei, segurando a mão dela.

Olhei de volta para Oliver, que me fitava. Um sorriso triste surgiu em seu rosto enquanto se virava para falar com Tyler, deixando nossa conversa inacabada na parte mais importante.

19

Oliver

— A gente precisa fazer isto hoje? — perguntei quando nos sentamos no meu escritório com a porta fechada.

— Com certeza precisa ser hoje. Estou conversando com a equipe de relações públicas há uns dias, tentando encontrar um jeito de resolver essa confusão com a Cam. E a melhor solução que encontramos foi você dar uma entrevista ao vivo para alguma emissora grande. Todo mundo quer falar com você. Você não dá uma entrevista desde... — As palavras dele sumiram. Desde a morte de Alex. Tyler se ajeitou na cadeira. — Enfim, você precisa aparecer na mídia. E para isso precisa dar as caras. Caso contrário, vamos passar a impressão errada.

— Eu não dou entrevistas — falei.

Eu odiava entrevistas. Tinha me saído muito mal em todas as vezes. O único motivo para eu parecer relativamente aceitável era que Alex sempre virava o jogo. Mesmo com todas as minhas mancadas, ele conseguia mostrar seus talentos.

— Você não tem opção, cara. Essas acusações podem acabar com a sua carreira e, pior ainda, com a sua vida. Não deixe alguém como a Cam acabar com a sua vida. Você merece contar a sua versão. A verdade.

— Mesmo que eu conte a verdade, alguém vai acreditar em mim?

— Não sei. — Ele balançou a cabeça. — Mas, se você não falar nada, com certeza vão acreditar nela. Só pense nisso, tá? Sei que é feriado e não vou mais tocar no assunto, mas isso é importante pra caralho, Oliver. Precisamos agir logo, principalmente se você estiver pensando em lançar músicas novas.

Eu sabia que ele tinha razão, mas isso não amenizava minha ansiedade. Entrevistadores já tinham distorcido minhas palavras e me interpretado mal no passado. Eu sabia que, se falasse em público, algumas perguntas alimentariam minha mente ansiosa, e minha outra metade não estaria lá para salvar o dia.

Tyler foi embora para buscar sua família e voltar para a festa, e, algumas horas depois, minha casa estava cheia de crianças correndo por todo canto e mergulhando na piscina. Kelly tomava conta dos pequenos enquanto Emery dava os toques finais na mesa. A comida estava com um cheiro delicioso, o que não me surpreendia.

Só faltava colocar a carne na churrasqueira, algo que Emery não tinha permissão para fazer. Meu pai tinha uma regra: ele era o único que podia fazer o churrasco, já que era texano e sabia preparar uma carne macia como ninguém.

Quando meus pais finalmente chegaram do aeroporto, fui encontrá-los na entrada de casa. Minha mãe ficou radiante de empolgação ao me ver.

— Ollie! Venha cá! Eu estava com tanta saudade! — disse ela, me envolvendo em um abraço apertado. — Como está o meu bebê?

— Estou bem, mãe. Achei que vocês fossem chegar mais cedo. O motorista saiu há um tempão.

— Bom, você sabe como é o trânsito em Los Angeles. Uma merda — declarou meu pai.

— Richard! Precisa falar desse jeito na frente do nosso filho?

— Ah, pare com isso, mulher. O Oliver escreve músicas sobre sexo oral; acho que ele já é grandinho o suficiente para me ouvir falando "merda".

— Ele não escreve músicas sobre isso!

— Sobre o que você acha que é "Cataratas"? — perguntou meu pai.

Droga, não fazia nem alguns minutos que meus pais tinham chegado e já estavam falando sobre o subtexto sexual das nossas músicas. Meu irmão tinha sorte de não estar presenciando aquele momento.

— Sobre as Cataratas do Niágara! — exclamou minha mãe, me fazendo rir.

Era uma resposta bem sincera e honesta.

— Mulher, é uma insinuação sexual — explicou meu pai, balançando a cabeça, incrédulo.

Ele havia deixado a barba crescer desde a última vez em que nos vimos, e tinha ficado bom. E havia engordado um pouco, o que também era ótimo.

— Em que sentido isso é uma insinuação sexual? — perguntou ela.

— Você quer mesmo saber? — questionou ele.

— Sim, eu quero mesmo saber.

— Tá bom, então. Lembra quando a gente estava na faculdade, e você foi estudar comigo, e eu fiz aquele negócio com meus dedos na sua...

— Ei, ei, ei, vocês não estão passando do limite? — bradei, sabendo exatamente do que ele estava falando e querendo apagar para sempre a imagem que tinha se formado no meu cérebro.

Minha mãe ficou boquiaberta e concordou lentamente com a cabeça.

— *Ahhh*, as Cataratas do Niágara! — Ela abriu um sorriso imenso e se remexeu um pouco. — Adoro as Cataratas do Niágara. A gente devia dar um pulo lá hoje, Richard.

Pelo amor de Deus.

— Se vocês dois puderem parar de falar, seria ótimo — implorei.

— Não se faça de inocente, Oliver. Foi você que escreveu a música, afinal. — Ele se aproximou de mim e deu uns tapinhas nas minhas costas. — Feliz Dia da Independência, filho. Por favor, me diz que tem comida lá dentro, porque estou morrendo de fome.

— Só precisamos de você na churrasqueira, mas tem comida suficiente para um time de futebol — respondi.

— Ou para o seu pai, que está em fase de crescimento — disse ele, esfregando a barriga. — Vou começar o Vigilantes do Peso na segunda-feira.

— Ele disse isso semana passada — dedurou minha mãe. — E aí pediu pizza.

— De massa bem grossa, deliciosa. Mas vou começar na semana que vem mesmo. Juro.

— Aham, vamos ver o que acontece quando tiver promoção de tacos em dobro no mexicano e você quiser tomar margarita — disse minha mãe, batendo na barriga do meu pai.

— Tem razão, é melhor eu começar na quarta — concordou meu pai. — Agora, ande logo, vamos entrar para eu acender a churrasqueira.

Nós entramos, e meus pais cumprimentaram todo mundo com abraços apertados, porque eles eram assim mesmo — pessoas que abraçavam todo mundo. Eram capazes de abraçar até desconhecidos na rua. Fomos para a cozinha e encontramos Emery terminando os preparativos. Ela ergueu o rosto com um sorriso imenso.

— Caramba, isto aqui parece um banquete de Ação de Graças — exclamou minha mãe.

— E também tem cheiro de banquete — disse meu pai, sorrindo. — Você deve ser a Emery.

Minha mãe já estava contornando a ilha para puxar Emery para um abraço, e, sem nem pestanejar, Emery a envolveu nos braços.

— Eu sou a Michelle, e esse é o Richard. Somos os pais do Oliver.

— Que prazer conhecer vocês. Que bom que chegaram.

— O prazer é meu. O Oliver fala tanto de você! — comentou minha mãe.

Emery olhou para mim com um sorriso tímido.

— É mesmo?

— Nem *tanto* assim — rebati. — Talvez eu tenha mencionado o seu nome em alguma conversa.

— Até parece — exclamou minha mãe, balançando a cabeça. — O Oliver fala o tempo todo que a sua comida é uma das melhores que ele já provou. Ora, ontem mesmo ele estava me contando de você e que...

— Mãe — gemi, fitando-a com um olhar sério.

Suas bochechas coraram.

— Ah, não. Falei demais. É um prazer conhecer você, Emery. Vamos parar a conversa por aqui.

— Mããããe! — berrou Reese, entrando correndo na cozinha, vindo lá de fora enrolada em uma toalha e pingando água da piscina pela casa toda. — Mãe! Mãe! Fiz dois amigos novos, a Catie e o Garrett, e eles são bem mais legais que a Mia e o Randy, e tem mais! A mãe deles disse que eu posso ir lá visitar de vez em quando pra gente fazer biscoitos e tal, e tem mais! Quem são vocês? — perguntou Reese, sem fôlego, ao olhar para meus pais depois de falar um milhão de palavras por segundo.

Minha mãe sorriu para a garotinha e se agachou para ficar no nível dos seus olhos.

— Eu sou a Michelle, e este é meu marido, o Richard. Somos os pais do Oliver.

Os olhos de Reese se arregalaram.

— Vocês fizeram ele?

— Isso mesmo — confirmou minha mãe.

— Tipo, ele ficou na sua barriga?

— Aham, aham.

— Como? — questionou Reese. — Ele é tão grande! — Todos nós rimos, e ela não pareceu entender qual era graça. — Aquela ali é a minha mãe, e eu também fiquei na barriga dela quando era bebê — declarou Reese em um tom prático.

Um lampejo de desespero passou pelo rosto de Emery quando essas palavras saíram da boca da filha, mas ninguém percebeu por não estarem olhando para ela. A expressão desapareceu tão rápido quanto havia surgido.

— Mas, hein, mãe! Posso ir na casa da Catie e do Garrett um dia? — perguntou Reese, voltando para o assunto principal.

— Vamos ver, querida. Não é melhor você voltar lá para fora? Você está molhando a casa toda.

— Tá bom, mãe, obrigada. — Ela saiu em disparada da cozinha com a mesma rapidez com que tinha entrado, gritando: — Pessoal! Minha mãe disse que siiiiiim!

— E essa é a minha filha, Reese — disse Emery. — Ela vive ligada no 220.

— Ela é uma graça, e a sua cara — comentou minha mãe.

Emery apenas sorriu e não falou nada.

Meu pai esfregou as mãos.

— Então acho melhor fazer uma boquinha antes de Oliver e eu irmos acender a churrasqueira. — Sem hesitar, ele foi direto nos sanduíches de almôndegas, gemendo de prazer ao morder um. — Nossa mãe, que delícia! Você não estava brincando, filho. Ela é incrível.

— Incrível, é? — perguntou Emery com um sorriso. — Você acha que eu sou incrível.

— Não sei se foi exatamente isso o que eu disse — falei.

— Foi, sim. Você disse que ela é incrível pra cacete. Minha memória é imbatível — argumentou meu pai

— Tá bom, que tal vocês irem lá para fora e acenderem a churrasqueira? Estão falando demais — ordenei, expulsando meus pais.

— Já deu para perceber que nossa presença é indesejada. Tudo bem. Nós vamos. Foi um prazer conhecer você, Emery. Espero que a gente tenha um tempinho para bater um papo depois — disse minha mãe, piscando para ela.

Para que a piscadinha, mãe?

Os dois deram as mãos e foram dançando lá para fora, porque era assim que meus pais sempre agiam — eles dançavam, brincavam e se amavam.

A única vez que ficaram sem dançar foi na época da morte de Alex. Eu estava feliz por terem recuperado o ritmo.

Emery ainda estava sorrindo para mim com as mãos na cintura.

— O que foi? — perguntei.

— Você me acha incrível pra cacete, é?

— Ai, meu Deus. Não deixe isso subir à sua cabeça.

Revirei os olhos de um jeito dramático enquanto enfiava um dos canapés que ela havia feito na boca.

— Agora já era. Meu ego está inflado. Eu sou incrível pra cacete, e todo mundo que disser o contrário está mentindo.

Dei de ombros.

— No máximo, você é mediana.

Ela ficou boquiaberta.

— Que mentira!

— É mentira.

Ela sorriu.

Eu sorri.

Caramba, eu estava começando a me apaixonar pelo sorriso daquela mulher.

— É melhor eu ir ajudar meu pai com a churrasqueira. Então está bom. — Eu me balancei para a frente e para trás. — A gente se fala depois.

— Espere... antes de você ir.... — Ela se inclinou para a frente e se apoiou na bancada. — Você pode repetir que me acha incrível pra cacete?

20

Oliver

— Meu deus! Vou te falar uma coisa... aquela moça Emery cozinha bem mesmo — comentou meu pai comigo no estúdio enquanto todo mundo esperava pelos fogos de artifício lá fora, apesar de ainda faltarem horas para começarem. Nós tínhamos passado o dia comemorando o feriado, e eu queria mostrar minhas novas músicas para ele e pedir sua opinião. — Ela também é uma moça muito legal — acrescentou meu pai.

— É difícil não gostar dela.

— Pelo jeito como ela cozinha, também entendo por que você gosta dela — brincou ele. — Então, é ela?

— É ela o quê?

— Sua namorada?

— O quê? Não. Nós somos só... — O que nós éramos? Colegas? Amigos? Eu e Emery éramos amigos? — Não. Não é.

— Mas você gosta dela, nem adianta tentar mentir para mim. Eu sou seu pai e sei quando você mente. Todos aqueles anos com aquela Cam, e nunca vi você olhar para ela do jeito como olha para a Emery. Ela deve ser muito importante.

Isso era verdade. Fazia apenas poucas semanas que eu conhecia Emery, mas ela foi a primeira mulher para quem me abri. Se fosse para eu ser dela, eu sabia que teria que revelar camadas da minha personalidade que geralmente ficavam escondidas.

179

— Ela apareceu na minha vida num momento em que eu estava me sentindo muito sozinho.

— Eu acredito nisso — disse meu pai, concordando com a cabeça; então ele entrelaçou as mãos e pigarreou. — O que me leva ao meu próximo assunto, algo que quero deixar bem claro para você. Não foi culpa sua, filho.

— O quê?

— O que aconteceu com o Alex. Não foi culpa sua.

Tentei argumentar, mas meu pai balançou a cabeça e colocou a mão no meu ombro.

— Eu te conheço, filho. Sei como você é. E sei que você está carregando essa culpa aí dentro. Sei que a mídia colocou a história dessa forma e que você absorveu isso mais do que deveria, só que estou aqui para dizer que não foi culpa sua.

Entrelacei as mãos e olhei para baixo.

— Eu sei que isso é verdade. Tem sido difícil. Não tenho como explicar. Se não fosse por mim, ele não estaria naquele carro.

— Você não pode pensar assim. O acidente foi culpa daqueles idiotas que estavam correndo pela rua feito uns psicopatas. Para mim, a culpa pelo que aconteceu com o seu irmão foi deles, não sua.

— Você não me culpa?

Meu pai suspirou e apertou a ponte do nariz.

— Jamais. Estou dizendo que isso nunca passou pela nossa cabeça, nem por um instante. E você tem que falar com a gente quando estiver se sentindo mal, Oliver. Você nunca será um fardo para mim e para sua mãe. Vamos estar sempre do seu lado, especialmente nos dias de merda. É fácil ter pessoas que ficam com a gente quando estamos no auge, mas queremos que você saiba que estamos com você nos momentos difíceis também. Principalmente durante os momentos difíceis.

Voltei a entrelaçar minhas mãos e fiquei olhando para elas, minha mente ligando os pontos de tudo que meu pai dizia.

— A culpa não foi minha? — perguntei com a voz rouca.

— A culpa não foi sua.

Fui inundado por um alívio que eu achava que não merecia. Aos poucos, comecei a me desprender da culpa à qual me agarrava desde o dia em que Alex saíra do meu lado.

Esfreguei a mão embaixo do nariz e pigarreei.

— Obrigado, pai.

— De nada. Agora você pode tocar para mim suas músicas novas, e vamos ver como posso ajudar a melhorar o que você já fez.

Fazia muito tempo, quase dez anos, desde a última vez que meu pai tinha me ajudado no estúdio, mas eu nunca ia me esquecer que ele havia sido o homem que fizera com que eu e Alex nos apaixonássemos por música. Ele havia me apresentado aos maiores artistas de todos os tempos quando éramos pequenos, garantindo que todos os clássicos estivessem em nossa vida, de Sam Cooke a Frank Sinatra. Nossa casa sempre ressoava com o som dos melhores.

Meu pai trabalhou na indústria musical como técnico de som por um tempo, e fora ele quem construíra para mim e Alex nosso primeiro estúdio, quando éramos adolescentes.

Sem suas orientações, nenhum dos nossos sonhos teria se realizado.

Toquei as músicas, e ele escutou com um ouvido atento. No geral, ele só costumava me dar feedback no final, quando se recostava, apertava os lábios e concordava com a cabeça.

— Está bom. Está bom.

— Mas?

De início, ele não entrou em detalhes sobre seus poréns — nunca fazia isso. Meu pai não era de criticar uma canção antes de falar sobre tudo de bom que ela continha. Isso valia para todas. Ele dizia que toda arte tinha sua beleza.

Isso era bom para mim. Eu precisava de críticas positivas.

— Mas...? — repeti depois dos elogios.

— E se tentássemos assim? — perguntou ele, se levantando e ajeitando o equipamento.

Ficamos lá por horas, criando. Pegamos as músicas que fizemos, as destrinchamos e as reorganizamos. Nós... nos divertimos.

Quando terminamos uma música, e fizemos com que ela se tornasse algo que me deixava orgulhoso, ficamos parados em silêncio por um minuto, quase em choque.

Meu pai me deu um tapinha nas costas e sorriu.

— O Alex ia adorar essa.

Eu sorri, porque sabia que ele tinha razão.

— Toca de novo — pediu meu pai. — Ela é boa demais para não ouvirmos outra vez.

Então obedeci.

— Sr. Smito! Sr. Smito! — cantarolou Reese, entrando correndo no estúdio para chamar minha atenção. Ela acenava para mim, ofegante. — Vem! Rápido!

— Por que rápido? — perguntei.

— Por causa dos fogos, dã.

Fomos para a área externa, onde o show de fogos ocorria acima das casas. Todo mundo estava sentado ao redor da piscina, olhando para o céu colorido, admirando toda sua beleza. As três crianças pulavam, empolgadas, gritando *ohhs* e *ahhs*, rindo umas com as outras com a mesma intensidade que os fogos coloridos e barulhentos lá em cima.

Eu me sentei ao lado de Emery no chão, e Kelly não demorou muito para me fitar com um sorriso bobo por causa disso. Tentei ignorá-la. Emery se virou para mim, abraçando os joelhos dobrados. Então ela voltou a olhar para o céu.

— É lindo, né?

— É. Impressionante.

Diga alguma coisa para ela.

Mas alguma coisa que faça sentido.

Mas alguma coisa que também faça diferença.

Só fale.

Diga alguma coisa!

— Desculpe — soltei.

— Você está pedindo desculpas pelo quê?

182

— Por fazer você cozinhar num feriado. Não parei de pensar nisso desde que te pedi. Eu devia simplesmente ter convidado você e contratado um bufê. Foi falta de educação pedir uma coisa dessas. Às vezes não penso direito nas coisas até começar a remoer, e...

A mão dela pousou no meu antebraço.

— Não precisa ficar remoendo isso, Oliver. Hoje foi um dia muito divertido, e eu pude fazer a coisa que mais adoro no mundo. Cozinhar para você me lembrou demais de quem eu quero me tornar. A culinária é minha paixão e, graças a você, estou conseguindo realizar esse sonho.

Suspirei, aliviado.

— Que bom. Fico feliz.

— Você está bem? — disse ela, fazendo sua pergunta de sempre.

— Hoje estou bem.

Seus olhos brilharam de emoção, e sua mão, que continuava sobre meu braço, me apertou de leve.

— De verdade? — indagou ela, ficando emocionada.

Parecia até que eu tinha dito que era o melhor dia da minha vida.

— Estou, de verdade. Hoje foi bom. — As lágrimas começaram a escorrer de seus olhos, e dei uma risadinha. — Não chore, Em.

— Desculpe, nossa, é esse vinho todo que a sua mãe está me dando, juro — disse ela, rindo, tirando a mão do meu braço e secando os olhos. Assim que sua mão se afastou da minha pele, senti falta de seu toque. — É que... desde que comecei a perguntar como você está, essa nunca foi a resposta. Estou tão feliz, Oliver!

Ela estava emocionada demais com aquilo, o que fez com que eu me sentisse culpado por deixá-la daquele jeito.

— Eu não queria fazer você chorar.

— São lágrimas de felicidade — disse ela, meio que rindo agora. — São só lágrimas de felicidade. Estou muito feliz por você. Você merece dias bons.

— Emery?

— Sim?

— Nós somos amigos?

Seus olhos castanhos sorriram mais que seus lábios.

— Claro que somos.

— Tá bom, beleza.

Comecei a ficar sem graça, me sentindo um idiota por ter feito aquela pergunta. Mas, desde que meu pai tinha me perguntado o que eu e Emery éramos, eu havia ficado curioso. Porque, na minha cabeça, nós éramos amigos, só que minha cabeça mentia para mim de vez em quando.

— Eu gosto disso em você, sabia? — comentou ela.

— Do quê?

— Gosto que às vezes você fica tímido, porque pensa demais nas coisas. Quer dizer, sejamos sinceros. Talvez você esteja pensando na medida certa e o restante do mundo é que pensa de menos. É uma questão de perspectiva — brincou ela.

Abri um meio-sorriso, e ela sorriu ainda mais para mim e continuou:

— Também gosto quando você faz isso. Gosto quando sorri.

Pelo visto, isso era algo que, agora que ela estava na minha vida, eu fazia com mais frequência.

Pouco depois, Reese veio correndo até mim.

— Sr. Smito! Posso sentar no seu colo pra ver os fogos?

Eu me ajeitei e estiquei os braços para ela. Ela pulou neles e se apoiou em mim enquanto olhava para o céu. Notei que Catie e Garrett estavam sentados no colo de Tyler e tive certeza de que era deles que Reese havia tirado a ideia.

Eu a apertei mais um pouco enquanto ela apoiava a cabeça no meu ombro. Dava para perceber que ela estava ficando cansada, o que era compreensível, depois do dia cheio que tivera com os novos amigos. Seus olhos estavam semicerrados, e ela lutava para assistir aos fogos no céu. Ela bocejou, escancarando a boca, então se aconchegou em mim.

— Sr. Smito? — sussurrou ela.

— Sim, menina?

— A música que eu ouvi você tocando com o seu pai não era uma porcaria.

Em uma questão de segundos, ela estava dormindo nos meus braços, sem saber como suas palavras tinham me emocionado. Aquela garotinha era adorável em todos os sentidos. Desde seu cabelo escuro até seu sorriso alegre. Tinha os olhos de Emery. E seu nariz arrebitado, e seu coração. Não me restava dúvida de que o coração de Reese batia como o de sua mãe.

Depois que o show de fogos acabou, acomodei Reese em um dos quartos de hóspedes da casa. Kelly e Tyler foram embora, exaustos, mas sorrindo. Meus pais continuavam bebendo e dançando na área externa, porque era assim que eles eram, e passariam a noite inteira dançando se seus pés deixassem.

Emery estava na cozinha, tentando limpar a bagunça que fora se acumulado durante a noite. Fui até ela na pia e toquei seu ombro.

— Não precisa fazer isso hoje. Eu dou um jeito amanhã.

— Nossa, de jeito nenhum. Vou limpar tudo. Não tem problema.

— Foi um dia longo. Você deve estar cansada.

— Vou poder dormir até mais tarde amanhã. Não tem problema mesmo.

— Deixa eu ajudar — ofereci.

— Não acredito que vocês estão aqui dentro limpando isso — disse minha mãe, entrando na cozinha com um copo vazio. — Vocês deviam estar lá fora com a gente, tomando vinho e dançando! Vamos — continuou ela, fazendo um gesto para que nós a acompanhássemos enquanto pegava outra garrafa de vinho.

— Ah, seria ótimo, mas já estou meio alegrinha e preciso ficar sóbria para levar a Reese para casa.

— Que bobagem. Hoje você dorme aqui. O Oliver tem espaço sobrando para vocês duas. Não tem, Oliver?

— Claro.

— Posso emprestar um pijama para você também. E dirigir a esta hora da noite em pleno feriado também é perigoso. Vocês podem ficar, sem problema nenhum.

Emery hesitou por um momento, mordiscando o lábio inferior.

— Vamos, Emery. Só se vive uma vez. Temos que criar memórias boas enquanto podemos — disse minha mãe, em seu modo *carpe diem*.

Devia ser efeito do vinho.

— Bom, tudo bem. Se eu ficar aqui, vai ser mais fácil limpar tudo amanhã cedo, quando eu estiver sóbria — comentou Emery antes de se virar para mim. — Tem certeza de que não tem problema?

— É claro que ele tem certeza — respondeu minha mãe, fazendo um gesto para indicar que eu não precisava responder e agarrando a mão de Emery. — Agora, andem, vamos dançar lá fora. Eu e o Richard vamos ensinar para vocês tudo sobre as boas músicas dos velhos tempos.

As duas saíram andando, me deixando com uma sensação estranha no peito.

Pela primeira vez em muito tempo, meu coração parecia preenchido.

186

21

Emery

A energia daquele dia estava muito maravilhosa. Havia cansaço, mas era um cansaço bom. Uma exaustão que vinha depois de se divertir muito. Ver Reese interagir com dois amiguinhos que não implicavam com ela tinha sido o primeiro ponto alto do dia. O segundo fora ouvir Oliver dizer que teve um dia bom. E o terceiro? Os pais de Oliver.

Observar os pais dele era como assistir a um filme clássico de romance. Eles eram as pessoas mais carinhosas e atenciosas do mundo, e o jeito como olhavam um para o outro e riam juntos parecia algo saído de um filme. Eu queria ter isso um dia — um amor que sobrevivesse a décadas.

Aqueles dois se amavam de um jeito que fazia as outras pessoas ficarem emocionadas na presença deles.

Nós quatro ficamos na área externa, ouvindo músicas antigas e rindo mais do que eu achava ser possível. Oliver parecia mais à vontade do que nunca, e eu sabia que era porque ele amava os pais.

— Juro para você que o Oliver tem a playlist de favoritos mais intensa do mundo no celular — comentou Richard, balançando a cabeça. — Quantas músicas são agora?

— Seiscentas e sessenta e oito — respondeu Oliver.

— *Seiscentas e sessenta e oito!* — repetiu Richard. — Essas não são suas músicas favoritas. São só músicas! Uma lista de favoritas devia ter dez, no máximo. Senão, é só uma lista de músicas.

Peguei meu celular e abri meu aplicativo de música.

— Bom, eu tenho oitocentas e dez na minha lista de músicas favoritas. — Sorri para Oliver e arqueei uma sobrancelha. — Você está muito devagar.

— Vocês deviam trocar playlists para ver se têm favoritas em comum — sugeriu Michelle. — Mas acho que vai levar dias para olhar as duas listas inteiras.

— Ainda estou pensando nas mais de oitocentas músicas favoritas. — Richard estava boquiaberto, não conseguia acreditar. — Vocês, jovens, fazem muita coisa ao mesmo tempo. Eu podia passar a vida inteira ouvindo as mesmas dez músicas por dia e ficaria feliz.

— Mas você realmente escuta as mesmas dez músicas todo dia — resmungou Michelle, revirando os olhos.

— Até parece que você não gosta delas tanto quanto eu, mulher. Falando nisso, Oliver, me ajuda a colocar minha playlist das dez melhores para tocar. Vou mostrar para vocês o que é música boa em menos de dez faixas.

Os dois seguiram para o aparelho de som para conectar o celular de Richard.

— Vocês dois têm uma conexão maravilhosa — comentei com Michelle enquanto o marido dela dançava ao som de Biggie Smalls e mostrava a playlist no seu celular para Oliver.

— Nós somos só dois malucos. É assim que mantemos a sanidade. Juro, se o Richard não estivesse ao meu lado nos últimos meses, eu teria ficado destruída.

— Não consigo imaginar como deve ter sido difícil lidar com a perda. Eu sinto muito. Fico feliz por você ter o Richard.

— Eu também fico. Ele é a minha âncora. Minha âncora esquisita e maluca. E você? É próxima da sua família?

Minha postura inteira mudou, e ela percebeu. Balancei a cabeça.

— Não. Eu e meus pais somos o oposto de próximos. E a minha irmã... a gente se distanciou.

Aliás, Sammie tinha tentado falar comigo mais cedo. Ela havia mandado uma mensagem desejando um bom feriado, mas não respondi. Era a primeira vez que ela entrava em contato desde que desligara na minha cara no momento em que eu mais precisava de ajuda. Eu não tinha forças para falar com ela. Ainda me sentia magoada demais por ela ter me ignorado. E ela ainda tinha a cara de pau de me mandar uma mensagem como se nada tivesse acontecido?

Mas Sammie era assim mesmo: sumia e reaparecia quando tinha vontade. Só que isso não era justo comigo.

Michelle franziu a testa.

— Sinto muito. Também venho de uma família tumultuada, então sei como é difícil.

— É, sim. Mas pelo menos tenho a minha filha. Ela é a única família de que preciso de verdade.

— Ela é linda. Uma cópia sua. Foi tão bonito ver o Oliver com ela... Nossa, é ótimo ver meu filho assim. Sorrindo.

— Não é? Para ser sincera, ele demorou um pouco para começar a compartilhar esses sorrisos comigo.

— Por que estou com a sensação de que talvez você seja responsável por alguns deles? — perguntou ela, fazendo os pelos dos meus braços se arrepiarem. — Você tem uma alma maravilhosa, já percebi. Tenho talento para interpretar as pessoas.

— Bem que eu queria que a minha mãe achasse isso de mim — murmurei. Não fazia nem oito horas que nos conhecíamos, e Michelle já tinha me elogiado mais do que minha própria mãe durante a vida inteira. — Na verdade, fiquei com inveja vendo você e o Richard com o Oliver. Minha relação com meus pais é completamente diferente.

— Sei bem como é. Eu também não era próxima dos meus pais — contou Michelle, tomando um gole de seu vinho. — Bom, eu era até levar o Richard para conhecer os dois. Eles foram muito contra o relacionamento, porque ele não tinha dinheiro. Minha família era muito rica. Meu pai e minha mãe eram advogados bem-sucedidos. A família do Richard era o completo oposto. Eles recebiam auxílio do governo. Meus pais detestavam o fato de eu estar me relacionando com alguém que eles consideravam inferior.

— Sinto muito. Nem imagino como deve ter sido difícil. Ficar dividida entre dois mundos.

— Foi difícil mesmo. Eu só tinha dezesseis anos quando conheci o Richard, e fiquei caidinha por ele de cara. Meu pai falou que me deserdaria se eu continuasse com ele, e minha mãe disse que eu ficaria sozinha para sempre, porque tinha certeza de que o Richard jamais conseguiria me sustentar. Eles disseram que eu precisava escolher entre ele e a minha família.

— Eles queriam que você fizesse essa escolha com dezesseis anos?

— Aham. Ou eu deixava o Richard, ou deixava minha família.

— E o que o Richard falou?

Ela abriu um sorriso triste e balançou a cabeça conforme as memórias voltavam.

— O Richard é um doce. Ele disse: "Nem pense em abrir mão da sua família." — Lágrimas começaram a escorrer por suas bochechas, e ela as secou, encontrando o meu olhar. — E foi exatamente por isso que continuei com ele.

— Ele era a sua família.

— A família do meu coração. A única que realmente importa. Nunca me pediu que o escolhesse. Estava disposto a sacrificar a própria felicidade para proteger a minha. Se esse não for o tipo de homem que você quer ao seu lado, não sei qual seria. Foi aí que eu aprendi que o amor verdadeiro é incondicional. Ele não impõe regras sobre como você deve se comportar para ser amada. A mãe e o pai dele me aceitaram na casa deles sem nem pestanejar. Eles me criaram; apesar de não terem muito, abriram espaço para que eu vivesse no lar deles. Quando penso nos meus pais, penso neles.

— Eu fiquei arrasada quando minha família virou as costas para mim. Ainda fico, para falar a verdade.

— Pois é, e essa sensação não desaparece de verdade, não completamente. Mas você tem uma filha linda, com quem pode recomeçar. Você pode partir do zero, construir uma família com valores iguais aos seus. Com novas tradições, novos amores, vocês podem quebrar traumas geracionais com o amor que sentem uma pela outra.

Eu tinha passado um bom tempo da minha vida pensando em traumas geracionais. Nunca conheci meus avós, porque minha mãe não falava com os pais, e meu pai nunca conheceu os avós dele. Agora eu sentia que estava repetindo o mesmo padrão de desconexão, porque Reese também não conhecia os dela.

Se dependesse de mim, os filhos dos meus filhos me conheceriam e conheceriam o meu amor. Eles jamais se sentiriam preteridos, porque a alma deles seria cercada de carinho. Um dia, a maldição de família Taylor seria quebrada. Eu estava mais determinada do que nunca a fazer isso.

— Às vezes, nossa família não é aquela em que nascemos, mas a que escolhemos — explicou Michelle.

Essas palavras foram muito importantes para mim. Claro, talvez eu não tivesse a conexão que desejava com meus pais, mas isso não significava que eu não poderia criar algo ainda mais poderoso no futuro.

— Quantos anos tem mesmo a sua filha? — perguntou ela.

— Quase seis, e ela é toda sabichona. Ela e o Oliver adoram implicar um com o outro, mas os dois têm uma conexão impossível de negar.

Michelle abriu um sorriso radiante.

— Sempre achei que o Alex que seria pai de família. O Oliver parecia muito longe de sossegar. O Alex sempre adorou crianças.

O sorriso dela foi se dissipando aos poucos enquanto ela olhava para o nada, pensando em Alex.

Às vezes o mundo não fazia sentido. Nenhum pai deveria ter que enterrar o próprio filho. Eu não conseguia nem conceber o tipo de sofrimento que o coração dela aguentava todos os dias. Se eu pudesse fazer apenas uma oração pelo restante da minha vida, seria pelos pais que precisavam se despedir dos filhos cedo demais.

Para mim, o coração deles sempre bateria um pouco mais devagar.

— Sinto muito, Michelle.

— Obrigada, querida. — Ela esticou o braço e deu um tapinha reconfortante na minha mão, e eu sabia que era porque precisava de uma mão para segurar. Então envolvi a dela com as minhas. — O luto não fica mais fácil. Ele só se torna mais silencioso. Tem dias que ainda não consigo sair da cama, mas tenho sorte, porque o Richard fica na cama comigo e com o meu silêncio. Então, quando chega a hora de levantar, ele me puxa para cima, e nós dançamos. Um conselho: encontre um homem que dance com você mesmo quando seu coração estiver partido. — Seus olhos brilhavam com lágrimas, e ela apertou ainda mais as minhas mãos. — Quer saber um segredo?

— Quero.

— Eu achei que também fosse perder o Oliver. Ele se isolou tanto de todo mundo, até do Tyler e da Kelly. Então, quando vim para cá, me preparei para o pior. Achei que ele estaria desmaiado de bêbado ou pior... muito pior. Na minha última visita, algumas semanas atrás, ele não estava bem. Mas agora? Agora eu chego aqui e ele está sorrindo.

— Que ótimo.

Ela abriu um sorriso radiante para mim enquanto as lágrimas desciam dançando pelas maçãs do seu rosto.

— Então obrigada.

— Eu não fiz nada — jurei.

— Você é a única coisa diferente na vida dele desde a última visita. E eu reparei em como ele te olha quando você não está prestando atenção. Escute, querida, não sei o que você fez, mas tenho certeza de que ajudou meu filho a voltar à vida quando ele estava segurando a mão da morte. Talvez seja minha intuição materna. Então obrigada por ajudá-lo. Mesmo que seja só sendo amiga dele.

Agora era eu quem estava com os olhos marejados, e a puxei para um abraço apertado.

— Você é uma mãe maravilhosa — sussurrei, e ela começou a chorar ainda mais.

— Você nem imagina como é difícil acreditar nisso todos os dias.

Era bem provável que todas as mães pensassem assim. As que duvidavam das próprias capacidades às vezes eram as que mais se esforçavam todo santo dia. Eu não esperava que a conversa com Michelle enveredasse por aqueles rumos, mas estava feliz, porque estava claro que nós duas tínhamos pontos sensíveis no coração que haviam sido tocados naquela noite.

— Ah, não acredito que vocês duas estão bêbadas de vinho e fazendo drama — interrompeu-nos Richard, vindo em nossa direção. — Nós passamos dois segundos escolhendo uma música e de repente vocês duas estão nesse chororô.

— Deixa de ser chato, Richard. Nós, garotas, não podemos ter um momento de sensibilidade? — questionou Michelle, se levantando.

— Sim, mas está na hora de dançarmos ao som dos Spinners, milady.

Richard esticou a mão para a esposa e a tomou nos braços. Os dois começaram a se embalar enquanto tocava "Could It Be I'm Falling in Love". Richard fazia serenata para Michelle enquanto ela sorria e se derretia toda. Os dois pareciam peças de um quebra-cabeça que se encaixavam perfeitamente.

Oliver parou ao meu lado, e nós dois ficamos assistindo aos pais dele se apaixonarem cada vez mais.

— Essa foi a música do casamento deles — disse Oliver. — Meu pai que gravou, e foi a primeira dança deles.

— Ai, nossa, que lindo — falei, emocionada.

Aquilo era amor verdadeiro.

— Eles dançam essa música toda noite. Nos dias bons e nos ruins. Especialmente nos ruins.

— Eu queria ter um amor exatamente assim — confessei. Oliver abriu um sorriso apertado para mim, mas não disse nada. Fiquei alternando o peso entre os pés por um minuto antes de olhar para ele de novo. — Quer dançar comigo?

Senti um frio na barriga, e talvez tivesse sido o álcool que me dera a coragem de chamá-lo para dançar. Tudo que eu sabia sobre ele indicava que sua resposta seria não, desde sua timidez ao seu desconforto em certas situações. Só que, para minha surpresa, ele pegou minha mão e me puxou para perto.

Meu coração acelerou enquanto eu me apoiava nele da mesma forma que Michelle se apoiava em Richard. Como se fôssemos as partes que faltavam um ao outro.

Apoiei minha cabeça em seu ombro, e ele balançava para a frente e para trás comigo, me mantendo bem perto dele. Oliver tinha um cheiro muito bom, como o de uma floresta de carvalho defumado. Foi naquele momento que me dei conta de que uma das minhas coisas favoritas no mundo era estar perto de Oliver. Ele me segurava como se não fosse me soltar. E, após alguns segundos dançando, começou a cantar distraidamente a letra da canção que tinha escutado durante toda a infância. Sua voz era tão suave, a voz pela qual eu tinha me apaixonado quando era mais nova. Havia um motivo para ele ser meu cantor favorito. Ele cantava sem fazer esforço. Às vezes, ao falar, suas palavras se embolavam, só que isso nunca acontecia quando ele cantava. Era como se cantar fosse seu primeiro idioma e falar, o segundo.

Enquanto cantava a canção dos Spinners, ele me pressionava contra seu corpo musculoso.

E, em segredo, fingi que ele cantava para mim.

22

Oliver

— Espero que sirva — falei para Emery, entregando-lhe uma calça de moletom e uma camiseta para que ela usasse como pijama.

Nós estávamos no corredor, bem na frente do quarto onde ela ficaria, onde Reese estava dormindo. Meus pais já tinham ido se deitar, e passava de meia-noite.

— É a segunda vez que uso suas roupas — brincou ela, aceitando-as. — Daqui a pouco vou fazer compras no seu armário. Mas obrigada. De verdade. E juro que a sua cozinha vai estar impecável amanhã cedo.

— Não estou nem um pouco preocupado com isso. Só espero que você tenha se divertido hoje.

— Foi incrível. Seus pais são maravilhosos. O casamento deles é um sonho. Para ser sincera, fiquei tão animada com eles que nem estou com sono ainda.

— Nem eu. — Enfiei as mãos nos bolsos e me balancei para a frente e para trás. — Quer ouvir playlists até dar sono? A menos que você prefira ficar sozinha. Só estou curioso para saber quais são as suas músicas favoritas.

— Adorei a ideia. Vou trocar de roupa, nos encontramos na sala?

— Combinado.

Fui para a sala de estar e peguei algumas coisas para nossa sessão musical improvisada, incluindo petiscos, bebidas e um baralho. Sentei-me à mesa de centro e senti o peito apertar no momento em que Emery entrou. Embora ela estivesse sendo engolida pelas minhas roupas, de alguma forma, elas pareciam ser perfeitamente adequadas.

— As suas roupas são mais confortáveis do que as minhas — afirmou, se mostrando à vontade na camiseta que eu tinha lhe emprestado.

Suas madeixas estavam presas em um grande coque bagunçado no topo da cabeça, com exceção de duas mechas soltas em cada lado do seu rosto. Toda a maquiagem havia sido removida, e ela conseguia estar ainda mais linda do que quando havia chegado naquela manhã.

Ela se sentou ao meu lado e, quando roçou a perna na minha, imaginei como seria ter seus lábios roçando os meus também.

Ela cruzou as pernas e se ajeitou um pouco até se acomodar; então olhou para o baralho e ergueu uma sobrancelha.

— Nós vamos jogar alguma coisa?

— Mais ou menos. — Peguei as cartas e comecei a embaralhá-las. — Eu e o Alex fazíamos isso quando passávamos horas em ônibus durante as turnês. A gente pegava um baralho, e cada naipe representava um tema. Então, tirávamos uma carta e tínhamos que escolher uma música com base no tema dela. Podemos usar nossa lista de favoritos. Só temos que escolher os temas. Mas o Coringa é uma carta livre, você pode colocar o que quiser.

— Ah, isso vai ser divertido. Beleza. Posso escolher os temas?

— Fique à vontade.

Ela esfregou as mãos com um sorriso malicioso.

— Então copas serão as músicas românticas. Paus, as animadas. Ouros, as músicas emocionantes. E espadas aquelas que falam de sonhos e esperanças. Que tal?

— Ótimo.

Terminei de embaralhar as cartas e as coloquei sobre a mesa.

— Mas vou acrescentar uma regra a esse jogo. A gente precisa explicar um pouco por que escolheu a música e, no fim do jogo, cada um pode fazer uma pergunta. Pode ser qualquer coisa. Não tem nada proibido — disse ela.

A ansiedade dentro de mim começou a disparar com a ideia de ter que responder a uma pergunta livre, mas a parte maior do meu cérebro queria perguntar a ela uma coisa que não saía da minha cabeça nas últimas semanas.

— Combinado. Primeiro as damas.

Emery esticou a mão para o baralho e puxou uma carta. Ouros.

— Já vamos começar sendo emotivos. — Ela riu e, meu Deus, como eu gostava daquele som... Ela pegou o celular e começou a busca em sua playlist, subindo e descendo pela lista, sorrindo enquanto passava pelas canções que via. — Tá, já sei! — Ela colocou a música para tocar, e a reconheci de cara, talvez porque também estivesse nas minhas favoritas. "Trying My Best", de Anson Seabra. — Esta é para todas as vezes que sinto que sou um fracasso como mãe. A Reese olha para mim como se eu fosse a melhor pessoa do mundo, mas deixo tanto a desejar com ela... Só que, no fim das contas, só estou tentando fazer o melhor possível.

— Você é uma ótima mãe. E pode confiar em mim, eu sei tudo de pais ótimos.

— Eu queria chegar aos pés dos seus.

— E você chega. O amor dos meus pais é, tipo, alto quando o meu amor por mim mesmo fica silencioso. É assim que você ama a Reese. Você é o amor mais alto dela.

Emery sorriu, e pensei em beijá-la, me inclinar para a frente, envolvê-la nos meus braços e provar aqueles lábios com os meus.

— Bom, você está querendo que eu chore, né? — brincou ela, empurrando o baralho na minha direção. — Vai logo antes que as lágrimas comecem a jorrar.

Peguei uma carta de paus. A primeira música que me chamou atenção na minha playlist: "Tha Crossroads", de Bone Thugs-n-Harmony. Eu não conseguia ouvir essa sem ficar animado. Dava para perceber que Emery também não conseguia, porque ela jogou as mãos para o alto e começou a dançar sentada.

— Meu pai apresentou Bone Thugs para mim e para o meu irmão quando tínhamos uns dez anos. Essa foi a primeira música e ainda me pega de jeito.

— Nossa, um clássico, sem dúvida. Mas meus pais nunca me deixariam ouvir isso. Para ser sincera, se me pegassem escutando essa música, virariam a casa de cabeça para baixo e pegariam a água benta. É engraçado... tivemos uma criação bem diferente.

— Meu pai sempre achou que a música ensinava muita coisa. Toda canção tinha uma história, boa ou ruim, e ele achava que era uma forma interessante de ensinar sobre a natureza humana.

— Você tem o pai mais maneiro do mundo, com certeza.

Ela não estava errada.

Tiramos mais cartas, e fui notando que muitas das nossas músicas favoritas eram as mesmas. As que eu não conhecia, gostei de descobrir com ela. "Two Ghosts", de Harry Styles, por exemplo. Valia a pena ouvir. Quando ela tocou Jhené Aiko e H.E.R., eu soube que gostava dela mais do que seria capaz de descrever. O que eu mais gostava em Emery era como sua playlist era diversa. Ia de Frank Sinatra a Erykah Badu em um piscar de olhos. Não dava para limitar Emery Taylor a uma categoria. Se você tentasse fazer isso, ela fugiria.

— Espadas — suspirou ela, colocando a carta na minha frente. — Desejos e esperanças, né? Vou mudar um pouco e seguir meu coração country. "My Wish", dos Rascal Flatts.

— Que banda é essa?

Ela ficou boquiaberta e bateu no meu braço.

— Você está de sacanagem, né? É só uma das melhores bandas de country do início dos anos 2000. Minha irmã era apaixonada por eles. Quando nós ouvíamos músicas escondidas, ela sempre colocava essa ou "Bless the Broken Road".

Franzi o nariz.

— Meio country demais para mim.

— Quando você der por si, já vai estar gostando, acredite em mim.

Ela bocejou, e ficou claro que estávamos chegando ao fim do jogo, o sono já tomando conta de nós.

— Mais uma, e aí nossas perguntas — falei, pegando a carta.

Ouros. Eu tinha tido bastante sorte de evitar a carta emocionante por boa parte do jogo, mas aquela seria a última música da noite.

Emery se empertigou enquanto ouvia os primeiros acordes.

— Ah, qual é essa?

— É "Godspeed", do James Blake. — Esfreguei a nuca, tentando controlar minhas emoções. — Eu e meu irmão mostrávamos músicas um para o outro todos os dias, não importava o que acontecesse. Essa foi a última que ele compartilhou comigo.

Os olhos de Emery ficaram cheios de lágrimas, e ela nem tentou segurar o choro. Sua mão pousou sobre a minha, e ela me apertou de leve.

— Sinto muito, Oliver. Sei que você escuta isso de muita gente, mas eu sinto muito de verdade.

Abri um sorriso contido para ela e dei de ombros.

— Está tudo bem.

— Não. Não está.

Emery tinha razão.

Ela fechou os olhos enquanto escutava a canção, e as lágrimas continuaram escorrendo por suas bochechas enquanto ela a sentia. Eu vi acontecer — ela não estava apenas ouvindo as palavras; ela estava sentindo as palavras. A letra estava sendo estampada em sua alma, do mesmo jeito que estava estampada na minha.

Quando a música acabou, ela abriu aqueles olhos lindos e segurou minhas duas mãos.

— Pode colocar de novo?

E eu coloquei.

Era uma loucura a forma como a vida funcionava. Nos últimos meses, eu não conseguia escutar aquela música sem sentir que meu coração estava sendo arrancado do peito. Mas ouvi-la com alguém, compartilhar com Emery a experiência do som, da letra, da história por trás do significado que aquela canção tinha para mim, diminuía meu sofrimento. Era como se Emery me ajudasse a carregar aquele peso.

Quando eu estava com ela, me sentia menos confuso, menos triste. Menos solitário.

— Obrigada por compartilhar essa música comigo, Oliver. Foi muito importante para mim.

— Obrigado por escutar.

Ela secou as lágrimas em seu rosto e pigarreou antes de falar.

— Então, hora das perguntas? Posso começar?

— Pode.

— Por que você cobriu os espelhos da casa?

Fiz uma careta e me remexi um pouco, mas não soltei as mãos dela. Eu não ousaria abrir mão do seu toque.

— É difícil olhar no espelho. Porque parece que estou vendo o meu irmão.

— Imaginei que fosse por isso. Eu entendo... mas... não quero ofender nem nada, mas acho que isso podia ser algo meio positivo, sabe? Ver seu irmão sempre que você olha para seus próprios olhos. É como se parte dele pudesse continuar viva dentro de você.

— Nunca pensei dessa forma.

— Pois é. Talvez seja uma idiotice. Mas é assim que a minha mente funciona.

— Eu gosto de como a sua mente funciona.

Apertei de leve as mãos dela.

Emery inclinou a cabeça sem interromper nosso olhar.

— Tá, agora é a sua pergunta.

— A Reese não conhece o pai? Ele não participa da vida dela?

Em questão de segundos, Emery se empertigou, e uma expressão sombria surgiu em seus olhos. Suas mãos se desvencilharam das minhas, e me dei conta de que talvez eu não devesse ter perguntado aquilo.

— Desculpa, eu não queria...

— Não, não. Tudo bem. Eu falei que nada era proibido. — Ela riu. — Bem feito para mim.

— Não precisa responder.

— Não. Está tudo bem. Só não falo muito sobre isso, então é difícil. Mas não. Ela não conhece o pai. Nem eu conheço. Não tenho a menor ideia de quem ele é, de como é, nem de nada sobre ele.

Como isso era possível? O que eu não estava entendendo?

Emery deve ter notado a confusão no meu olhar, já que seu rosto foi tomado pela expressão mais triste que eu já tinha visto nela.

— A Reese não é minha filha biológica. Ela é filha da minha irmã.

23

Emery

Cinco anos antes

Eles a deserdariam antes mesmo de ela abrir a boca. Eu soube disso no momento em que Sammie me contou sobre a gravidez. Ela também sabia. Essa era a verdade sobre nossos pais. Suas opiniões eram cheias de julgamento, eles não tinham nenhuma compaixão, não importava o que acontecesse. Theo e Harper Taylor estavam bem longe de serem *millennials*, mas eram muito versados na cultura do cancelamento. Eles tinham cancelado minha tia Judy por ela ter se divorciado. Deixaram de falar com a diretora do coral gospel porque havia fotos dela na internet em um show do Drake.

Eles criticavam crianças que comemoravam o Dia das Bruxas.

Eu nunca tinha conhecido duas almas que julgavam os outros com a mesma frequência com que rezavam — toda manhã e toda noite.

As mãos de Sammie não tremiam, porque ela estava paralisada sentada ao meu lado no sofá da casa de nossos pais. Fazia dois anos que eu tinha saído de lá para cursar a faculdade, e as emoções que me assolaram no dia da minha partida para estudar gastronomia em Los Angeles foram pesadas e conflituosas. Na minha primeira noite no dormitório, chorei por dois motivos diferentes. Primeiro vieram as lágrimas de alívio por minha mãe não poder mais me encher com sua ladainha de decepção todos os dias, cada dia por um motivo diferente; e por meu pai não poder mais levantar sua mão na minha cara para demonstrar sua decepção.

O segundo motivo era Sammie. Ela estava sozinha com nossos pais agora, sem um porto seguro para onde fugir quando precisasse se esconder. No passado, quando eles se mostravam excessivos demais, Sammie entrava escondida no meu quarto, e nós escutávamos músicas no meu laptop, dividindo os fones de ouvido. Nossa mãe não gostava quando escutávamos outras canções que não fossem louvores — então sempre fazíamos isso à noite, quando os dois estavam dormindo.

No momento, nossos artistas favoritos eram Alex & Oliver. Eles tocavam música soul misturada com pop, sem clichês. Tudo bem que só tinham lançado dois álbuns, mas eles eram suficientes para colar cada caquinho do nosso coração.

Eu não podia imaginar o que minha irmã teria que enfrentar sozinha naquela casa. Ao contrário de mim, Sammie era sensível. Os julgamentos dos meus pais não me afetavam, porque eu era mais resistente, mas eu sabia que as palavras deles se infiltravam sob a pele da minha irmã, infectando seus pensamentos e sua mente.

Desde pequena, entendi que os pensamentos afetam nossa forma de ver a vida, então eu me esforçava ao máximo para não me abalar. Mas Sammie não era assim. Ela se importava muito com a opinião dos outros. Era obcecada por agradar as pessoas, fazia de tudo para ser amada por todo mundo — e principalmente por nossos pais.

O pior era que ela desejava o amor e a aceitação das duas pessoas que eram incapazes de lhe dar aquilo. Meus pais eram dois narcisistas que escondiam suas personalidades reais e frias por trás da religião. Eles usavam suas crenças para condenar as pessoas em vez de tratá--las com amor.

O rosto do meu pai ficou sério quando Sammie contou a verdade para eles dois. Minha irmãzinha tinha me procurado quando tudo aconteceu. Ela me pediu que ficasse do seu lado, e eu dirigi da Califórnia até o Oregon para ajudá-la durante aquela tempestade.

Ela estava grávida, aos dezoito anos. Mesmo que fosse considerada legalmente adulta, Sammie não passava de uma criança. Era tão inocente que parecia boa demais para um mundo tão duro quanto o nosso.

Ela havia esperado uma semana para contar aos nossos pais sobre a gravidez. Sete dias tinham se passado até que se sentisse minimamente à vontade para compartilhar aquela notícia. Eu odiava que ela tivesse contado para eles, achando que lhe ofereceriam o consolo que sua alma tanto desejava. Em vez disso, minha irmã recebeu desprezo.

— Você virou estatística — comentou nossa mãe. — Nós te criamos bem e te ensinamos a ser o exato oposto disso. Você estava no caminho para entrar numa das melhores faculdades do país e jogou tudo fora. Para quê? Por esse erro?

— Mãe, fique calma… — comecei, mas fui cortada na mesma hora.

— Não se meta nisso, Emery. Deus é testemunha de que deve ter sido você quem influenciou a sua irmã a agir assim.

— Espere, o quê?

— Você acha que eu não encontrei o maço de cigarros embaixo da sua cama depois que você foi para a faculdade? Você sempre gostou de arrumar encrenca, e a coitadinha da Sammie deve ter aprendido com os seus pecados.

— Isso não tem nada a ver com a Emery, mamãe. Sério — disse Sammie, me defendendo.

Mas ela estava perdendo tempo. Não era segredo que meus pais me viam como a filha problemática e Sammie como a santa. Fazia muito tempo que eu já tinha aceitado isso.

— É do Devin? — perguntou minha mãe.

Nosso pai estava parado atrás dela com os braços cruzados e um olhar de gelar a espinha. A maioria das pessoas ficava com medo de quando os pais falavam, mas, no caso do meu, o problema era o oposto. Seu silêncio me apavorava mais do que quaisquer palavras. Meu pai era capaz de fazer uma pessoa se sentir um nada apenas com o piscar dos olhos.

Aquele homem tinha a capacidade de fazer com que eu me sentisse um nada o tempo todo.

Era assustador ver que seu olhar frio agora era direcionado a Sammie — seu grande orgulho.

Ela não respondeu à pergunta de nossa mãe, mas fazia todo sentido Devin ser o pai.

Devin era o filho do pastor, que um dia assumiria a igreja, e ele e Sammie namoravam. De todas as pessoas no mundo, ele era o único garoto que meus pais aprovavam para ter um namoro com Sammie. Eu não podia sair com meninos quando estava na escola, mas Sammie podia, porque tinha encontrado Devin. Um garoto de Deus.

Se havia alguém que ficaria mais incomodado com aquela gravidez do que nossos pais, seriam os pais dele. Eles eram rígidos até o último fio de cabelo. Eu ficaria muito surpresa só de saber que o pobre Devin tinha ideia do que era sexo. A reação dos meus pais era até tranquila em comparação à forma como os familiares dele reagiriam.

— Você sabe que isso vai atrapalhar o futuro daquele menino? Você vai estragar a vida inteira dele — brigou minha mãe e, naquele momento, eu a odiei. Meus pais eram mais leais à igreja do que às próprias filhas. — O que as pessoas vão pensar de nós?

— Eu... não é dele — disse Sammie com a voz trêmula.

Nós três arregalamos os olhos em choque. Por essa eu não esperava.

Minha mãe arqueou uma sobrancelha.

— Então quem é o pai?

Sammie baixou a cabeça e não falou nada.

Isso só piorou as coisas.

— Você não sabe, né? Você saiu se oferecendo por aí, feito uma prostituta...

— Mãe! — exclamei, enojada.

— Não se meta nisso, Emery. Nem sei por que você está aqui. A sua presença não é necessária nesta conversa — declarou ela em um tom gélido. — A sua presença não é necessária há muito tempo.

Uma lufada de ar escapou dos meus pulmões. Essa tinha doído. Era como se minha mãe tivesse enfiado o punho direto no meu peito.

Meu pai era cruel nos olhares, enquanto o poder da minha mãe estava nas palavras. Ela passara a vida trabalhando em uma biblioteca, e fora lá que aprendera como usar as palavras para machucar os outros. Se ela tivesse aprendido algumas palavras com a Bíblia, talvez as coisas fossem um pouco diferentes.

Chamar a filha de prostituta? Dizer para a outra filha que ela era desnecessária?

Isso não me parecia nada cristão, mas do que eu sabia?

— Não fale assim com ela — ordenei.

— Controle esse tom, Emery Rose — rebateu minha mãe.

— Controle você o que diz — falei, tocando o antebraço trêmulo de Sammie para tentar acalmá-la.

Eu queria que ela sentisse minha proximidade. Queria que ela soubesse que não estava sozinha.

Os olhos escuros como carvão da minha mãe encontraram os meus. Eu odiava o fato de ser a cara daquela mulher. Desde os olhos grandes até os lábios carnudos e o cabelo crespo, nós éramos idênticas. E ela envelhecia devagar, o que só fazia com que parecesse uma irmã mais velha minha. Eu odiava me olhar no espelho e ver o rosto da minha mãe. Aquele rosto havia passado tanto tempo julgando a mim e à minha irmã, que até o jeito como ela franzia a boca me causava um aperto no peito.

Ela estreitou o olhar.

— Não tente usar essa linguagem universitária moderna comigo, Emery. Você pode não viver mais sob o meu teto, mas, a partir do momento em que pisa nesta casa, não tem autorização para se comportar como se fosse uma mulher independente, pronta para conquistar o mundo. Não se esqueça de quem paga as contas da sua vida na Califórnia.

Abri a boca para discutir com ela, porque, ao contrário de Sammie, eu não tinha medo de enfrentar minha mãe. Só que, antes que as palavras tivessem chance de minha boca, meu pai ergueu a mão firme na minha direção, me calando.

Em segundos, eu estava em silêncio. Apesar de minha mãe não ser assustadora, meu pai conseguia me intimidar com apenas um simples aceno de mão. Ele nem precisava falar nada. A mera visão dele esticando a mão para silenciar uma conversa sempre me causava calafrios.

Meu pai nunca gostou de mim. Sammie sempre discordava quando eu dizia isso, mas era só para ser legal. Para mim, era óbvio que meu pai não sentia um pingo de amor por mim, mas ele amava minha irmã.

Eu era a cara da minha mãe, já Sammie era a cópia do meu pai. Os dois tinham o mesmo nariz, as mesmas orelhas, as mesmas covinhas. Eram altos e magros. A pele marrom dos dois era bem mais clara do que a minha e a de minha mãe. Não eram apenas os traços físicos que os dois tinham em comum; eles também compartilhavam muitos hobbies. Os dois adoravam assistir a esportes juntos. Eu tinha quase certeza de que Sammie entrara para o time de basquete só para agradar nosso pai.

Uma noite, após uma partida vitoriosa em que havia sido eleita a melhor jogadora, a própria Sammie me contou que não gostava de jogar basquete. Quando falei que ela devia parar, ela riu, argumentando que nosso pai jamais a perdoaria se ela abandonasse as quadras.

Minha irmã era tão obcecada por agradar nossos pais que jamais tirava um momento para agradar a si mesma.

Exceto quatro meses atrás.

Exceto quando ela finalmente se soltou e se permitiu viver.

E foi aí que as coisas deram errado.

— Quero uma explicação — exigiu papai.

Sammie ergueu o olhar do carpete que encarava fazia dez minutos. Seus lábios se abriram um pouco. Os dois a encaravam como se ela não fosse filha deles, e isso me deixava indignada.

Como nós duas tínhamos vindo de pessoas tão cruéis?

Cheguei mais perto de Sammie e apertei sua mão, mostrando que ela não estava sozinha.

— Estou aqui, Sammie — sussurrei.

Ela apertou minha mão de leve e começou a falar. Eu prestei atenção na minha irmã.

— Fui a uma festa com algumas garotas do time de basquete. Eu sabia que não devia ir, mas só queria ser uma garota normal por uma noite. Então fui me divertir. Eu... tinha. . tinha um cara... — sussurrou ela baixinho, com a voz trêmula.

Eu me empertiguei e inclinei a cabeça.

— O que aconteceu?

— Ele pediu para ficar comigo. Eu disse que não. Sei que eu não estava agindo como normalmente ajo, mas falei não para ele. O tempo todo eu disse não, mas ele ficava me segurando... enquanto tirava a minha roupa... enquanto...

Ele a estuprava...?

Não. Não a Sammie. Não a minha irmãzinha.

— Você sabe quem ele era, Sammie? — perguntei, fervendo de raiva.

— Não... só que ele está na faculdade. Foi assim que começamos a conversar. Ele ficou falando que era famoso na faculdade, que adorava morar longe de casa, que eu também ia gostar. Nunca... nunca achei que ele ia... achei que...

Suas palavras falharam, e a dor em seus olhos castanhos era mais profunda que qualquer oceano.

— Você fez exames? — perguntei. — Foi ao hospital?

Ela balançou a cabeça.

— Não. Eu... Eu não queria que aquilo acontecesse...

— Você estava exibindo seu corpo? — perguntou nossa mãe.

— Mãe! — exclamei, irritada, a raiva tomando meu corpo inteiro.

Minha mente se agarrou à pergunta dela. O que raios aquilo tinha a ver com o que Sammie estava nos contando?

— Responda — ordenou meu pai.

Sammie balançou a cabeça.

— Não, não estava. Eu estava me divertindo com as minhas amigas, a Susie e a Ruby.

Minha mãe bufou.

— Aquelas pecadoras vivem no celular durante o culto. É claro. Você estava bebendo nessa festa? Por que raios você achou que seria uma boa ideia ir a uma festa? Você tem ideia de como isso vai ser ruim para a imagem do Devin? De como isso vai prejudicar a nossa imagem? Nossa, duvido que deixem a gente voltar a pisar naquela igreja.

208

— Porra, mas que palhaçada é essa? — questionei. — Vocês não escutaram o que aconteceu com a Sammie? O que ela acabou de contar?

Os dois me ignoraram. Fingiram que eu nem existia. Eles deveriam estar horrorizados pelo trauma que a filha tinha sofrido, e não preocupados com a igreja.

— Eu... eu... — Sammie respirou fundo, e eu entrelacei meus dedos aos dela, apertando de leve sua mão. *Eu continuo aqui, Sammie. Você não está sozinha.* — As meninas do time de basquete organizaram uma festa de dezoito anos para mim. Foi surpresa. Eu só soube o que estava acontecendo quando cheguei lá.

— Você bebeu? — perguntou nossa mãe.

— Não, senhora.

— Você usou drogas?

— Não, senhora.

— Mas foi burra o suficiente para deixar um menino se aproveitar de você, porque estava se oferecendo por aí feito uma vagabunda com aquelas piranhas. Quer dizer, sinceramente, Samantha Grace, o que você esperava que acontecesse? Você ficou se exibindo para esses rapazes e...

— Cale a boca, Harper — interrompeu-a meu pai, brigando com a própria esposa. Não fiquei surpresa ao ouvi-lo gritar com ela para que ficasse quieta, porque meu pai era especialista em criticar minha mãe. Ele a diminuía sempre que tinha a oportunidade. Não havia romance mais disfuncional do que o de Theo e Harper Taylor. — Estou cansado dos seus monólogos.

Minha mãe ficou quieta. A vergonha estava estampada em seu rosto. A única pessoa capaz de fazê-la se sentir imprestável era meu pai, e ele certamente fazia isso sempre que podia. E ela aceitava o abuso verbal. Era quase como se ela não soubesse como existir de outra forma. Minha mãe era o tipo de mulher que parecia não ter medo de ninguém. Eu jurava que, às vezes, achava que ela seria capaz de discutir com o diabo sem nem se abalar. Mas, com meu pai, ela sempre se mostrava submissa.

O suprassumo de um relacionamento tóxico.

Pelo menos ele interrompera a bronca que ela estava dando em Sammie. Pelo menos parecia que ele estava fazendo a coisa certa, até abrir a boca de novo.

— Você vai embora daqui — disse meu pai, olhando na minha direção.

Ergui uma sobrancelha, confusa.

— Acho que a Sammie precisa de mim aqui.

— Eu não estava falando com você, Emery. Eu estava falando com a sua irmã. Samantha, faça as malas e vá embora.

— O quê... mas, papai...

Os olhos de Sammie se encheram de lágrimas. Ela sempre o chamava de papai, porque era a princesinha dele.

— Não me chame assim — ralhou ele; os olhos que costumavam fitá-la cheios de puro amor agora só exibiam desgosto. — Faça as suas malas e vá embora. Não vou ficar sentado aqui ouvindo você contar seus erros para mim, para esta cidade, e destruir a nossa reputação. Vá embora.

Os olhos de minha mãe se amenizaram por um milésimo de segundo, mas logo depois adotaram a mesma frieza dos de meu pai.

Quando aquilo tinha acontecido?

Em que momento meus pais tinham se tornado monstros que davam as costas para as filhas?

Quando eles tinham se entregado à maldade, fingindo que veneravam Deus?

— Para onde... para onde eu vou? — perguntou Sammie, sua voz falhando de medo.

— Que tal para casa do garoto que fez isso com você? Isso não é problema nosso, é? — rebateu nossa mãe, suas palavras cheias de nojo.

Ela deu as costas para Sammie, como se o simples ato de olhar para a filha que ela havia trazido ao mundo fosse difícil demais para sua alma.

Pouco depois, meu pai deu as costas para ela também. Sem pensar, Sammie correu até ele. Ela se jogou aos seus pés e abraçou suas pernas, implorando, suplicando para que ele pensasse melhor. Rezando para que ele mudasse de ideia e não abandonasse a única filha que jamais o havia decepcionado até aquele dia.

— Papai, por favor, o senhor não entende. Me desculpe. Me desculpe, eu só...

— Tire as mãos de mim, Samantha — ordenou ele, sua voz rouca e dura.

Meu pai nunca tinha fumado na vida, mas sua voz carregava a rouquidão de quem passara os últimos quarenta anos fumando um maço por dia.

— Não. Não vou soltar. Por favor, papai. Me desculpe. Eu te amo, papai, e a gente pode resolver isso. Podemos fazer o que for necessário Por favor. Por favor — choramingou Sammie, e, a cada apelo, meu coração doía mais por ela.

Meu pai parecia não sentir pena, somente desgosto.

Fui até ela e a segurei pelo braço.

— Solte, Sammie. Ande. Vamos.

— Não. Não vou soltar. Olhe para mim, papai. Por favor — pediu ela, mas ele se recusava a fazer isso.

Que tipo de monstro seria tão cruel a esse ponto?

— Levante, Sammie, por favor. — Puxei seu braço. — Você não precisa implorar pelo amor de ninguém. Nem pelo dele.

— É melhor você também ir embora — disse meu pai.

— Vou mesmo. Eu nem queria estar aqui.

Quando consegui desvencilhar Sammie das pernas de meu pai e levantá-la, ele finalmente teve coragem de encará-la.

— A culpa é só sua.

Com isso, ele e minha mãe saíram da sala.

As duas pessoas que tinham nos criado eram perversas, nojentas.

O corpo inteiro de Sammie tremia sem parar. Um grito pesado escapou de seus lábios enquanto ela cobria a boca em choque e de-

211

sespero. Se eu não estivesse ali, ela teria desmoronado no chão e se partido em mil caquinhos. Se eu não estivesse ali, Sammie chegaria ao chão antes de sua mente conseguir entender que ela estava caindo.

Mas eu estava ali, e ela caiu nos meus braços.

— Estou com você, Sammie. Estou com você — prometi.

Ela se agarrou à minha camiseta e começou a chorar nos meus braços.

— Para onde eu vou? — chorou ela.

Ela era tão jovem, tão inocente, estava apenas começando a vida. Era para ela ir para a faculdade no outono e ter o primeiro gostinho da liberdade longe dos nossos pais. Era para ela se tornar psiquiatra. Era para ela trilhar um caminho de sucesso que jamais estaria ao meu alcance.

Sammie fazia tudo certo quando se tratava de dar aos nossos pais exatamente o que eles esperavam. Ela ia à igreja todo domingo e frequentava os estudos bíblicos nas quartas-feiras. Fazia trabalho voluntário distribuindo comida no abrigo nos fins de semana e nunca havia tirado uma nota abaixo de dez na escola. Nos verões, participava de missões da igreja. Minha irmã caçula era incrível em todos os sentidos. Apesar de ser mais velha, eu me inspirava em Sammie e em sua capacidade de conquistar tudo com apenas um sorriso nos lábios. Minha irmã sempre fora a definição de sucesso. Era a filha perfeita dos nossos pais, e, em seu momento de necessidade, os dois a descartaram e a jogaram no lixo.

— Você vai morar comigo — prometi à minha irmã, abraçando-a e consolando-a como nossos pais deveriam ter feito. — Você vai ficar comigo no dormitório da faculdade. Aí, quando der, vamos alugar um apartamento juntas. Não se preocupe, Sammie. Você não está sozinha. Você nunca vai ficar sozinha.

Ela não respondeu, porque as lágrimas não deixavam. Seu corpo tremia enquanto eu a guiava para seu quarto de infância para pegar as coisas básicas que levaríamos embora. Fiz suas malas, porque ela estava em estado de choque, sem condições de fazer qualquer coisa.

Quando terminei de arrumar tudo, levei-a para o carro e a ajudei a se acomodar no banco do carona.

— Vou buscar a última mala. Já volto — falei.

Ela não disse nada, apenas encarou o céu, que escurecia.

Voltei para a casa na qual havia crescido e parei quando vi minha mãe puxando a mala até a porta. A expressão dela estava tão feia que, naquele momento, ela parecia bem mais velha.

— Aqui — disse, jogando a mala na minha direção.

Não falei nada, porque eu sabia que, se falasse qualquer coisa, nada de bom sairia dos meus lábios. Eu estava diante de uma mulher que não tinha amor nenhum no coração. Eu sabia que brigar com ela seria inútil.

— Isso é culpa sua, sabia? — declarou minha a mãe, fazendo com que eu me virasse para encará-la de novo.

— Como é?

— É culpa sua. Você sempre foi um péssimo exemplo para a sua irmã. Sempre foi a filha problemática, e ela via seu comportamento. Seus pecados a contaminaram.

Estreitei os olhos, chocada com aquelas palavras.

— Desculpe… você está tentando encontrar uma forma de me culpar pela gravidez da Sammie?

— Se a carapuça serviu… Se não fosse por você, ela nem saberia que esse tipo de coisa existe.

Eu ri.

— Você está falando de festas? Sinto muito, mãe, mas tenho certeza de que ela teria descoberto que existem festas sem a minha ajuda.

— Foram os seus pecados que levaram sua irmã até lá. A culpa é sua. Aposto que a roupa que ela estava usando naquela noite saiu do seu armário.

Não acreditei no que estava ouvindo. Eu estava em choque com aquele discurso.

— O que isso tem a ver com tudo o que aconteceu?

— Se ela estava exibindo o corpo de um jeito provocante, os rapazes…

— Qual é o seu problema? — rebati, interrompendo-a.

Eu não aguentava mais escutar as crenças radicais da minha mãe. Ela estava colocando a culpa na vítima? Ela estava culpando minha irmã pela tragédia que havia acontecido com seu corpo? Com sua alma? Que absurdo!

— A verdade é que, mesmo que Sammie tivesse ido completamente nua à festa, aquele animal não poderia de jeito nenhum ter tocado nela. Ela foi estuprada, mãe. Um garoto nojento se aproveitou da minha irmã e violou o corpo dela. Violou o coração dela. E você quer me dizer que ela é responsável pelo que aconteceu por causa da roupa que estava usando? Ficou maluca?

— Não foi só por causa da roupa. Ela se expôs a essa situação indo numa festa. Ela se mostrou vulnerável. Se ela não...

— Se ela não o quê? Existisse? Você preferia que ela vivesse isolada do mundo? Preferia que ela saísse por aí usando um saco de batata como roupa? Caralho, você está muito doida e...

Paf.

A mão de minha mãe voou no meu rosto, me fazendo cambalear para trás. Meu coração acelerou no peito enquanto o choque tomava conta de mim. Mesmo sendo uma mulher cruel, ela nunca tinha levantado um dedo para mim.

— Mãe — falei, engasgando com as lágrimas.

— Não venha falar palavrões na minha casa como se você não soubesse o que está fazendo. Como ousa, Emery? Esta é uma casa de Deus.

Ela estava surtada. Ignorava completamente os fatos ao seu redor.

— Eu nunca mais quero ver você — sussurrei antes de ir embora com a mão no rosto, que ainda ardia.

Não dava para continuar ali, ouvindo aquelas coisas. Droga, eu não suportava mais olhar para ela. Além do mais, Sammie precisava de mim. Eu não tinha tempo para lidar com uma mãe abusiva.

Voltamos para a Califórnia, fazendo o trajeto todo em silêncio, porque eu não sabia o que falar para minha irmã. Chegamos ao dormitório tarde da noite, e Sammie se recusou a comer. Eu também não comi. Nós éramos próximas assim — quando o estômago dela estava embrulhado, o meu também se revirava.

Nós nos deitamos lado a lado na pequena cama de solteiro, encarando o teto, sem falar nada. Peguei meu celular e os fones de ouvido, entregando um para Sammie enquanto enfiava o outro na minha orelha. Então coloquei o primeiro álbum de Alex & Oliver para tocar, aquele que tinha me ajudado a passar pelos momentos mais difíceis da minha vida. As vozes de Alex e Oliver Smith eram restauradoras. Suas palavras curavam partes da minha alma que eu nem sabia que estavam sofrendo.

Nós continuávamos sem falar, mas as lágrimas escorriam pelas bochechas de Sammie enquanto seus olhos permaneciam fechados e a dupla poderosa cantava para nos acalmar.

Ela caiu no sono em meus braços, mas eu não consegui relaxar. Não depois de descobrir o que tinha acontecido com minha irmãzinha inocente. A respiração de Sammie escapava por seus lábios semiabertos. Observei seus olhos inchados de tanto chorar.

Naquele momento, prometi a mim mesma que jamais a abandonaria como nossos pais haviam feito.

Eu permaneceria ao lado dela em todas as tempestades, não importava o que acontecesse.

24

Emery

Presente

Eu nunca tinha contado a verdade sobre Reese para ninguém além de Abigail. Meu peito parecia estar pegando fogo enquanto eu explicava para Oliver toda a história de Sammie. Ele ouviu tudo com atenção, sem críticas no olhar.

Enquanto eu contava o que aconteceu, fui ficando emocionada, e ele gentilmente me reconfortou, me envolvendo em seu abraço. Oliver parecia o lugar mais seguro do mundo para mim naquele momento.

— A Sammie mudou desde que foi embora. A gente conversa de vez em quando, mas sinto que ela está diferente. Foi se encontrar por aí, e eu entendo. Eu também ia querer fugir. Mas odeio isso. Odeio precisar dela e saber que ela vai se fechar. E aí, do nada, ela vem falar comigo como se nada tivesse acontecido. Como se eu devesse fingir que está tudo bem, sendo que não está. Odeio isso.

— Você está carregando um fardo pesado demais.

— Eu estou bem — falei com um sorriso, secando o rosto. — Nossa, não achei que fosse chorar tanto hoje.

— Não tem problema. Não me incomodo.

— Deve ter sido aquele vinho todo. Por falar nisso, acho melhor eu ir dormir antes que acabe contando a história da minha vida inteira.

Eu me levantei, e Oliver fez o mesmo.

— Acompanho você até o quarto — ofereceu ele.

Concordei com a cabeça, porque não queria deixar a oportunidade passar. Quando chegamos à porta, parei e me virei para ele.

— A Reese não sabe que não sou a mãe biológica dela. Então, se pudermos manter isso só entre a gente...

— Seus segredos estão seguros comigo, Emery.

As palavras dele acalmaram as partes sofridas dentro de mim.

Ele enfiou as mãos nos bolsos e me encarou com a testa um pouco franzida.

— Você está bem?

Em situações normais eu mentiria, mas isso era algo que aparentemente não fazíamos um com o outro.

— Não.

— Posso te dar outro abraço?

Suspirei e sussurrei:

— Por favor.

Seus braços grandes envolveram meu corpo, e relaxei apoiada nele, inalando seu cheiro. Ficamos assim por alguns minutos. Talvez cinco. Talvez dez. O suficiente para que eu recuperasse o controle. O suficiente para que eu me apaixonasse pela ideia de estar nos braços de Oliver.

Enquanto ele me envolvia, sua boca foi até minha orelha, e Oliver pronunciou palavras que me fizeram ficar arrepiada.

— Você é a melhor mãe que ela poderia ter.

Isso só me fez apertá-lo ainda mais.

Quando nos separamos, ele abriu seu sorriso triste para mim, e eu abri um sorriso sofrido para ele.

— Boa noite, Em. Espero que você durma bem.

Ele se virou e começou a se afastar, então meus lábios se abriram de leve e eu murmurei:

— Boa noite.

Acordei com o sol entrando no quarto, me despertando de meu descanso. Ao abrir os olhos, lembrei que não estava na minha cama, e sim no quarto de hóspedes de Oliver. Eu me virei no colchão, esperando encontrar Reese dormindo ao meu lado. Quando não a vi, me levantei depressa da cama, sentindo a ansiedade me dominar.

Saí correndo do quarto, determinada a encontrar minha filha.

— Sr. Smito! A gente precisa de mais gotas de chocolate! — disse uma voz familiar, me oferecendo um pouco de tranquilidade enquanto eu seguia para a cozinha.

Lá, parados na minha frente, estavam Oliver e Reese, cobertos de farinha, encarando uma tigela.

— Oi, mamãe! — exclamou Reese, acenando para mim enquanto colocava uma gota de chocolate na boca em vez de pôr na tigela.

— Bom dia. — Sorri para eles, passando os olhos pela cozinha já impecável que eu pretendia limpar naquela manhã. Bom, estaria impecável se não fosse pela farinha e pelos ovos quebrados por conta das aventuras gastronômicas deles. — O que vocês estão aprontando?

— O Sr. Smito queria preparar seu café da manhã favorito. Então estamos fazendo panquecas com gotas de chocolate!

— Ah, que fofo. — Funguei. — Mas não tem nada queimando aí, não?

— Ai, merda! — exclamou Oliver, correndo até o forno.

Ele abriu a porta, e uma nuvem de fumaça tomou conta de tudo. Ele colocou uma luva e tirou uma travessa de bacon lá de dentro. Bacon crocante, preto, totalmente queimado.

— Mais uma moeda no pote! — falou Reese. — Eca, Sr. Smito, que fedor.

Ele colocou a travessa em cima do fogão e me encarou com um sorriso bobo.

— A Reese falou que você adora bacon, mas duvido que goste deste.

Eu ri e fui até eles.

— Vou ajudar vocês.

— Não! — disseram os dois ao mesmo tempo, balançando as mãos na minha direção.

— Mamãe! A gente queria fazer tudo e levar na cama pra você. Então volta pra cama.

— Mas...

— Cama! — ordenou Oliver, apontando na direção de onde eu tinha vindo.

— Tá bom, tá bom — cedi, jogando as mãos para o alto em sinal de derrota. — Tudo bem. Mas não vou comer esse bacon.

Ele pegou uma fatia e deu uma mordida, querendo mostrar que estava bom, mas sua careta ao mastigar me fez rir.

— Vou fazer mais.

Voltei para o quarto e fiquei esperando por uns vinte minutos até que o café chegou. Quando estava tudo pronto, os dois chefs entraram com uma bandeja na qual havia um vaso de flores, uma xícara de café e um prato com as panquecas mais esquisitas que eu já tinha visto na vida. Ao lado de uma tigela com frutas frescas, havia também um frasco de xarope de bordo.

— Prontinho, mamãe.

Reese ajudou Oliver a carregar a bandeja, então colocou-a no meu colo.

— Nossa! Está com uma cara ótima — falei, sorrindo. — Nunca tomei o café da manhã na cama.

— Eu colhi as flores lá fora! E o Sr. Smito fez um bacon mais gostoso.

— Estou vendo. — Peguei uma fatia de bacon e dei uma mordida. — Perfeito. Crocante na medida certa.

Oliver deu um tapinha no próprio ombro.

— Acertei de terceira.

— Terceira?

— Não precisamos entrar em detalhes — brincou ele.

— Sr. Smito, vou comer as minhas panquecas com os seus pais e contar pra eles que você queimou o bacon — disse Reese, saindo correndo do quarto.

Aquela menina vivia correndo.

— Café na cama? O que eu fiz para merecer isto?

— Você merece muito mais do que isso. Mas só para avisar, se achar alguma casca de ovo nas panquecas, a culpa é minha.

Eu ri.

— Você devia ter feito um queijo quente.

— Fica para a próxima. — Ele chegou mais perto e se sentou na beira da cama. — Você está bem?

— Estou. Dormir ajudou. Obrigada por me ouvir ontem. Eu não sabia o quanto precisava que alguém me ouvisse.

— Estou sempre aqui para ouvir o que você quiser falar.

Ele esfregou o nariz com o polegar, e eu já tinha intimidade o suficiente para conseguir perceber que Oliver queria falar alguma coisa mesmo antes de sua boca se abrir.

— O que foi?

— Sei que isso não é da minha conta, mas, ontem à noite, você falou que a sua irmã tinha entrado em contato e você não tinha respondido. Agora que sei a história toda, acho que ela foge porque não consegue lidar com o trauma. Não consigo nem imaginar tudo pelo que ela passou, nem me atrevo. Mas sei que, se eu tivesse a chance de falar de novo com o meu irmão, mesmo que fosse para brigar com ele, eu não deixaria passar. A vida é curta. A gente não sabe o dia de amanhã. Então, se existe alguma possibilidade de resolver esse problema, aproveite.

Meu peito ficou pesado, Oliver tinha razão. Ele tinha razão. A gente não sabia o dia de amanhã, e o que aconteceu com Sammie foi uma tragédia. Não cabia a mim julgá-la. Cabia a mim amá-la — mesmo de longe.

Quando terminei de comer, agradeci a Oliver e fui me arrumar no banheiro. Para minha surpresa, notei que o espelho não estava mais coberto. Olhei nos outros cômodos e vi que todos os lençóis tinham sido removidos.

O processo de cura tinha etapas, e, ultimamente, parecia que Oliver estava aprendendo a passar por elas. Cheguei à conclusão de que eu deveria fazer o mesmo com Sammie e liguei para ela enquanto ainda podia.

Peguei o celular e digitei o número dela.

— Alô?

— Oi, Sammie. Me desculpe por não ter atendido a sua ligação.

Um suspiro baixo soou do outro lado da linha, e ela pareceu emocionada ao falar:

— Obrigada por retornar a ligação.

~

No fim daquela tarde, voltei para casa com uma Reese muito feliz e três bonecas que receberam permissão de sair da casa de Oliver. Ao colocá-la na cama para dormir à noite, seguimos nossa rotina de orações.

Quando terminamos, eu me inclinei para a frente e dei um beijo na bochecha dela.

— Vai dormir.

— Tá bom, mamãe. — Ela levou a mão ao meu peito, sobre o coração, e deu um tapinha nele, então repeti o gesto e dei um tapinha no dela também. — Te amo. — Ela bocejou.

— Também te amo. Boa noite.

Eu me levantei para sair do quarto, então Reese me chamou de novo.

— Mamãe?

— Sim, Reese?

— O Sr. Smito é muito legal. Eu gosto dele.

— Que bom. Acho que ele também gosta de você.

— Quem sabe da próxima vez ele me deixa nadar na piscina de novo.

Eu sorri.

— Quem sabe? Boa noite.

— Boa noite. — Alguns segundos depois: — Ah, mamãe?

— Sim, pentelhinha?

— Você também gosta do Sr. Smito?

Eu ri da inocência em sua voz e da profundidade da sua pergunta.

— Eu gosto muito dele.

— Que bom, porque acho que vou pedir pra ele ser nosso amigo da próxima vez que a gente se encontrar. E talvez ele brinque de super-herói comigo quando eu for lá.

— Boa ideia. Agora vamos dormir, tá?

— Tá, mamãe. — Uma rápida pausa. — Ah, mamãe?

Suspirei, apertando a ponte do nariz.

— O que foi, Reese?

— Você acha que o Sr. Smito é gato?

Meus olhos se esbugalharam.

— O quê?

— A Kelly me pediu pra perguntar se você achava isso, e ela disse que, se você ficasse vermelha e nervosa, a resposta era sim. Então acho que a resposta é sim.

Se havia uma certeza nesse mundo era de que eu mataria Kelly na próxima vez que nos víssemos.

— Boa noite, Reese Marie.

— Boa noite, mamãe. — Consegui dar alguns poucos passos e logo ouvi: — Ah, mamãe?

— O que foi?

— Te amo.

Dessa vez, um suspiro feliz escapou de mim.

— Também te amo.

25

Oliver

Eu e Emery começamos a mandar duas músicas um para o outro todos os dias. Músicas para mostrar como nos sentíamos no começo da manhã. Músicas que resumiam nossos sentimentos quando a noite caía. Eu escutava cada uma, porque assim me sentia mais perto dela mesmo quando estávamos separados.

Quanto mais músicas escutávamos, mais forte ficava nossa conexão.

Emery: Tive que brigar com as monitoras da colônia de férias porque umas crianças fizeram bullying com a Reese hoje. Música do dia: "Last Resort."

Oliver: A Reese está bem?

Emery: Está. Acho que ela nem percebeu o bullying. Por um acaso, cheguei na hora que estavam implicando com ela por causa do cabelo. Fui reclamar com os pais... que disseram que aquilo era coisa de criança.

Oliver: Coisa de criança que tem pais de merda.

Emery: Verdade. Qual é a sua música da noite?

Oliver: "This City", Sam Fischer. Li uns comentários ruins na internet. Fiquei meio mal.

Emery: Sai. Da. Internet. Ou só entre se for pra ler coisas boas.

Eu sei, eu sei.

Oliver: A Kelly anda me pentelhando pra te perguntar uma coisa, mas ainda não tive coragem.

Emery: Qual é a pergunta?

Comecei a digitar, aí apaguei, aí digitei e apaguei.

Emery: Não faz isso. Para com o suspense. Me conta.

Oliver: Você pensa em mim como eu penso em você?

Alguns segundos se passaram antes de ela voltar a digitar.

Emery: Depende. Como você pensa em mim?

Oliver: Como se você fosse a única coisa boa no mundo na forma de uma pessoa.

Ela começou a digitar, depois parou, depois começou de novo e parou mais uma vez. Aquelas reticências iam acabar me matando.

Emery: Eu penso em você como você pensa em mim.

Um suspiro enorme de alívio escapou do fundo da minha alma.

Emery: Sabe o que é esquisito?

Oliver: O quê?

Emery: Acho que começo a sentir a sua falta todos os dias antes mesmo de sair do seu lado.

≈

Enquanto eu e Emery aos poucos nos apaixonávamos, meu término com Cam se tornava cada vez mais feio devido ao drama todo que ela estava fazendo. No fim das contas, terminar com uma ex-namorada maluca e narcisista não era suficiente, ela ainda era famosa e tinha a capacidade de acabar com a sua reputação nos tabloides. Eu pensei que Cam se cansaria logo das entrevistas, mas as matérias pareciam estar lhe dando os holofotes que ela tanto desejava.

Seu novo passatempo favorito era destruir minha imagem para melhorar a dela. Os boatos estavam saindo do controle de uma forma que até meus funcionários estavam recebendo mensagens de ódio, dizendo que eu era um babaca por ter magoado a queridinha do país e que eles deviam ter vergonha de trabalhar para mim.

A situação estava ficando insustentável. Eu precisava tomar uma atitude. Precisava dar uma entrevista. E, puta merda, eu não queria dar entrevista nenhuma.

— Tem certeza de que não tem opção? — perguntei a Tyler, já sentado no camarim de um dos maiores canais locais de entretenimento.

— É o único jeito, cara. Sei que essas coisas são difíceis para você, mas quero que saiba que todos nós estamos do seu lado. Tá? — Ele se virou para o figurinista que tinha me arrumado naquela manhã. — E será que dá para gente trocar a blusa cinza-escuro? É melhor se ele usar azul-claro. Para parecer mais acessível. — Tyler se virou para mim e deu um tapinha nas minhas costas. — Não se esqueça, Oliver. Você só precisa falar a verdade, tá? A Cam e as mentiras de merda dela não são maiores que a verdade. Vou estar assistindo com a Kelly e a Emery.

— Com a Emery? — perguntei, surpreso. — Ela veio?

— Ela disse que não perderia por nada. — Ele olhou no relógio. — Troque essa camisa. Nos vemos lá fora daqui a cinco minutos.

Ele saiu apressado e, depois que recebi a blusa nova, fiquei sozinho no camarim. Eu, eu mesmo e meu cérebro hiperativo. Após trocar rápido de roupa, eu me sentei na frente do espelho e olhei para meu reflexo. Aquilo era algo a que eu estava voltando a me acostumar, graças a Emery. Havia dias em que era difícil; em outros, eu me sentia reconfortado.

Abigail estava me ensinando que todo mundo tinha dias assim. Dias bons e dias ruins. Fazia parte da experiência humana.

Enfiei a mão no bolso para pegar minha carteira e tirei lá de dentro a outra metade do pingente de coração que se encaixava no meu. O coração de Alex. Eu o carreguei comigo nos últimos sete meses, mantendo-o perto de mim, desejando que o pingente continuasse pendurado no pescoço dele. Desejando que ele estivesse ali para dar aquela entrevista comigo.

— Fique perto de mim, irmão — sussurrei, fechando os olhos e colocando o pingente junto ao meu.

— Oliver? — chamou uma voz, batendo à porta.

Fui abri-la e encontrei uma estagiária parada do outro lado com um sorriso no rosto e um brilho no olhar.

— Estão só esperando você.

— Obrigado.

— De nada. E eu só queria dizer que sou muito sua fã. Sei que algumas pessoas estão falando merda de você, e não acredito em nada. A sua música me salvou e me ajudou a enfrentar a depressão. Eu só... é uma honra te conhecer — disse ela com os olhos brilhantes e as mãos trêmulas.

Abri um sorrisinho.

— Você nem imagina como é importante para mim ouvir isso.

Era engraçado como era possível ajudar alguém a lutar contra os próprios demônios pegando sua depressão e criando arte a partir dela.

Nós fomos até o set e, quanto mais perto eu chegava, mais o nervosismo borbulhava em meu estômago. O entrevistador, Brad Willows, me apresentou e me deu as boas-vindas ao palco. Eu me sentei na poltrona vermelha grande e fofa e parecia que a qualquer momento aquelas luzes iam me deixar cego.

Não quero estar aqui.

Aconteceu bem rápido. As mãos trêmulas, as palmas suadas, as palavras se embolando na minha mente. Tudo isso antes mesmo de Brad me fazer qualquer pergunta a não ser como eu estava.

Respondi tenso.

— Estou bem — falei, com uma voz engasgada.

Pisquei algumas vezes, achando que a palavra tinha soado muito agressiva, muito fria, com muito de mim, e não o suficiente de Alex. O que Alex faria? Ele seria simpático. Ele cumprimentaria a plateia ao entrar no palco, acenando para todo mundo. Perguntaria como todos estavam.

Eu não tinha feito isso.

Eu não tinha cumprimentado a plateia.

Seu imbecil! Você devia ter cumprimentado a plateia. Agora todo mundo vai achar que você é um babaca que não sabe interagir direito com os outros, e isso só contribui para fazer as histórias da Cam parecerem mais verídicas. Para completar, você está suando sob os holofotes feito um idiota, e, ai, merda...

Brad estava me encarando. Como se esperasse uma resposta.

Ele tinha perguntado alguma coisa?

Ele deve ter perguntado alguma coisa, sim.

O que ele tinha perguntado?

Pisquei algumas vezes e me ajeitei na poltrona.

— Desculpe, você pode repetir?

— Eu falei que sinto muito pela sua perda. Deve ter sido difícil lidar com tudo o que aconteceu.

Brad não era um escroto. Era exatamente por isso que Tyler havia insistido para que eu participasse do talk show noturno dele, que era filmado durante o dia. O sol ainda brilhava no céu, os pássaros ainda cantavam e, caralho... *Responda, seu idiota!*

Pigarreei.

— Não foi um ano fácil.

— Dá para entender. Mas me contaram que você está trabalhando no estúdio. Talvez preparando músicas solo?

— Sim. Aos poucos tudo vai se encaixando.

— É difícil criar músicas sem o seu irmão?

É difícil criar músicas sem a pessoa que me convenceu a criar músicas? É difícil aprender a ser um artista solo depois de sempre ter feito parte de uma dupla? É difícil não ouvir a voz e a guitarra de Alex nas músicas antes de elas terminarem?

227

Não, Brad. É moleza.

Não fale isso, Oliver. Você só vai parecer um babaca.

Droga, estava quente demais. Ninguém tinha ligado o ar? Eu apostava que Tyler estava suando em bicas na plateia. Xingando baixinho porque eu estava estragando a entrevista.

A entrevista.

Responda ao Brad!

— Hum, é. É difícil.

— E deve ser mais difícil ainda agora com as alegações que estão sendo feitas sobre o seu relacionamento com a Cam.

Brad parecia bem calmo. Quase como se não estivesse falando sobre uma lunática determinada a estragar a minha vida depois de eu já ter sofrido o baque de perder meu irmão.

Não quero estar aqui.

Eu me ajeitei na cadeira. Dava para sentir o olhar de todo mundo em mim, mas eu não conseguia pensar no que dizer. Não sabia como me defender. Era difícil estar sentado, era difícil ter que contar a verdade para combater as mentiras de Cam.

— Eu, hum, estou... — comecei, mas fiquei empacado. Fiz uma careta e aí me dei uma bronca por ter feito uma careta, porque as câmeras estavam gravando. — Desculpe, Brad. A gente pode fazer um intervalo?

Brad olhou para as câmeras, então para os produtores nos bastidores, que balançavam a cabeça, furiosos. Só que, antes que ele pudesse responder, eu já estava saindo do set em direção ao camarim. Puxei a gola da camisa, tentando respirar fundo.

Escancarei a porta do camarim e gritei um palavrão no instante em que a porta bateu às minhas costas.

— *Merda!*

— *Merda!* — ecoou atrás de mim enquanto Tyler entrava no cômodo. Seu rosto estava tão vermelho quanto era humanamente possível. Eu não sabia se ele estava irritado, assustado ou se sentindo mal por mim. Talvez um misto dos três.

Ficou andando de um lado para o outro por um minuto, então parou e respirou fundo. Depois olhou para mim.

— Tudo bem. Está tudo bem. Merda — murmurou ele, tomando fôlego mais algumas vezes. — Tudo bem. Vou conversar com os produtores, vou pedir desculpas, avisar que precisamos remarcar a entrevista.

— Isso só vai ser pior para a minha imagem — respondi com um murmúrio, me sentando e esfregando o rosto com as duas mãos.

Tyler não respondeu, porque sabia que era verdade.

Ele pigarreou e me deu um tapinha nas costas.

— Não se preocupe, cara. Vamos dar um jeito. É bobagem.

Tradução: não era bobagem porra nenhuma.

Eu apostava que, no instante em que a notícia saísse, Cam estaria sorrindo, toda orgulhosa, sabendo que tinha chutado cachorro morto.

Alguém bateu à porta, e Tyler gritou:

— Peraí, nós precisamos de um minuto!

— Desculpe — respondeu uma voz calma. — Vou esperar.

Emery.

— Deixe ela entrar — falei, assentindo com a cabeça.

Tyler abriu a porta, e vi Emery com um sorriso triste no rosto e a credencial de acesso aos bastidores de Kelly pendurada no pescoço. Isso explicava como ela havia passado pela segurança.

— Oi — arfou ela.

Eu não conseguia nem a cumprimentar.

Tyler olhou para mim, depois para Emery, depois para mim de novo.

— Beleza. Vou tentar resolver o estrago. Emery, não deixe ninguém mais entrar aqui. Nada de entrevistas improvisadas, combinado? Fique aqui com ele e tome conta da porta até eu voltar.

— Pode deixar.

Tyler saiu e fechou a porta. Emery se aproximou de mim e se sentou na cadeira ao lado da minha.

— Você está bem? — perguntou ela.

— Preciso mesmo responder?

— Não. Bom, mesmo assim... pelo menos você chegou perto. Deu um passo na direção certa.

— Nunca fui bom nessas coisas. Não sei agir sob pressão. O Alex sabia se virar nessas situações; eu não sei. E acabei de tornar a vida da minha equipe bem mais difícil. Eu não paro de foder com tudo e acabo levando outras pessoas junto comigo.

— A culpa não foi sua. Seria pressão demais para qualquer um. Eu nem imaginaria como seria ter que subir naquele palco e me defender das besteiras que alguém inventou sobre mim. Não é justo que você tenha que lidar com essas mesquinharias depois do ano que teve.

Fechei os olhos e levei as mãos às têmporas.

— Só preciso que o mundo desacelere por um instante. Preciso que meu cérebro desacelere. Sinto que estou perdendo o controle.

— Tudo bem — disse Emery. — Venha cá.

Ela se sentou no chão e deu um tapinha no espaço ao seu lado.

— O que você está fazendo?

— Vamos tirar um minuto para desacelerar. Agora, vem.

Ela se deitou e pegou o celular. Em poucos segundos, a música "Chasing Cars", do Snow Patrol, começou a tocar. Ela inclinou a cabeça na minha direção e gesticulou para que eu me deitasse também.

Fiz o que ela sugeriu e me acomodei ao seu lado enquanto a música tocava. Ficamos deitados com nossos ombros se tocando, então ela entrelaçou a mão à minha, enviando aquela onda de calor pelo meu corpo.

Como ela fazia essas coisas?

Como ela conseguia fazer o ritmo da minha loucura diminuir?

A música ficou tocando sem parar, uma vez atrás da outra, enquanto meus pensamentos começavam a perder velocidade.

Ela virou a cabeça para olhar para mim, eu virei a cabeça para olhar para ela, e jurei que, naquele momento, eu conseguia ouvir seu coração batendo.

— Obrigado, Emery.

— Pelo quê?

— Por existir.

26

Oliver

— Quais foram as suas vitórias na última semana? — perguntou Abigail em nosso encontro seguinte.

Era reconfortante saber que, depois da minha crise no set, eu conseguia lidar com pelo menos parte das merdas na minha mente com o auxílio de Abigail. Era bom saber que eu tinha alguém que me ajudava a aliviar meus fardos toda semana.

A cada sessão, antes de mergulharmos na minha mente, ela me fazia essa pergunta. Segundo ela, o objetivo era mudar a narrativa na minha cabeça que me dizia que toda semana era ruim. Era uma forma de reorganizar minha mente. Em algumas semanas, era fácil pensar nas coisas boas que tinham acontecido. Em outras, como esta, parecia quase impossível.

— Não sei — murmurei.

— Sabe, sim. Me conte.

Bufei uma nuvem de ar quente e me recostei no sofá, revirando meus pensamentos em busca de qualquer coisa positiva que tivesse acontecido na semana passada. Ainda assim, era difícil.

— Terminei uma música.

Abigail arregalou os olhos de alegria enquanto anotava isso em seu caderno.

— Que incrível. O que mais?

— Nada.

Ela abriu um sorriso carinhoso e balançou a cabeça.

— Não. O que mais, Oliver?

Ela nunca me deixava falar só uma coisa boa. Era meio irritante, para ser sincero.

— Saí de casa e não tive um ataque de pânico quando fui ao mercado, pensando que as pessoas iam me ver.

— Essa foi ainda melhor do que a primeira. O que mais?

— A Kelly está comendo com mais regularidade agora. Ela não fazia isso desde a morte do Alex.

— Que bom. Isso é muito bom, Oliver. O que mais? Só mais uma vitória.

— A Emery.

Os olhos de Abigail brilharam com um alívio instantâneo, e a caneta em sua mão parou de escrever.

— Alguma coisa específica sobre ela?

— Não... só ela como um todo.

— Que lindo — arfou Abigail enquanto anotava o nome de Emery. Ela se recostou na cadeira e releu as coisas boas que tinham acontecido comigo. Minhas pequenas vitórias. — Viu só? Não importa o que aconteça, ainda existem coisas boas na vida. Mesmo nos piores momentos, nós temos vitórias.

— Podemos falar sobre os fracassos da semana agora?

— Nada de fracassos. Só oportunidades de aprender mais sobre si mesmo e seus gatilhos. Mas, sim, me conte.

Falei sobre a entrevista. Contei que Cam estava determinada a arruinar minha vida porque eu tinha terminado nosso namoro que já não existia há muito tempo. Confessei que eu estava dificultando as coisas para todo mundo na minha equipe, que sentia que dava dois passos para trás sempre que dava um para a frente.

— O Alex teria lidado melhor com isso tudo — falei, abrindo minha carteira e tirando o pingente de coração dele lá de dentro. — Para começo de conversa, ele jamais teria se metido numa situação dessas.

— Talvez. Ou talvez ele fizesse pior. Não dá para saber. Mesmo assim, você não tem que ficar se comparando com o seu irmão. Você não tem que se comparar com ninguém, porque, no fim das contas, apesar de todos sermos humanos, cada um tem sua própria experiência e sua forma de encarar a vida. Sua vida não era igual à do seu irmão, porque os dois viviam em realidades completamente diferentes, baseadas em perspectivas distintas. Seria como comparar Picasso a Van Gogh. Os dois eram pintores, mas seus trabalhos têm características próprias. As coisas boas, as coisas ruins e as coisas dolorosas. E um não anula o quanto o outro é maravilhoso. Existe espaço para todo mundo ser extraordinário.

— Mas no caso do Alex...

— Quantas vezes por dia você faz isso? — perguntou ela, me interrompendo.

Era a primeira vez que Abigail me interrompia.

— Faço o quê?

— Se compara com ele.

Tantas vezes que eu perdia a conta.

Ela se ajeitou na cadeira e cruzou as pernas.

— Você acha que seu irmão era melhor do que você?

— Sim, claro.

— Por quê?

— Por onde posso começar? — brinquei, sarcástico. — Por um milhão de motivos.

— Me conte alguns.

— Ele sabia lidar com pessoas. Ele sempre sabia o que dizer e como lidar com cada situação. Ele nunca se enrolava com as palavras nem deixava que seus pensamentos atrapalhassem qualquer coisa. Muito menos passava vergonha em entrevistas.

— Você acha que representava um fardo para ele?

Afundei na poltrona, a testa toda franzida.

— Em alguns momentos acho que ele teria se dado melhor como artista solo, mas ele cismava que precisava me carregar junto.

Abigail fez aquela coisa de terapeuta: me encarou como se examinasse cada centímetro do meu ser. Então enfiou a mão em sua bolsa grande e puxou o laptop.

— Vou mostrar uma coisa para você.

Ela abriu um vídeo e colocou o laptop na minha frente. Então apertou play.

Era um vídeo do meu irmão sendo entrevistado por alguém. Quando Alex dava entrevistas sozinho, era porque eu provavelmente não tinha conseguido me juntar a ele. Às vezes minha ansiedade fodia com tudo. Mesmo assim, ele ia e se apresentava como a pessoa charmosa que sempre tinha sido.

— Qual foi mesmo a pergunta? — indagou Alex ao tragar um cigarro, relaxado em uma cadeira de diretor.

— Você acha que as dificuldades sociais do seu irmão prejudicam o sucesso da dupla?

— Primeiro, obrigado pela pergunta. Segundo, que pergunta de merda — comentou Alex, me fazendo abrir um sorrisinho. — O Oliver é o verdadeiro talento da nossa dupla. É, talvez ele seja mais na dele e se esconda atrás da cortina da fama e do sucesso, mas é só porque não se importa com essas babaquices. Para ele, o importante sempre foi a música. Bom, pois é. As pessoas acham que eu sou mais animado, mais simpático, mais supostamente "normal", só que elas não enxergam a verdade.

— E qual é a verdade?

— Que eu não seria ninguém sem o meu irmão. O Oliver tem mais profundidade na ponta do dedo mindinho que a maioria das pessoas tem no corpo inteiro. Ele se importa mais com os outros do que consigo mesmo. Ele dá tudo de si nas nossas músicas, nas letras, nas canções que todo mundo adora. Talvez eu me saia melhor do que ele em algumas situações, mas o contrário também acontece. Ele tem mais compaixão do que eu. Ele é mais sensível que eu, entende as pessoas melhor que eu, apesar de nunca admitir isso. Eu posso ser o garoto-propaganda de Alex e Oliver, mas o Oliver é o gênio por trás de tudo. Ele é a nossa mágica. O verdadeiro mágico por trás da cortina, e fico irritado por vocês não enxergarem isso. A verdade é que, sem o Ollie, não existe música. Ele é minha melhor metade, e eu daria a minha vida por aquele cara sem nem pestanejar, porque sei que ele faria o mesmo por mim. Ele é a luz das minhas sombras. Ele é meu melhor amigo, e fim da história. — Alex bateu as cinzas do cigarro aceso e se recostou na cadeira. Então abriu um sorriso digno de prêmios musicais para o entrevistador e disse: — Próxima pergunta.

O vídeo acabou, e Abigail fechou o laptop. As palavras de Alex ficaram girando em minha cabeça enquanto ela falava.

— Tem dezenas e dezenas de entrevistas como essa na internet. Você assistiu a alguma desde a morte dele?

— Não.

— Mas leu e assistiu aos comentários negativos?

— Sim.

— E fez a mesma coisa com os comentários sobre sua situação com a Cam, não foi?

— Fiz.

— Por quê? Por que você prefere as opiniões negativas às positivas? Dei de ombros e entrelacei as mãos.

— Não sei.

— Sabe, sim — discordou ela. — Só não quer admitir. Você prefere o lado negativo porque foi nele que passou boa parte da vida acreditando. Então essas pessoas, esses críticos, meio que reforçam um raciocínio falho que provavelmente vem desde que você era pequeno. Talvez desde a primeira vez que você sentiu que não se encaixava. Isso fez com que você crescesse lidando com pessoas e situações que só enterravam a âncora da insegurança mais fundo na sua alma. Você só estava seguindo a narrativa que seu cérebro tinha criado. Mas sabe qual é a parte legal dessa história? Nunca é tarde demais para mudar. Se você escutar uma música que detesta no rádio, vai deixar que ela continue tocando? Não. Você vai trocar de estação. Então faça isso, Oliver. Troque de estação.

— Como?

— Desligando o ruído exterior por um tempo, seja ele bom ou ruim, e criando uma música especial para a sua playlist. Você pode decidir o que é positivo e negativo, pode começar a se cercar de coisas que melhorem a sua autoestima e não que a piorem. Por sorte, acho que já começou a fazer isso.

— Com a Emery?

Abigail sorriu.

— Isso é você quem decide. Não se trata das canções que você tocou para si no passado, mas das canções que quer tocar de agora em diante. Então que música você vai escolher?

~

— Senti falta da sua música matinal hoje — disse Emery enquanto cortava legumes, dois dias depois da minha sessão de terapia.

Eu estava me dedicando muito ao dever de casa que Abigail havia passado, que iria mudar a narrativa na minha mente, em geral negativa, e essa merda era difícil.

Mas eu queria fazer aquilo, porque queria me sentir melhor.

Todos os dias, ver Emery e estar na presença de sua luz boa eram coisas que me ajudavam.

— É, eu queria que você ouvisse comigo. Tenho que explicar umas coisas antes.

— Ah, é?

Ela baixou a faca e se concentrou totalmente em mim.

— É. Não sei como começar, então vou ser direto. Eu gosto de você, Emery. Gosto pra caralho de você. Gosto de como você cuida das pessoas. Gosto do fato de que você não julga ninguém. Gosto da sua dancinha quando fica feliz com a comida que preparou. Gosto de como você escuta. Gosto de ver que você ama a sua filha. Gosto de ter você perto de mim quando estou mal. Gosto de como você ri. De como sorri. De você existir. Eu. Gosto. De. Você.

Os olhos dela estavam arregalados e cheios de fascínio, então Emery se aproximou de mim e parou na minha frente. Ela olhou para as próprias mãos, depois encontrou meu olhar.

236

— Você gosta de mim?

— Eu gosto de você — respondi.

— Que bom — falou ela sem fôlego enquanto entrelaçava nossos dedos e segurava minhas mãos contra seu peito. — Porque eu também gosto de você. Gosto de ver você falando com a Reese. Gosto do fato de você amar os seus pais. Gosto de ver você cuidando da Kelly. Gosto de como você não desistiu da sua música. Gosto da sua testa franzida quando você está pensando demais. Gosto de como você queima o bacon. Gosto do seu sorriso, que parece um prêmio secreto que você compartilha com poucas pessoas. Gosto de como você sorri para mim. Gosto da sua risada. Dos seus dias bons. Dos ruins também. Eu. Gosto. De. Você.

Nós estávamos próximos, o calor do seu corpo contra o do meu. Eu não conseguia parar de encarar seu rosto. Seus olhos, seu nariz, suas bochechas, seus lábios.

Aqueles lábios.

Apoiei minha testa na dela.

— Eu estou mal — confessei. — Mesmo com a ajuda da Abigail, não sei quanto tempo vou levar para conseguir enfrentar todos os meus problemas. Eu desmorono, não consigo encarar coisas bobas. Sou o completo oposto de uma pessoa normal. Tem dias que não quero sair da cama; tem dias que não quero respirar. Mas você torna tudo mais fácil. Você torna tudo melhor, mesmo sem fazer nada. Antes de você, eu não queria nem tentar. Tem dias que ainda não quero, mas vou continuar tentando, porque quero ser bom o suficiente para você. Quero voltar a ser uma pessoa por completo, para você não ter que lidar com todas as partes minhas que estão em cacos.

— Oliver. — Ela suspirou, levando a palma da mão ao meu rosto. — Você não entende? Boa parte da sua beleza vem desses cacos. É por essas rachaduras que você brilha.

Engoli em seco e fechei os olhos por um instante.

— Posso colocar a música para você agora?

— Por favor.

Enfiei a mão no bolso e peguei meu celular, com a música já programada. Apertei play e coloquei o aparelho sobre a bancada.

"Can I Kiss You?", de Trevor Dahl.

Eu queria beijá-la.

Os olhos de Emery brilharam de emoção enquanto eu voltava a me posicionar na frente dela. Envolvi sua cintura e a puxei para mais perto. Seu quadril pressionou o meu. Seu corpo derreteu sob meu toque. Eu não conseguia desviar os olhos dela, dos seus lábios, me perguntando como seria seu corpo. Era o corpo dela que tremia ou o meu? Era o nervosismo dela ou o meu que disparava até a estratosfera? Eu não sabia onde os medos dela começavam e os meus terminavam. Eu nem imaginava no que ela estava pensando, e a verdade era que eu estava fazendo um esforço enorme para não acreditar nas coisas negativas que dominavam meus pensamentos.

Foi fácil ignorá-las quando ela levou as mãos ao meu peito. As batidas do meu coração vibravam nas pontas dos seus dedos conforme ela sentia o que fazia comigo. Emery fizera meu coração voltar a bater depois de ter passado meses parado.

A música continuou tocando, falando sobre um homem que pedia permissão para dar aquele primeiro beijo, a primeira vez em que lábios se encontrariam. O momento em que se formaria algo novo.

Então ela sorriu e disse sim.

Eu não hesitei. Meus lábios voaram ao encontro dos dela, sentindo cada centímetro de sua boca contra a minha. Emery retribuiu, se jogando em mim com a mesma paixão. Tinha gosto de hidratante labial de morango e novos começos.

Ela envolveu meu pescoço conforme o beijo ganhava intensidade. Eu seria capaz de beijá-la para sempre. Sua boca era macia; seus beijos, intensos. Gostei do jeito como ela me beijava, parecendo tentar me encontrar por inteiro. Buscando por todos os meus pedaços e por todos os caquinhos da minha alma.

Eu retribuí, buscando pela mesma coisa.

Todos os dias, eu precisava fazer o esforço de trocar a estação na qual minha mente estava sintonizada e ter pensamentos melhores. Nem sempre era fácil, mas naquele dia? Naquele exato momento? Adorei a música que estava tocando.

27

Oliver

— Obrigado por ter me passado o contato da Abigail — falei para Emery durante uma tarde, no caminho para o mercado.

Normalmente, eu detestava fazer compras por causa dos paparazzi, mas nenhuma chance de passar tempo com Emery podia ser desperdiçada.

Quanto ao clima, o dia estava um sonho californiano perfeito. O sol brilhava, não havia uma nuvem no céu, apenas o tom bonito de azul. Era em dias como aquele que eu ficava feliz de morar na Califórnia.

— Ela é muito especial, né? Nunca conheci ninguém tão especial assim. Ela se importa de verdade com o bem-estar dos outros. Ela me salvou durante alguns dos meus momentos mais difíceis nos últimos cinco anos.

— Espero que ela possa fazer o mesmo por mim. Teve uma sessão em que ela me perguntou o que eu queria fazer naquele dia. Não o que eu queria fazer nos próximos cinco anos, ou no futuro, mas exatamente naquele momento, e eu não sabia o que responder. Se ela me perguntasse o que eu quero agora, eu teria uma resposta.

— O que você quer fazer hoje, Oliver?

— Ficar com você.

Emery abriu o sorriso mais carinhoso do mundo para mim, e desejei ter coragem suficiente para dizer o quanto eu também queria beijá-la, que ela não saía da minha cabeça e o quanto eu adorava sua companhia.

Paramos em uma feira orgânica para comprar legumes, verduras e frutas frescas — a pedido dela —, e senti meu estômago embrulhar no instante em que percebi que um paparazzo nos seguia. Olhei para ele e franzi a testa, mas percebi que ele baixou a câmera ao me ver.

Emery nem notou que estávamos sendo seguidos. Ela estava empolgada demais no paraíso de frutas, verduras e vegetais.

— Já volto, tá? — falei. — Só vou dar uma olhada naquela barraca.

Emery assentiu e apertou minha mão antes de se virar de novo para as batatas-doces.

— Vou ficar esperando aqui, acariciando as beringelas — brincou ela.

Virei a esquina, notando que o homem me seguia feito a cobra que era e, quando ele chegou perto o suficiente, finalmente reclamei.

— Podemos não fazer isso hoje, cara? — pedi em um tom quase de súplica.

Era só passar alguns segundos com Emery que eu quase esquecia que era famoso.

Ele fez uma careta e concordou com a cabeça. Um lampejo de vergonha surgiu em suas bochechas.

— Tá bom. Desculpe, cara. Eu só queria ajudar.

— Ajudar? — Bufei. — Como? Como isso vai me ajudar?

— Eu só queria mostrar você de um jeito positivo, sabe? De bom humor. Vi as merdas que a Cam anda falando de você e sei que é tudo mentira.

Arqueei uma sobrancelha, confuso. Eu nunca conversava com os paparazzi, porque os via como abutres irritantes, mas algo nele parecia... sincero?

Ele alternou o peso entre os pés e pigarreou.

— Também perdi meu irmão no começo do ano. Câncer — murmurou ele.

Naquele momento, meu aborrecimento diminuiu.

— Sinto muito — falei. — Não é fácil.

— Não. Nem um pouco. — Ele coçou o cabelo louro e deu de ombros. — Olhe, eu sei que a nossa profissão é uma merda, mas, de verdade, só estou tentando colocar comida na mesa da minha família. A gente acolheu meus sobrinhos, e as coisas andam meio apertadas. Não tenho orgulho do meu trabalho, então estava tentando fazer uma boa ação, sabe? Talvez te ajudar. Achei que poderia vender as fotos para melhorar a sua imagem. Afinal, sou seu fã.

Eu não sabia o que dizer, porque nunca tinha parado para pensar que pessoas como ele eram seres humanos. Com famílias. Com dificuldades. Com dores.

— Qual é o seu nome?

— Charlie — respondeu ele. — Charlie Parks.

Estendi a mão.

— É um prazer. Mas não precisa se preocupar comigo. Estou bem. Só cuide da sua família. Se vender essas fotos for ajudar, fique à vontade.

Ele fez uma careta e apertou minha mão.

— Sei que pode não parecer, mas muitos de nós torcemos por você, Oliver. Você tem uma torcida silenciosa.

Ele foi embora, me deixando um pouco incrédulo com o que tinha acabado de acontecer.

— Está tudo bem? — perguntou Emery, se aproximando após ver a conversa.

Segurei a mão dela e beijei sua palma.

— Está. Vamos para a próxima parada.

Quando entramos no mercado, coloquei meu boné e meus óculos escuros. Eu sabia que era um disfarce terrível, mas quanto mais eu conseguisse evitar ser identificado, melhor. Emery pegou sua lista de compras, e joguei um monte de besteiras no carrinho quando ela não estava olhando.

Tudo ia bem até eu ouvir alguém exclamar:

— Não acredito!

Ergui o olhar e me deparei com uma mulher nos encarando; meu peito se apertou diante da possibilidade de ter sido reconhecido. A sensação passou bem rápido quando a mulher entrelaçou as mãos.

— Emery Taylor, quem diria!

Pela primeira vez na vida, não era eu a pessoa reconhecida — e sim Emery.

A mulher se lançou na direção dela e a puxou para um abraço apertado.

— Nossa, quanto tempo faz? Cinco anos ou mais? — perguntou ela.

— Eve, oi. Caramba, faz muito tempo! Desde que saí de Randall, acho. O que você está fazendo aqui na Califórnia?

Eve ergueu a mão, mostrando sua aliança brilhante.

— Eu e o Kevin estamos em lua de mel! A gente se casou na semana passada e veio para a Califórnia conhecer o parque da Universal e a Disney. É uma lua de mel meio clichê, mas nós somos assim mesmo. Uau! Como você está? O que anda fazendo? Não acredito! Emery, você está ótima! Ótima mesmo. — Seus olhos passaram para mim e percorreram meu corpo de cima a baixo. Então ela cutucou Emery. — E arrumou um bonitão também, pelo visto. Alguém já disse que você é a cara do Alex Smith? Vocês dois são um casal muito fofo.

Emery riu de nervoso.

— Ah, não. A gente não…

Eve a interrompeu e, como ela não parava de tagarelar, ficou claro que era uma dessas pessoas que falam demais e escutam de menos.

— Caramba, preciso mandar uma mensagem para a Sammie avisando que encontrei você.

Os olhos de Emery se arregalaram.

— Espere. Você ainda tem contato com a Sammie?

— Como assim? Claro. A gente se vê toda semana, no grupo de estudos bíblicos. Ela até foi minha madrinha de casamento. Achei que você soubesse. Enfim, preciso ir antes que o Kevin comece a se perguntar por que ainda estou no mercado. Só vim comprar uns lanchinhos. Se você der um pulo em Randall, vamos marcar alguma coisa? A gente não se vê tem tanto tempo! — Ela fez uma pausa e olhou para mim, erguendo uma sobrancelha. Então estalou os dedos. — Não. Não é o Alex Smith. O Michael B. Jordan. É isso. Você é a cara do Michael B. Jordan. Bom, então tá, foi bom ver você, Emery! Até mais!

Eve saiu apressada como se não tivesse virado o mundo de Emery de cabeça para baixo com a informação que havia lhe dado.

Parei na frente de uma Emery pálida, que encarava o nada como se tivesse visto um fantasma.

— Você está bem?

— A minha irmã voltou pra Randall e esteve lá esse tempo todo? Não. Isso não faz sentido...

Quanto mais tempo a gente passava no supermercado, mais pessoas começavam a olhar na nossa direção e, dessa vez, eu sabia que estavam olhando para mim, porque todas estavam tirando fotos com seus celulares.

Passei um braço pelo de Emery e me inclinei para sussurrar.

— Precisamos ir.

Ela não falou nada, apenas começou a andar. Nós até abandonamos o carrinho na loja. Ela entrou no carro, e eu dirigi por alguns quarteirões até que resolvi parar para conversarmos, me certificando de que estávamos longe o suficiente dos paparazzi e de fãs tirando fotos.

— Não faz sentido. Ela disse que queria se encontrar. Quando eu liguei, minha mãe falou que não tinha notícias da Sammie. Por que elas mentiram?

Eu não sabia o que dizer, porque era uma situação complicada.

— Preciso voltar lá — murmurou ela para si mesma. — Mas não posso levar a Reese para falar com eles. Só que também não posso deixá-la sozinha. Mas preciso de respostas. Ai, droga. — Seus olhos se encheram de lágrimas, e ela foi ficando mais atordoada a cada palavra. — O que isso significa? Por que a Sammie voltaria para Randall?

— Posso ir com você, se quiser. Posso ficar tomando conta da Reese lá enquanto você lida com a situação.

— O quê? De jeito nenhum. Não posso pedir uma coisa dessas para você, Oliver. Além do mais, você precisa se concentrar no seu álbum. Não quero ocupar seu tempo.

— Emery, por favor. — Segurei a mão dela e a apertei de leve. — Ocupe o meu tempo. Quero fazer isso por você. Você merece todas as respostas depois de todo esse tempo. Quero que você encontre essas respostas. A gente pode ir quando você quiser.

Ela hesitou por um instante, então acabou concordando.

— Tudo bem, vou buscar a Reese e fazer nossas malas. Você pode buscar a gente daqui a umas duas horas na minha casa para pegarmos a estrada? Vou reservar dois quartos para a gente na pousada da cidade.

— Combinado.

Dirigi até minha casa, Emery pegou o carro e então seguimos caminhos diferentes.

Arrumei a minha mala me sentindo um idiota por estar um pouco animado para viajar com as minhas garotas.

Minhas garotas.

Merda, elas não eram minhas, mas gostei daquele pensamento.

28

Emery

Cinco anos antes

— Não aguento mais — suspirou Sammie enquanto Reese se esgoelava às duas da manhã. — Não aguento mais, Emery. Não aguento — choramingou ela junto com a pequena, enquanto balançava a filha com força no colo.

— Calma, calma, está tudo bem. Aqui, me dê ela. — Peguei Reese e tentei acalmá-la. — Você esquentou a mamadeira? — perguntei.

Sammie não conseguia amamentar, por mais que tentasse, então estávamos usando fórmula. Eu sabia que aquilo era difícil para minha irmã. Ela se sentia culpada por não amamentar a filha.

Eu me esforçava para convencê-la de que isso não tinha relação alguma com suas habilidades como mãe, mas sabia que ela não acreditava em mim. Eu também jamais conseguiria compreender sua dor durante todo aquele processo. Eu não era mãe. Não precisava me preocupar em não conseguir alimentar minha filha. Sempre que tentava, Sammie se debulhava em lágrimas por se sentir um fracasso. Só depois que o médico recomendou a fórmula foi que Reese começou a comer.

Mesmo assim, Sammie tinha dificuldade em fazer a bebê a aceitar a mamadeira.

— Aqui — disse ela, entregando a mamadeira para mim. — Ela não quis tomar. Ainda está meio quente, mas sei lá. Talvez eu tenha tentado dar para ela quando estava quente demais? Ai, não, e se estava quente demais e ela se queimou? E se...

— Sammie. Está tudo bem. Ela está bem. Não se preocupe.

Ela ficou andando de um lado para o outro, passando as mãos pelo cabelo. Estava com uma aparência péssima. Fazia dias que não trocava de roupa, e sabia-se lá quando tinha sido seu último banho. Seus olhos estavam inchados pela falta de sono e o fluxo constante de lágrimas. A cada dia, ficava mais visível que ela estava chegando ao seu limite, e era compreensível.

Eu não via o pai de Reese no rosto daquela garotinha. Não via os olhos dele nem seu nariz, nem o sorriso torto que talvez ele tivesse. Eu não via como ela poderia se parecer com o homem que havia roubado algo de minha irmã para criar aquela criança linda.

Mas Sammie via.

Ela o via em seus devaneios diurnos e em seus pesadelos noturnos. Via partes dele nos olhos de Reese, em seu sorriso, em tudo. Ali estava um lembrete diário da situação torturante em que ela havia sido colocada. Era um lembrete do que tinha acontecido meses atrás, quando ela finalmente se permitira um momento de diversão.

Eu tinha implorado a ela que procurasse terapia, mas minha irmã dizia que não precisava. Implorei para que conversasse comigo, mas ela dizia que não queria. Eu rezava para que Sammie se abrisse com alguém — com qualquer pessoa —, porque sabia que ela não estava bem.

Reese começou a choramingar enquanto eu a alimentava, e, conforme a irritação da bebê aumentava, o mesmo acontecia com Sammie.

— Não aguento mais, não aguento mais — repetia ela, recitando a frase enquanto andava de um lado para o outro no pequeno espaço. Suas mãos apertavam as orelhas. Ela ficava cada vez mais irritada com o som que nos despertara em plena madrugada e, naquele momento, aumentava mais e mais. — Eu não... Eu... só pare de chorar! Cale a boca! — berrou minha irmã com toda a sua força.

Meu coração se partiu no momento em que Sammie parou de andar e me encarou com os olhos cheios de lágrimas. Eu sabia que ela ia desabar, que estava a segundos de mergulhar mais e mais dentro do buraco em que estava se afundando havia meses.

— Odeio ela — confessou Sammie, e, naquele instante, meu coração se partiu em dois. — Eu odeio tanto ela, Emery — disse antes de cobrir a boca com a mão e começar a chorar incontrolavelmente.

Segurei Reese contra meu peito e abri um sorrisinho para minha irmã, me esforçando para esconder o quanto ela estava me assustando.

— Ei, que tal você ir tomar um banho, Sammie? Para colocar a cabeça no lugar e se reorganizar. Depois vá dormir um pouco. Eu fico com a Reese. Não se preocupe, tá? Eu cuido dela.

Sammie abriu a boca para falar, mas nada saiu. Apenas um gesto involuntário com a cabeça, concordando, enquanto as lágrimas escorriam por suas bochechas. Ela seguiu para o banheiro.

O suspiro que eu estava segurando dentro de mim por tanto tempo evaporou quando ouvi o chuveiro sendo ligado. Minha principal tarefa agora era acalmar Reese.

Ninei a menininha em meus braços e a convenci a pegar a mamadeira após algum tempo. Quando ela me fitou com seus grandes olhos castanhos, percebi que ela também estava exausta.

— Eu sei, eu sei, meu amor. Está tudo bem. Sei que você está fazendo o melhor que pode. Todas nós estamos, tá? Você está bem. Você está mais do que bem. Você está ótima — jurei, balançando-a de leve enquanto ela permanecia me encarando. — E sabe de uma coisa? Sua mãe também está. Ela está tão, tão bem, Reese. E ela te ama muito, independentemente de qualquer coisa. Tá? Só preciso que você saiba que a sua mãe te ama. Ela está se esforçando. Juro que ela está se esforçando.

Depois de um tempinho, Reese voltou a dormir, e a coloquei de volta no berço. Quando ela estava apagada, fiz menção de voltar para a cama, mas notei que o chuveiro ainda estava ligado.

— Sammie, está tudo bem? — perguntei, batendo à porta. Meu peito apertou quando não ouvi uma resposta. Bati mais alto. — Sammie? Tudo bem?

Ouvi murmúrios, mas ainda nenhuma resposta.

Quando girei a maçaneta, encontrei minha irmã sentada na banheira e água caindo do chuveiro. Ela se balançava para a frente e para trás enquanto esfregava os braços com as mãos, deixando-os avermelhados com a força do contato.

— Sammie... — sussurrei, me aproximando.

— Não aguento mais, não aguento mais, não aguento mais... — repetia ela sem parar, tremendo enquanto as lágrimas se misturavam à água do chuveiro. — Não aguento mais, não aguento mais, não aguento mais...

— Sammie, venha, saia da banheira — falei, fechando a torneira.

— Não a-a-aguento mais — repetiu ela.

Ela olhava para a frente como se nem me enxergasse. Como se nem tivesse percebido que havia outra pessoa ali. Parecia tão perdida que fiquei com medo de ela ter perdido a noção do tempo e de espaço.

Eu não conseguia tirá-la da banheira. Não conseguia tirá-la do transe em que havia entrado. Então entrei na banheira também e abracei seu corpo trêmulo, nu.

— Quero ir para casa, Emery. Não quero esta vida. Preciso da mamãe e do papai. Preciso deles. Não aguento mais. Não aguento — repetia ela.

Eu a puxei para perto e a apertei com todas as minhas forças enquanto ela permanecia entoando aquele cântico, seus sussurros deixando meus olhos marejados.

Só a soltei quando o sol nasceu na manhã seguinte.

29

Emery

Levar Oliver e Reese para minha cidade natal me deixava apavorada. Eu estava com um pressentimento horrível e não conseguia me livrar dele. Mas me esforcei para ver o lado bom da situação. Eu poderia mostrar às duas pessoas mais especiais da minha vida o lugar que havia me moldado. Realmente, meus pais não ofereceram a melhor criação do mundo para mim e minha irmã, mas a cidadezinha onde eu havia crescido tinha alguns pontos altos.

Já era tarde da noite quando chegamos e fizemos o check-in na pousada — em dois quartos diferentes. Então, quando a manhã chegou, estávamos descansados e prontos para encarar a cidade.

A primeira parada foi meu antigo refúgio: a Lanchonete do Walter. Lar das melhores batatas de café da manhã do mundo.

— Trabalhei aqui por três anos. Comecei com quinze anos, e eles só poderiam me contratar oficialmente quando eu tivesse dezesseis, mas o dono, Walter, abriu uma exceção para mim e me ensinou a cozinhar. Quando eu completei dezesseis anos, já era cozinheira-chefe e virava hambúrgueres mais rápido do que todo mundo. Foi aqui que tive certeza de que amava cozinhar — falei, olhando ao redor com fascínio.

Ao Lanchonete do Walter era decorada como uma lanchonete dos anos 1950. Desde as cabines vermelhas e brancas até as taças antiquadas nas quais Coca-Cola e sundaes eram servidos. A decoração contava com pôsteres de carros esportivos clássicos e modelos e atores daquela época. O velho jukebox permanecia tocando canções antigas. Era como se eu tivesse entrado em uma máquina do tempo e me sentado para apreciar a comida e o passado.

— Foi aqui que você descobriu sua paixão — comentou Oliver.

— Não só isso... eu cresci aqui. Quando meus pais estavam de mau humor e descontavam em mim, eu vinha para cá. O Walter mora num apartamento no segundo andar e sempre me deixava entrar, não importava o horário, nem se era dia ou noite, e me ensinava a preparar alguma coisa na cozinha.

— Ele parece incrível.

— Devo muito a ele.

Quando Walter apareceu com os cardápios, abri um sorriso. Ele fazia questão de entregar os cardápios em todas as mesas, porque queria conhecer a clientela. Não só ele queria alimentar as pessoas de Randall como também saber se elas estavam bem.

Ele vinha se aproximando, ainda encarando os cardápios, mas já falando com a gente.

— Oi, bom dia, pessoal, bem-vindos à Lanchonete do Walter. Eu sou o Walter e é um prazer re... — Suas palavras foram interrompidas quando ele ergueu o olhar e me viu. Seu sorriso ficou tão largo que parecia que meu coração ia explodir de felicidade. — Emery Rose — exclamou ele. — Não acredito.

Eu me levantei com um pulo da mesa e dei um abraço naquele senhor querido, apertando-o.

— Oi, Walt. Quanto tempo.

— Muito tempo mesmo — disse ele, balançando a cabeça com um ar decepcionado. — Mas que bom que você está aqui. Vai ficar um tempinho?

— Só hoje. Vamos embora amanhã, na verdade.

— Que pena, eu queria que você fizesse um dos seus pratos aleatórios para mim, como nos velhos tempos.

Walter levou as mãos às minhas bochechas e as apertou de leve, sorrindo para mim como um avô orgulhoso. Em muitos sentidos, ele era como um avô para mim, e eu era como sua neta. Ele nunca tinha se casado. O restaurante era sua família, e eu também nunca conheci meus avós. Então nós tínhamos um ao outro. Ele dizia que eu era neta dele quando as pessoas perguntavam. Ele me reivindicava como sendo da família. Falava de mim para os outros cheio de amor e orgulho.

— Ora, e quem nós temos aqui? — perguntou ele, se virando para Oliver e Reese.

— Ah, essa é a Reese, minha filha.

Quase hesitei em dizer a palavra, sabendo que eu estava de volta à cidade que conhecia Sammie. Fiquei me perguntando se alguém havia ficado sabendo da gravidez dela. Por outro lado, era bem provável que não. Meus pais jamais divulgariam aquela notícia. A imagem deles ficaria manchada.

— Sua filha? — exclamou Walter em um tom empolgado enquanto se inclinava para ficar na altura dos olhos de Reese. — Bem, como vai, meu doce? — perguntou ele, esticando a mão para Reese.

— Eu vou bem, senhor — respondeu ela, apertando sua mão.

Oliver bufou.

— Bem que eu queria que ela falasse comigo assim.

Os olhos de Walter passaram para Oliver, encarando-o com seriedade.

— E você é o pai?

— Ah, não, Walter. Esse é o Oliver. Ele é meu...

Meu o quê? Meu amigo? Meu patrão? A pessoa que sonho em beijar o tempo todo?

— Um amigo — respondeu Oliver, se esticando para apertar a mão de Walter.

Mesmo parecendo desconfiado, Walter aceitou o cumprimento.

— Tenho a impressão de que conheço você — comentou ele, estreitando os olhos como se tentasse se lembrar onde já tinha visto Oliver.

Meu coração acelerou, fiquei preocupada. Eu só tinha aceitado que Oliver viesse a Randall para que ele se sentisse uma pessoa normal por um dia, e, agora, Walter estava ali, tentando descobrir como o conhecia. Walter tirou o chapéu e o bateu contra o joelho.

— Puxa vida, você não é o primo do Bobby Winters que mora em Oklahoma? — perguntou ele.

O alívio que tomou o meu rosto e o dele eram idênticos, e Oliver respondeu:

— Não, não sou eu.

— Ah, caramba, tudo bem, me enganei. Suas orelhas são iguaizinhas, é isso. Aqui está o cardápio. Oliver, aposto que você vai gostar de saber que este cardápio é o mesmo que a dona Emery aqui montou para mim seis anos antes. Todos os pratos mais pedidos são criações dela.

— Não acredito — falei, rindo. — Você não mudou o cardápio nesse tempo todo?

— Claro que não. Ninguém muda algo que está perfeito. Só vou mudar quando você voltar para melhorar o que está aí.

— Bom, então vou ter que resolver isso logo — falei.

— Que ótimo. Então tá, vou deixar vocês darem uma olhada no cardápio enquanto pego uma fatia de bolo red velvet para essa lindeza — disse ele, piscando para Reese.

Obviamente, os olhos dela brilharam de animação.

— Ah, não sei se bolo às nove da manhã é uma boa ideia, Walter — comentei, me tornando a maior inimiga da minha filha naquele momento.

Walter me dispensou com um aceno de mão, ignorando minha opinião de mãe.

— Ah, deixe disso, menina. Eu me lembro de muitas manhãs em que você comeu bolo. Sabe o que dizem: "O segredo da felicidade é um pedaço de bolo por dia."

— Ninguém diz isso, Walter.

— Bem, deveriam.

— É, deveriam! — acrescentou Reese com empolgação.

Era óbvio que ela concordaria com ele; ia ganhar açúcar.

Quando voltei a me sentar, Oliver estava sorrindo para mim.

— O que foi? — perguntei.

— Só estou me perguntando se você sabe o quanto é incrível. Você montou um cardápio inteiro para um restaurante, e ele é usado até hoje. Tem noção de como isso é incrível?

Corei e dei de ombros.

— É uma lanchonete de cidade pequena. Não tem nada de incrível nisso.

— Não, é sim. É incrível. Você é incrível — disse ele, e o frio na minha barriga me dominou. — Isso é só o começo. Mal posso esperar pra ir ao seu restaurante um dia.

— Eu também! — Reese se virou para mim e segurou minhas bochechas com força, apertando meu rosto. — Mamãe, você é alguém e vai fazer coisas maravilhosas.

Dei um beijo na testa dela e esfreguei o nariz no dela.

— Te amo.

— Te amo mais.

Depois de alguns instantes, Walter voltou com o bolo de Reese e o colocou diante dela.

— Aqui, querida. Vocês já querem pedir? — perguntou Walter.

— Com certeza.

Fiz o pedido, e ele anotou tudo, então fez uma pausa por um instante e olhou para mim.

— Tem certeza de que você não quer dar um pulo na cozinha e preparar tudo por conta própria? — ofereceu Walter, e, por um instante, fui tomada por uma onda de empolgação diante da oportunidade de voltar à primeira cozinha na qual eu tinha trabalhado.

— Sério?

— Claro, pode ir — disse ele, indicando a cozinha.

Olhei para Oliver, que me fitou com um ar sabichão.

— Não se preocupe, vou ficar aqui comendo bolo com a Reese — disse ele.

— Nada disso, Sr. Smito. É melhor você pedir seu próprio bolo — declarou Reese de boca cheia.

Deixei os dois brigando pela sobremesa e fui para a cozinha. No instante em que coloquei um dos aventais da lanchonete, parecia que meu corpo havia acionado a memória muscular. Sem pensar, eu sabia o que fazer. Por sorte, Walter mantinha quase tudo no mesmo lugar. Comecei a preparar nosso café da manhã, e minha empolgação foi aumentando.

Eu sabia que cozinhar era minha paixão. Sabia que teria que terminar a faculdade em um futuro próximo, e seria impossível agradecer a Oliver o suficiente por me dar a oportunidade de ser sua chef particular e reacender essa chama na minha alma.

Quando terminamos de comer, Walter não quis nos deixar pagar de jeito nenhum, então fomos à praça da cidade para dar uma olhada na feira. Oliver colocou um boné e óculos escuros para se disfarçar, e, para nossa sorte, ninguém prestou atenção em nós, apesar de eu ter me deparado com alguns rostos conhecidos.

Eu adorava ver Reese e Oliver explorando tudo juntos. Adorava ver que os dois pareciam livres, que principalmente Oliver parecia livre. Em determinado momento, ele colocou Reese nos ombros enquanto os dois compravam flores para mim.

A cada dia, eu estava mais apaixonada por aquele homem, e parecia impossível parar de me apaixonar cada vez mais.

O dia estava correndo bem, sem nenhum contratempo. Passamos a manhã inteira passeando e voltamos ao centro à noite para comer nos food trucks e ouvir música.

Tudo estava indo melhor do que eu imaginava até eu me deparar com as pessoas que mais temia em Randall.

Depois que terminarmos as raspadinhas que Reese cismou que precisava experimentar, fui jogar os copos na lixeira e, quando ergui o olhar, encontrei dois olhos iguais aos meus.

— Mãe — murmurei, chocada ao vê-la diante de mim com meu pai ao seu lado.

Os dois seguravam sacolas de mercado e nitidamente estavam tão chocados por me encontrar ali quanto eu por vê-los.

— O que você está fazendo aqui? — rebateu minha mãe, ríspida.

— Achei que eu tivesse deixado bem claro no último telefonema que nunca mais queria ter notícias suas, muito menos ver você.

Seu olhar era intenso e frio. Por um instante, me senti como aquela garotinha que vivia sofrendo abuso verbal. Por um instante, voltei no tempo e fiquei paralisada de medo vendo meu pai me encarar como se eu fosse um monstro.

Então a mão de alguém tocou minha lombar. Oliver se aproximou com Reese e me deu um sorriso.

— Está tudo bem? — perguntou ele.

— Quem é você? — questionou minha mãe, seus olhos indo direto para Oliver, e foi naquele momento que recuperei minha confiança.

— Não é da sua conta — respondi, me empertigando.

— Mamãe, quem é essa? — perguntou Reese, parando atrás da minha perna.

Ela estava se escondendo atrás de mim, o que não era normal. Minha menina não era tímida. Meus instintos protetores dispararam no instante em que percebi que ela estava com medo.

Os olhos de minha mãe se arregalaram de surpresa.

— Essa é... — Suas palavras falharam enquanto ela balançava a cabeça para a frente e para trás. — Não pode ser...

Dei um passo para trás, afastando Reese comigo. Eu já sabia o rumo que a conversa iria tomar e não queria que minha filha ouvisse as coisas que minha mãe lhe diria.

Meu pai não tinha dado um pio, mas observava cada movimento de Reese, analisando minha menina por inteiro. Eu odiava me sentir assim perto dele. Odiava o fato de que poderíamos ter sido próximos mas que agora ele parecia tão distante.

— Nossa, não acredito, se não é a Emery Taylor. Parece que é uma reunião de família — comentou uma voz empolgada. Olhei para trás e vi Bobby, meu amigo da época do ensino médio, vindo na minha direção. Se ele soubesse que tinha aparecido na hora errada... — Faz tempo demais que a gente não se vê — disse ele no instante em que seus olhos encontraram os meus.

Ele veio direto para um abraço, e deixei acontecer, principalmente porque estava em choque. Ele nem percebeu o clima desconfortável, provavelmente por causa da quantidade de álcool em sua corrente sanguínea.

— Como você está? — perguntou ele. — Quanto tempo!

Antes daquele exato minuto? Eu estava ótima. Naquele momento? Péssima.

— Estou bem, Bobby. Que bom ver você.

— Porra, bom ver você também, Emery. Você faz falta aqui, e as suas comidas também. É a Sammie quem prepara a comida na igreja para a gente depois do culto, mas ela não cozinha como você. Talvez você pudesse fazer aquele macarrão com queijo de antigamente antes de ir...

— Cadê ela? — perguntei, me virando direto para minha mãe, sentindo meu estômago embrulhar.

Parecia que eu tinha engolido pedras que me afundavam no chão, tamanho era meu choque.

Minha mãe alternou o peso entre os pés, desconfortável, e meu pai desviou o olhar de mim. Os dois ficaram quietos. Havia culpa no olhar dela, enquanto ele não demonstrava nem um pingo de remorso pela notícia que Bobby havia acabado de revelar.

— Cadê ela? — repeti. A raiva borbulhava dentro de mim. Meus pais haviam mentido para mim. — Eu te liguei, mãe. Eu perguntei por ela, e você não falou nada.

— Eu não tenho que contar nada para você — respondeu ela, cruzando os braços, como se aquilo fizesse sentido.

Eu me virei para Bobby.

— Você sabe onde a Sammie mora, Bobby?

— Não responde, Bobby — ordenou minha mãe em tom de ameaça, como se ele fosse uma criança.

— Bobby. — Respirei fundo e encontrei o olhar dele. — Você sabe?

Bobby olhou de mim para minha mãe, e seu comportamento simpático sumiu no mesmo instante em que entendeu a gravidade da situação.

— Ah, caramba, olhe, eu não queria causar confusão — explicou ele, passando a mão pelo cabelo encaracolado.

— Não tem problema, só me conte — pedi, fazendo um esforço enorme para controlar meu medo e não o sacudir.

Oliver ficou parado atrás de mim com as mãos nos ombros de Reese. Ele se inclinou e sussurrou que a levaria para brincar em algum lugar, para que eu pudesse conversar com meus pais. Concordei com a cabeça.

257

Quando eles começaram a se afastar, os olhos de minha mãe se arregalaram em choque.

— Você vai deixar um desconhecido ir embora com a minha neta? Um desconhecido?

Com a neta dela?

Ela só podia estar de brincadeira. Ela não tinha o direito de questionar minha habilidade como mãe depois de ter passado sabia-se lá quanto tempo mentindo para mim a respeito da minha irmã.

Nem me dei ao trabalho de responder. Meus olhos permaneceram focados em Bobby.

— Bobby? — perguntei de novo.

Ele fez uma careta, esfregou a boca com a mão e deu de ombros. Quando estava prestes a falar e me dar a informação, meu pai se meteu na conversa.

— Acho que está na hora de você ir embora, Bobby — ordenou ele.

Bobby entendeu o recado e fugiu correndo. Literalmente. Ele correu para longe, sem nem olhar para trás.

A bile ardia no fundo da minha garganta, e meu pânico só aumentava. Minha irmãzinha estava morando na nossa cidade natal fazia tempos e não tinha me contado. Ela dera a entender que iria se encontrar pelo mundo, e não voltar para as correntes dos nossos pais.

— De onde saiu aquela criança? — perguntou minha mãe, sua voz ríspida.

Sua testa pingava suor, e era a primeira vez em muito tempo que eu a via nervosa — com exceção dos momentos em que meu pai brigava com ela.

— Como é que é? A Sammie deixou ela comigo cinco anos atrás. Disse que ia se encontrar.

— Não. Não pode ser. A Sammie disse que o bebê não sobreviveu. Ela disse que tinha perdido a criança e que foi por isso que voltou — explicou minha mãe, trêmula.

— Por que raios ela deixaria uma criança nas mãos de alguém como você? — bradou meu pai, enojado com a ideia.

Isso me magoou mais do que ele poderia imaginar.

Eu não conseguia entender o que estava acontecendo nem por que estava acontecendo.

— Por que você não me disse que ela estava morando aqui? — perguntei à minha mãe.

— Por que eu contaria qualquer coisa para você? A gente não se fala. Além do mais, a Samantha está bem.

— Não está, não — rebati, balançando a cabeça. Nada naquela situação parecia certo, e eu não acreditava que Sammie estivesse bem depois de tudo pelo que havia passado. — Se ela voltou para esta cidade, não pode estar bem.

— Preste atenção no que você fala da minha filha — bradou meu pai.

O mesmo pai de sempre.

Eu também sou sua filha.

— Por quê? A verdade é essa, e vocês sabem disso. Ela não pode estar bem depois de tudo pelo que passou.

— É por isso que cuidamos dela. É por isso que temos uma relação, porque ela é a nossa bebê. Ela nos procurou quando precisava de nós. Não que isso seja da sua conta.

Fiquei embasbacada com as palavras que saíam da boca de minha mãe.

— Você está maluca se acha que...

Eu me retraí no instante em que a mão de meu pai aterrissou no meu antebraço e me apertou. Seus olhos escuros encontraram os meus, e eu podia jurar que havia sentido algo sombrio percorrer minha espinha.

— Não ouse falar assim com a sua mãe — ralhou ele, apertando meu braço.

Abri a boca sentindo meu corpo começar a tremer incontrolavelmente sob seu toque.

— Me solte — ordenei, apesar de minha voz estar trêmula.

Não era segredo que eu sentia medo do meu pai.

Ele me apertou com ainda mais força ainda, e eu me encolhi de dor.

— Peça desculpas para a sua mãe.

Os olhos de minha mãe se amenizaram por um milésimo de segundo enquanto ela observava a cena.

— Tudo bem, Theo, acho que já chega.

Meu pai me apertou mais. Eu arfei.

Minha mãe colocou a mão sobre a dele e balançou a cabeça.

— Solte ela, Theo.

— Não se meta, Harper — ordenou ele. O ódio que dominava seu olhar me deixava apavorada. — Peça desculpas por ter falado com ela daquele jeito.

— O quê? — gemi. — Não.

Mais forte.

— Peça desculpas — ordenou ele.

A dor subiu pelo meu braço, e eu estava quase chorando, mas não queria deixar as lágrimas escorrerem na frente dele. Por algum motivo, eu achava que, se ele visse minha fraqueza, se sentiria mais forte.

— Mas o que você está fazendo? — bradou uma voz. Olhei para trás e vi Oliver parado ali, com Reese atrás dele. Ele veio marchando até meu pai e puxou a mão dele do meu braço. — Nunca mais encoste nela.

Meu pai se empertigou, mas, ao contrário de mim, Oliver não tremeu de medo. Ele ficou cara a cara com o homem que tinha me criado e se enfiou na minha frente, me protegendo do homem que deveria ter sido meu primeiro protetor.

— Quem você pensa que é? — grunhiu meu pai, a fúria estampada no rosto.

Suas mãos estavam fechadas em punhos.

— Alguém que nunca vai ver um homem agredindo uma mulher e não fazer nada. Se você tocar na Emery de novo, acabo com a sua raça — declarou Oliver, frio como gelo.

— Você não sabe quem está defendendo — rebateu meu pai com desdém.

— Você acha que tem o direito de encostar numa mulher? Em qualquer mulher? Só porque elas são menores que você? Porque você quer se sentir grande? Vamos lá então. Tente fazer a mesma coisa comigo. Vamos ver o que acontece — ordenou Oliver, chegando ainda mais perto dele. — Me mostre que é durão.

— Oliver — falei, segurando o braço dele. — Vamos embora.

260

Ele permaneceu firme e não parecia querer arredar o pé dali, então me enfiei entre ele e meu pai e olhei no fundo dos seus olhos.

— Ei, aqui. — Oliver baixou a cabeça para fazer contato visual comigo, e as chamas que tomavam seu olhar se acalmaram quando ele me encarou. — Vamos. Por favor.

Seus ombros relaxaram, e ele assentiu de leve com a cabeça.

Reese parecia confusa e horrorizada ao mesmo tempo. Fiquei com mais raiva da situação quando a vi com medo. Fui correndo até ela e a peguei no colo.

— Está tudo bem, meu amor. Você está bem.

Ela se aconchegou em mim, e eu a abracei mais apertado do que nunca.

— Isso mesmo. É melhor vocês irem embora — disse meu pai, tentando parecer forte, mas eu podia jurar que, quando Oliver se virou para ele, percebi algo que nunca tinha visto nele.

Vi meu pai se encolher de medo.

Eu me senti derrotada ao encará-lo de novo e perguntei algo que nunca tinha saído da minha cabeça.

— Por que você me odeia? — sussurrei, soando como a criança magoada que eu havia sido.

Sem hesitar, ele piscou uma vez e respondeu:

— Porque você sempre foi uma decepção.

Meu coração.

Ele se espatifou.

— Vamos embora — disse Oliver baixinho, colocando a mão na minha lombar.

Olhei para os meus pais e tive vontade de falar tanta coisa, mas nada tinha força suficiente para escapar dos meus lábios; em vez disso, dei as costas para eles e comecei a me afastar.

— Você está bem, mamãe? — perguntou Reese, secando as lágrimas que escorriam pelas minhas bochechas.

— Sim, querida, estou bem.

— Ela não devia chamar você de mãe — gritou minha mãe, mas continuei andando, apesar de suas palavras parecerem facadas em minha alma. — Ela não é sua — continuou ela, fazendo cada centímetro do meu corpo tremer de tristeza.

Como ela podia dizer algo tão horrível? Como podia ser tão cruel?

Eu sentia que meus joelhos cederiam a qualquer instante e, quando estava prestes a desabar, Oliver estava lá, entrelaçando o braço ao meu. Ele me manteve de pé quando eu só queria desmoronar.

— Continue andando, Em — sussurrou ele. — Continue andando.

Seguimos no automático até chegarmos ao carro. Coloquei Reese em sua cadeirinha e fui para o banco do carona. Fiquei olhando para a frente, me esforçando ao máximo para controlar a raiva e a dor que me dominavam.

— Mamãe?

— Oi, Reese?

— Por que ela disse que eu não sou sua?

Fechei os olhos enquanto as lágrimas rolavam por minhas bochechas.

— Não sei, querida. Era só uma mulher maluca.

— Ah, tá. — Ela aceitou minha resposta com a mesma facilidade de sempre, então repetiu: — Mamãe?

Funguei.

— O que foi, querida?

— Eu não acho que você é uma decepção.

Baixei a cabeça, enquanto as lágrimas continuavam escorrendo dos meus olhos.

— Obrigada, meu amor.

Eu me esforcei ao máximo para parar de tremer, para Reese não perceber que eu estava sofrendo.

— Você está bem? — sussurrou Oliver.

Respirando fundo, falei:

— Só dirija, por favor.

Ele fez o que pedi, e fiquei de olhos fechados por todo o caminho até a pousada. Eu não me afastei quando senti a mão de Oliver encontrar a minha e apertá-la de leve, oferecendo um pouco de consolo à minha alma.

— Obrigada — sussurrei.

— Não precisa me agradecer.

~

Reese dormiu assim que se deitou na cama queen do nosso quarto. Eu me mexia devagar, com a cabeça girando rápido. Depois que já tinha lavado o rosto e colocado o pijama, escutei uma batida à porta.

Quando a abri, encontrei Oliver do outro lado, com as mãos nos bolsos.

— Oi.

Tentei forçar um sorriso, mas era impossível.

— Oi.

— Posso te dar um abraço? — pediu ele.

Balancei a cabeça.

— Não tem problema, não precisa; estou bem. Estou ótima. Foi um dia cansativo, só isso. É melhor eu ir dormir.

— Você não precisa fazer isso, sabia?

— Fazer o quê?

— Ser forte o tempo todo.

— Sim — falei, acenando com a cabeça —, preciso. Caso contrário, não vou ser quem a minha filha precisa que eu seja.

Os olhos dele foram para a menina adormecida na cama, então ele voltou a me encarar.

— Agora ela está bem, está segura, confortável, Emery. Está na hora de alguém cuidar de você.

— Eu... — Cruzei os braços e balancei de leve a cabeça, mas minhas palavras falharam. — Ninguém nunca cuidou de mim. Nem sei como seria isso.

— É algo que muda conforme a necessidade, mas, hoje, seria receber o meu abraço.

Mordi o lábio inferior e assenti com a cabeça, dando a ele permissão para me envolver em seus braços. No instante em que Oliver me abraçou, eu me desmanchei, me sentindo em casa. Ele me conduziu

263

até a cama, e nos deitamos juntos. Seus braços aqueceram a minha alma como um cobertor naquela noite.

Ele não tentou puxar papo; não tentou entender o que tinha acontecido diante dos seus olhos naquela noite. Apenas me reconfortou, cuidou de mim, e eu continuei me apaixonando, me apaixonando, me apaixonando...

Eu te amo, pensei.

Eu te amo, senti.

Eu te amo, tive certeza daquilo.

Mas eu não podia dizer isso, porque o amor me assustava. Todas as pessoas que eu amei me decepcionaram. Eu não tinha coragem de verbalizar meus sentimentos por Oliver, porque, quando fizesse isso, sabia que não poderia voltar atrás.

Eu me virei para encará-lo e olhei no fundo daqueles olhos castanhos que tinham sido a fonte de muitos momentos de felicidade nas últimas semanas, depois mirei seus lábios. Meu coração disparou; minha mente começou a girar.

— Oliver?

— O quê?

— Você sente por mim a mesma coisa que eu sinto por você?

— Mais — sussurrou ele, aproximando o rosto do meu, encostando sua testa na minha. — Eu sinto mais.

— Isso te assusta?

— Não.

— Mas me assusta — confessei. — Não estou acostumada a ter pessoas cuidando de mim, porque as que deviam ter feito isso me abandonaram. Então isso me assusta. Me aproximar de você me deixa nervosa, porque... e se você mudar de ideia? E se você um dia resolver que não me quer mais e for embora?

— Não posso tirar o seu medo, Emery, mas preciso que você saiba que fez isso comigo — disse ele, segurando minhas mãos e levando-as ao seu peito. — Você me encontrou quando o meu coração mal batia e o reanimou. Você reanimou o meu coração, e é por isso que ele continua batendo.

Naquele momento, meu corpo se preencheu de amor de um jeito avassalador.

— Oliver...

— Se você me pedir para ser seu, eu vou ser seu. Se você me deixar ficar, eu vou ficar para sempre.

Cheguei mais perto e rocei meus lábios de leve nos dele, o toque delicado causando um calafrio por todo o meu corpo. Minha boca pressionou a dele. Eu o beijei com vontade no começo, então fui tomada pela delicadeza. Os lábios dele tinham gosto de todos os sonhos realizados, e eu adorava a forma como ele me beijava também. Ele me beijava como se tivesse sentido saudade de mim por décadas até nos conhecermos. Seu beijo era como uma promessa que eu precisava sentir. Quando ele se afastou, encontrei seu olhar e abri um sorrisinho.

— Eu sou sua, fique comigo, por favor, me beije de novo, por favor — sussurrei, e foi exatamente isso que ele fez.

Eu não sabia por quanto tempo nossos lábios permaneceram unidos ou por quanto tempo resistimos antes de sermos derrotados pela exaustão. Eu só sabia que, nos braços dele, eu me sentia reconfortada; nos braços dele, eu me sentia segura.

Meus olhos se fecharam, os dele também, e sonhei que ele dizia que me amava.

Nos meus sonhos, eu sussurrava que o amava também.

30

Emery

Na manhã seguinte, eu sabia que precisava falar com Sammie e sabia exatamente onde encontrá-la — na igreja, se preparando para o grupo de estudos bíblicos. Não foi difícil descobrir onde eu poderia encontrá-la em uma cidade pequena como Randall. Só precisei perguntar para algumas pessoas e logo tive minha resposta.

Cheguei antes do início do culto e encontrei Sammie em uma das salas de aula, se preparando para sua lição. Ela não notou minha presença, distraída folheando uma pilha de papéis, então fiquei parada sob o batente da porta e bati à parede.

No instante em que ergueu o olhar, ela deixou cair as folhas que segurava, que acabaram se espalhando pela sala.

— Emery — sussurrou ela, sua voz era pura surpresa. Parecia que ela estava vendo um fantasma e, de certa forma, estava mesmo. — O... o que você está fazendo aqui?

— Você está de sacanagem comigo, Sammie? O que *você* está fazendo aqui? — bradei, chocada. Eu odiava que parte de mim quisesse abraçá-la, tocá-la, que sentisse vontade de chorar, vendo que ela estava viva e bem. Outra parte queria xingá-la. — Você me disse que ia começar uma vida nova. Mas não falou que tinha voltado para cá. Sempre que a gente conversava, você estava em um lugar diferente. Como você pôde fazer uma coisa dessas? Por que esconder de mim que estava aqui? Você chegou a viajar?

Seus olhos mostravam a verdade. Ela não tinha viajado. Tinha corrido de volta para casa, anos antes. Eu queria vomitar.

— Eu... é... — Ela engoliu em seco e olhou para trás de mim como se estivesse com medo de que alguém escutasse nossa conversa. — É complicado.

Fechei a porta e entrei na sala, me aproximando dela.

— Você voltou correndo para a mãe e o pai, né?

— Era a única opção, Emery. Você não entende. Eu não tinha nada.

— Você tinha a mim!

— Não de verdade. E eu entendo. Foi fácil para você se afastar da mamãe e do papai, mas o meu caso era diferente. A minha relação com eles era boa antes de eu cometer um erro.

— Você não cometeu um erro. Você foi estuprada, Sammie.

Ela se retraiu ao ouvir minhas palavras, então rebateu em um tom sério:

— É, pois é, isso foi há muito tempo, e não falamos mais sobre essas coisas. Então é isso. Preciso me preparar para a aula.

Ela começou a recolher os papéis, e fiquei muito confusa. O que estava acontecendo? Ela estava se comportando feito um robô, agindo como se não tivesse emoções de verdade e como se o fato de ter me abandonado com Reese cinco anos antes fosse uma bobagem.

— Sammie, você deixou a Reese. Você me deixou. Nós passamos anos lutando para sobreviver, e você sumiu, voltou para casa. Você podia ter me contado. Você podia ter ajudado a gente de alguma forma.

Ela piscou algumas vezes, depois balançou a cabeça.

— Eu tomei a melhor decisão que consegui, Emery. Eu não podia fazer mais nada.

— E a mãe e o pai não acharam ruim você ter abandonado a Reese?

Seus olhos castanhos ficaram vítreos, então ela voltou a recolher os papéis.

— Não importa o que eles pensam.

— Bom, eles pareceram bem surpresos quando viram a Reese ontem.

— O quê? Eles viram a Reese? — arfou Sammie. — Não... não...

— Sim. E ficaram chocados. Disseram que você disse que tinha perdido o bebê. Eles nem sabiam que ela existia.

Sammie não me escutava mais. Ela não assimilava o que eu estava dizendo.

— A Reese está aqui? Em Randall?

— Está...

— Ninguém pode saber que eu tive o bebê, Emery. Está me entendendo? Ninguém pode saber. Isso arruinaria a minha vida. A mamãe e o papai surtariam. Falei para eles que perdi o bebê, e foi por isso que eles me aceitaram de volta. Eles disseram que Deus tinha me curado.

Isso por si só já me fazia querer vomitar. O único jeito de meus pais aceitarem minha irmã de volta era acreditando que ela sofrera um aborto espontâneo? E eles acreditavam que algo tão terrível era um sinal de Deus?

Qual era o problema daquelas pessoas?

Qual era o problema de Sammie para ter contado uma mentira tão horrível?

— Bom, agora eles sabem que a Reese existe. Então você vai ter que lidar com isso — avisei. — Não que você saiba lidar com as coisas.

— Você não tem o direito de me criticar — começou ela.

— Eu tenho direito pra caralho! — rebati.

— Olhe a boca, você está numa igreja — murmurou Sammie, soando igualzinha à nossa mãe.

— Era isso que você queria? Virar uma cópia da nossa mãe? Fingir que está tudo bem quando não está? Você me abandonou, Sammie, depois que eu te acolhi, e não tem nada para me dizer? Não tem nenhum remorso?

Ela abriu a boca, e vi que seu corpo todo tremia.

— Foi... foi a vontade de Deus que acontecesse assim.

A vontade de Deus?

Mas isso seria muito conveniente, né?

Eu não acreditava. Eu não acreditava que a mulher diante de mim estava dizendo aquelas coisas. Eu não conhecia aquela mulher. Não conhecia a garota que estava parada ali na minha frente, falando comigo. Minha irmã não era aquela pessoa. Minha irmã jamais seria tão cruel e desalmada. Não... a mulher na minha frente era um produto dos nossos pais. Eles a moldaram nos momentos mais traumáticos de sua vida.

E a irmã que eu conhecia, a Sammie que eu amava, tinha desaparecido.

— Que tristeza ver alguém usando Deus para esconder sua culpa por ter tomado decisões difíceis — murmurei, me virando, sabendo que não havia mais nada a dizer.

Quando estava prestes a abrir a porta, Sammie me chamou.

— Emery?

— Sim.

Olhei para trás e encontrei uma garota chorosa me encarando. Seu lábio inferior tremeu ao dizer:

— Por favor, não conte para ninguém sobre mim e a Reese. Isso acabaria com a minha vida. Não consigo lidar com isso. Eu consegui recomeçar. As pessoas não podem saber.

Não falei mais nada para ela e fui embora. Eu jamais contaria para ninguém o que Sammie tinha feito anos antes. Mas a culpa que ela sentia no coração?

Sammie teria que lidar com isso pelo resto da vida.

~

Meus dias pareciam pesados, com lembranças da minha viagem para encontrar Sammie vindo à tona e me inundando de emoções. Eu me esforçava para me distrair, passando mais tempo com Reese e bolando novas receitas para Oliver. Minha filha e a culinária eram minhas tábuas de salvação. Sem elas, minha mente enlouqueceria.

Uma tarde, enquanto eu preparava a lista de compras para a semana na casa de Oliver, ouvi alguém fungando na despensa.

Assustada, fui correndo até lá, onde encontrei Kelly aos prantos, cobrindo o rosto com as mãos.

— Ai, nossa, Kelly, o que houve? — perguntei, indo até ela e puxando-a para um abraço.

— Desculpe, Em. — Ela fungou e tentou recuperar o controle. — Eu vi uma caixa de cereal ali em cima e me lembrei de uma noite em que eu e o Alex ficamos acordados até tarde comendo cereal. É uma idiotice, mas a lembrança me acertou em cheio, e agora... — Ela não conseguiu terminar de falar, porque estava soluçando de novo.

Era a primeira vez que eu via Kelly demonstrar tristeza. Oliver havia me contado que ela e Alex tiveram uma história e que estavam se apaixonando, mas eu nunca tocara no assunto com ela, porque imaginava que seria um tópico sensível. Ela sempre pareceu tão animada e serena que vê-la desmoronar com uma lembrança partia meu coração.

— Eu sou tão idiota. Desculpe, estou bem — disse ela, secando as lágrimas que não paravam de escorrer.

— Você não é idiota e não está bem. Você não precisa estar bem, Kelly. Nem consigo imaginar pelo que você está passando.

Ela me fitou com o olhar mais arrasado do mundo e balançou a cabeça.

— Você não tem ideia de como me sinto mal. Me sinto muito culpada.

— Culpada? Por quê?

Ela fungou e escondeu o rosto com as palmas da mão. Abafando o som, ela disse:

— Hoje, na academia, um homem me chamou para sair, então dei meu número para ele — chorou ela. — Como eu pude fazer uma coisa dessas? Como pude dar o meu telefone para outro depois de ter perdido o melhor homem do mundo?

Ah, Kelly...

Naquele momento, a ficha caiu. Enquanto eu lidava com meus próprios demônios, Kelly lidava com os dela. Foi só ali que entendi como suas cicatrizes eram profundas. Foi só ali que entendi que todo mundo tinha dificuldades que tentava ao máximo esconder.

— Você não pode ser tão dura consigo mesma, Kelly. Você merece ser feliz de novo.

— Eu nem sei mais o que significa isso!

O choro dela se intensificou ainda mais, e a apertei em meus braços.

— Sabe do que você precisa? — sussurrei, tentando acalmá-la.

— Do quê?

Eu me afastei um pouco e sorri para ela enquanto secava suas lágrimas.

— Você precisa de um dia de meninas.

Demorei um pouco para convencê-la, mas Kelly concordou em deixar que eu a levasse para passar o dia em um spa, para ajudar a aliviar seus pensamentos e seu coração do peso que ela carregava.

— Tem certeza de que não tem problema? — perguntei a Oliver enquanto Kelly ia se recompor.

— Tenho, claro que não tem problema. Ela precisa disso. Além do mais, consigo me alimentar sozinho durante um dia — brincou ele. — Como posso ajudar?

— Na verdade, eu queria saber se você podia me fazer um favor imenso e buscar a Reese na colônia de férias. Eu pedi para a Abigail, mas ela já tinha um compromisso.

— Claro, não tem problema. A que horas passo lá?

Passei a Oliver todas as informações, e ele estava mais do que disposto a me ajudar.

— Obrigado, Emery... por dar apoio a Kelly. Sei que você está passando pelos seus problemas, mas fico muito agradecido por você se prontificar a ajudar.

— Acho que nós duas precisamos de um dia para fugir de tudo — confessei. — O mundo está muito difícil ultimamente. Acho que seria bom me desconectar por um segundo.

— Podem demorar o quanto quiserem. Vou estar aqui com a Reese quando você voltar para casa.

Casa.

Ele tinha falado como se a casa dele fosse minha. Isso me fez sorrir mais do que eu imaginava ser possível.

31

Oliver

Quando cheguei à colônia de férias de Reese, parecia que eu estava diante de uma cena do desenho animado *Hora do recreio*, com as crianças correndo pelo parquinho feito animais selvagens. Todas berravam correndo atrás umas das outras. Naquele momento, fiquei feliz pra cacete por nunca ter participado de uma colônia de férias. Aquilo provavelmente me deixaria ainda mais fodido de ansiedade.

Eu me apoiei no carro e comecei a procurar Reese de longe para levá-la para casa. Emery já tinha ligado para as monitoras avisando que eu a pegaria, então agora era só uma questão de esperar.

Várias crianças passaram em disparada por mim a caminho de seus carros para ir para casa. Quando encontrei Reese, me endireitei um pouco e fiquei observando a interação que acontecia. Ela não exibia a empolgação habitual que eu tinha começado a amar. Parecia... triste?

Então minha preocupação se transformou em raiva quando vi um garoto cutucando-a com um graveto e depois empurrando-a no chão.

— Ei, que porra é essa? — berrei, correndo até lá, chocado com o que tinha acabado de acontecer. Nenhuma das monitoras parecia ter notado a cena, o que só me deixava mais indignado. — Cara, nunca mais encosta nela — briguei com o garoto.

Ele olhou para mim como se fosse a criança mais casca-grossa do parquinho e revirou os olhos. Isso mesmo. Aquele merdinha tinha revirado os olhos para mim.

— Que seja, você não é meu pai. Você não manda em mim — bufou ele.

Ajudei Reese a se levantar, e ela correu para se esconder atrás de mim, envergonhada.

— É, não sou seu pai, mas vou dedurar você — ameacei.

— O meu pai vai te dar uma surra — falou o garoto, me deixando embasbacado.

Que tipo de criança demoníaca era aquela? Ele era filho da Cam, por acaso? Porque os dois tinham muito em comum.

Olhei ao redor e berrei:

— Ei, quem é o pai desse garoto? É melhor alguém me dizer de quem é esse merdinha! — gritei.

— Mais uma moeda pro pote dos palavrões — sussurrou Reese.

Naquela situação, seria uma moeda bem-investida.

— O que está acontecendo aqui? — perguntou uma voz grossa.

Eu me virei e me deparei com um cara que era o dobro do meu tamanho vindo na nossa direção, mas eu não ia recuar. Não quando se tratava de proteger Reese.

— O que está acontecendo é que o seu filho empurrou a Reese no chão e não quer pedir desculpas.

— Não é verdade, pai! Ele está inventando tudo! — mentiu o babaca.

Ele devia mesmo ser filho da Cam.

— Se ele disse que não fez nada, é porque ele não fez nada — rebateu o homem, já se empertigando.

— Acontece que o seu filho é um mentiroso.

Ele estufou o peito.

— Você quer arrumar confusão? Não fala do meu filho.

— Se você tivesse ensinado a ele que não se pode machucar os outros, nós não teríamos um problema.

Antes de o gigante abrir a boca para me responder, ele estreitou os olhos e olhou bem para mim.

— Porra, espera aí. Você não é o Oliver Smith?

Ai, merda.

Alternei o peso entre os pés, sem querer responder.

— É, ele é o Oliver Smito, e nós somos amigos! — respondeu Reese, recuperando a voz.

— Puta merda! Sou muito seu fã — disse o gigante assustador, segurando minha mão e apertando-a demais sem querer largar. A postura dele mudou da água para o vinho depois que ele se deu conta de quem eu era. — Cara, suas músicas são as melhores. Sinto muito pela sua perda, meu camarada. Meus sentimentos.

Era como se ele fosse outra pessoa. De algum jeito, parecia até ter diminuído.

Ele se virou para o filho com um olhar sério.

— Você empurrou a menina, Randy?

— Sim! Ele me empurrou! Até ralei o joelho! — falou Reese, mostrando a perna.

— Por que você empurrou ela? — perguntou o pai dele.

— Pai! Porque ela é esquisita — choramingou Randy.

O pai o agarrou pelo braço e o puxou para perto de Reese.

— Pede desculpa.

— O quê? De jeito nenhum! Eu nem fiz... — O pai de Randy o encarou com um olhar frio, rígido, que o fez calar a boca no mesmo segundo. Claro que eu não podia obrigar o garoto a se comportar porque, como ele mesmo disse, eu não era o pai dele. Mas aquele sujeito imenso *era* o pai dele e claramente tinha esse poder. Randy gemeu. — Desculpa — murmurou.

O pai o cutucou.

— Fala direito. E olha nos olhos dela.

— Pai!

— Obedece. Agora.

Randy chegou mais perto de Reese e olhou em seus olhos.

— Desculpa por te empurrar, Reese.

Ela sorriu, toda orgulhosa.

— Obrigada.

— Foi mal, cara — disse o pai, pegando minha mão de novo e a apertando. — De novo. Sou muito fã. Podemos tirar uma foto?

Era uma situação desconfortável, mas acabei tirando uma foto com ele.

A colônia de férias inteira tinha parado e todo mundo estava prestando atenção na conversa. Então aproveitei a oportunidade para dizer o que eu pensava sobre aquela situação toda.

— Quero deixar uma coisa bem clara para todo mundo. Quem implicar com esta menina vai estar implicando comigo, e vocês não querem implicar comigo. Porque aí vão arrumar um problema.

— Isso aí! — acrescentou Reese. — Porque ele é o Oliver Smito, e ele é um astro do rock, e rico, e famoso, e ele vai acabar com vocês e processar todo mundo no tribunal, porque ele é rico, e ele tem muito dinheiro, e ele vai vencer!

— Calma lá, menina — murmurei. — Não precisa ameaçar com processos.

— Desculpa, Sr. Smito — sussurrou ela em resposta.

Voltamos para o carro, e Reese parecia ter reencontrado sua luz ao pular no banco traseiro, onde estava a cadeirinha. Eu afivelei o cinto para deixá-la em segurança, e ela se inclinou para mim, levando as mãos às minhas bochechas, e disse:

— Sr. Smito?

— Sim, menina?

— Você é meu melhor amigo.

～

O dia de meninas de Emery e Kelly se estendeu até a noite. Reese caiu no sono no quarto de hóspedes depois da segunda vez que assistimos a *Frozen 2*. Quando Emery chegou, eu a recebi com um abraço apertado.

— Espero que a Reese não tenha dado muito trabalho — disse ela.

— O quê? Claro que não. Nós somos melhores amigos agora. Ela está dormindo no quarto.

— Obrigada por tomar conta dela.

— Sempre que você precisar. A Kelly está bem?

Emery franziu a testa.

— Vai ficar. Um dia de cada vez.

Ela não tinha ideia da mulher fenomenal que era. Mesmo enfrentando a própria tempestade, Emery sempre arrumava tempo para ajudar os outros. Eu nunca conheci uma mulher que se doasse tanto sem pedir nada em troca.

Enfiei as mãos nos bolsos e me balancei para a frente e para trás.

— Na minha primeira conversa com a Abigail, ela me explicou a vida com uma analogia, disse que a história de todo mundo é uma playlist, e que cada faixa é um capítulo. Tem capítulos felizes, capítulos tristes, mas todos se misturam para criar a playlist daquela pessoa.

— Adorei essa ideia — disse ela, se aconchegando em mim.

O calor da sua pele me esquentava.

— Eu também. — Apoiei a cabeça na curva de seu pescoço, beijando-o. — Posso contar um segredo?

Meus lábios alcançaram o lóbulo de sua orelha, e esfreguei de leve meu nariz contra ela.

Um gemido baixinho escapou dos lábios de Emery, e ela abriu os olhos para me fitar.

— Conte.

— Você é a minha música favorita da minha playlist.

Ela levou as mãos às minhas bochechas e me puxou para um beijo. Eu a beijei devagar, apreciando cada segundo que conseguia passar ao lado dela.

— Fica aqui hoje? — perguntei.

— Tá bom.

— Vem para a cama comigo hoje?

Ela mordeu o lábio inferior, então se inclinou para a frente e me deu um leve beijo.

— Tá bom.

Eu a levei para o meu quarto e comecei a tirar suas roupas enquanto ela tirava as minhas. Meus lábios aterrissaram em sua pele enquanto eu a deitava na cama. Fui com calma no começo, provando cada centímetro que passei semanas desejando. Abri bem suas pernas e desci para saborear o paraíso dos meus sonhos.

Sempre que minha língua passava por seu cerne, ela gemia de prazer. Chupei e lambi cada gota que ela me dava. Eu adorava o gosto dela em minha língua, e, caralho, mal podia esperar para sentir meu pau entrando e saindo dela.

Fizemos amor naquela noite, criando uma canção nossa, só nossa. Sempre que ela gemia, eu metia com mais força, puxando seu cabelo, sentindo os dedos dela se entremearem pelos meus fios. Ela estava tão molhada que me fazia desejá-la ainda mais. Sempre que eu deslizava para dentro dela, tinha vontade de viver ali. Ela rebolava o quadril contra mim com força, gozando uma vez atrás da outra enquanto gritava meu nome.

— Em, eu vou... Eu vou...

Merda. Tentei tirar, e ela me interrompeu, agarrando meu pescoço com a mão, me obrigando a encontrar seu olhar.

— Eu tomo pílula — sussurrou, e era a única confirmação de que eu precisava para suspirar, incapaz de falar mais nada por conta do orgasmo que me dominava.

Eu me liberei dentro dela, e a senti tremer contra minha pele. Meu corpo pingava de suor enquanto ela ofegava de exaustão.

— Isso foi... — falei, com a respiração pesada, apoiando a testa na dela.

— Exatamente — suspirou ela.

Perfeição.

Tinha sido perfeito.

Ficamos assim por mais alguns instantes até que começamos tudo de novo.

Nossos corpos se entrelaçavam da mesma forma que nossos corações. Eu a coloquei em cima de mim e observei com fascínio enquanto ela me cavalgava aparentemente em câmara lenta, seu quadril subindo e descendo em um ritmo criado apenas para nós. Minhas mãos seguravam sua cintura enquanto nos movíamos como um só, eu metendo com força enquanto ela ia mais fundo ainda a cada segundo.

Grunhi de prazer, e ela gemeu de desejo. Seus gemidos eram o som mais lindo na porra do mundo inteiro, e eu os amei. Amei nosso som, nosso gosto, nosso ritmo. Amei a forma como ela chegou ao clímax, comigo sentindo cada centímetro dela estremecendo contra mim, fazendo meu próprio corpo se aproximar do fim. Amei quando ela implorou para continuar me cavalgando. Amei que ela se tornou dona do meu corpo, da minha mente, da minha alma.

Eu a amava.

Eu estava me apaixonando tão rápido por ela que seria normal se ficasse assustado, mas eu só me sentia feliz.

Feliz...

Eu não sabia que ainda tinha a capacidade de sentir felicidade.

Naquela noite, nossas músicas se misturaram, criando um remix. O coração dela batia com o meu e, enquanto adormecíamos nos braços um do outro, senti que criávamos algo novo. Uma playlist novinha em folha, com a nossa história.

E eu amei aquele som.

32

Emery

— Precisamos conversar — disse minha mãe, parada na porta do meu apartamento.

Eu não tinha a menor ideia de por que ela estava ali, muito menos como havia descoberto meu endereço. Fazia uma hora que eu havia voltado da casa de Oliver com Reese e, agora, Harper Taylor estava ali para acabar com meu bom humor.

— Nós não temos nada o que conversar — falei, cruzando os braços. — E como você descobriu o meu endereço?

— Sei onde você mora há anos. A Sammie me contou faz séculos. Eu só nunca senti necessidade de vir na sua casa.

Reese saiu do quarto e foi até a porta.

— Mamãe? Quem é essa? — perguntou ela, olhando para a porta. Então seus olhos se arregalaram, e ela se escondeu atrás da minha perna. — É a mulher maluca de novo?

Sim, Reese. Ela mesmo.

Minha mãe se inclinou para baixo para ficar na altura dos olhos da minha filha e abriu um sorriso largo, falso.

— Não, querida. Eu sou sua avó.

Os olhos de Reese se arregalaram de empolgação.

— Eu tenho uma avó?

Empurrei Reese para trás de mim e lancei um olhar sério para minha mãe.

— Não fale com a minha filha.

279

Minha mãe se empertigou de novo.

— Ela não é sua filha. E é por isso que estou aqui.

— Vai embora.

— Só depois de conversarmos.

— Nós não temos o que conversar. E não vou deixar você desrespeitar a minha filha na minha frente. Então, se não sair daqui...

— A Sammie está lá no carro — disse minha mãe, me interrompendo. — Com o Theo.

— O quê?

— Ela está lá embaixo, esperando no carro. Ela quer conversar com você, e achei que combinar um encontro na lanchonete aqui perto poderia ser a melhor forma de conversarmos sobre nossas questões familiares.

Questões familiares?

Eu ri.

Que família nós temos?

Fui até a janela que dava para a rua e, para minha surpresa, lá estava Sammie, sentada no banco de trás do carro dos meus pais. Meu pai estava no banco do carona. Fui até minha mãe, balançando a cabeça.

— Sobre o que você quer conversar?

— Sobre a saúde mental da Sammie, sobre oferecer as coisas de que ela precisa. Você pode parar de me encher de perguntas, Emery, e só me escutar uma vez na vida. Pode ser? Podemos entrar em detalhes na lanchonete.

Olhei para minha filha.

— E a Reese?

— O que tem a Reese? Ela pode vir também. Acho que seria bom para todo mundo.

Só por cima do meu cadáver.

— Não quero conversar sobre nada na frente dela. Vou deixar ela com a vizinha. Vem, Reese.

Peguei a mão da minha filha e a levei até o apartamento de Abigail. Eu me sentia péssima tendo que pedir que cuidasse da minha garotinha de novo, mas não havia opção. Minha intuição dizia que a conversa com minha família não seria um mar de rosas, então preferia manter Reese o mais longe possível do conflito.

Abigail, como sempre, estava mais do que disposta a ajudar.

— Está tudo bem? — perguntou Abigail, erguendo uma sobrancelha, olhando para minha mãe no corredor.

— Para ser sincera, não sei. Mas não quero que a Reese participe da conversa que vou ter com a minha família.

Os olhos de Abigail se arregalaram ligeiramente.

— Caramba. Aquela é a sua mãe?

Concordei com a cabeça.

— É. Volto assim que possível para buscar a Reese.

— Tudo bem, não tem pressa. Nós duas vamos ficar bem — disse Abigail, com as mãos nos ombros de Reese.

— Obrigada.

— Mamãe. Aquela é mesmo minha avó? — perguntou Reese.

Meu coração se apertou com a pergunta.

Eu me abaixei e lhe dei um beijo na testa.

— Vou explicar tudo mais tarde, meu amor. Fique com a Abigail até eu voltar.

Dei um tapinha no peito dela, na direção do coração, e Reese bateu no meu também.

Fui até minha mãe, que estava de cara feia, como sempre.

— Você sempre deixa a sua filha com desconhecidos?

Revirei os olhos e continuei seguindo até o elevador.

— Você é mais estranha para mim do que todo mundo neste prédio. Vamos acabar logo com isso.

— Vamos juntos de carro até a lanchonete na esquina — declarou minha mãe, assumindo o controle da situação, como sempre.

Não reclamei nem discuti, porque meu foco foi direto para Sammie.

Abri a porta de trás e olhei para minha irmã, que estava distraída com os dedos, encarando o próprio colo. Entrei no carro e respirei fundo.

— Oi, Sammie.

Ela se virou para mim com o olhar mais triste que eu já tinha visto na vida, curvando a boca para baixo.

— Oi, Emery.

Ela estava sentada com a postura impecável, como se nunca tivesse se sentado curvada na vida. Seu vestido estava perfeitamente engomado, sem nenhum amarrotado, e seu cabelo tinha cachos perfeitos. Ela parecia perfeita por fora, mas eu vi a verdade em seus olhos.

Quando entramos na lanchonete e nos sentamos, eu tinha um milhão de perguntas para fazer a Sammie. Queria saber quais eram os planos para ajudá-la a melhorar. Queria saber como poderia contribuir, porque eu faria isso. Faria o que fosse preciso para ajudar minha irmã.

Só que a conversa começou de um jeito totalmente inesperado, me pegando desprevenida.

— Nós queremos a guarda unilateral da Reese — disse minha mãe, entrelaçando as mãos com toda a calma do mundo, como se tivesse acabado de pedir um copo de água.

Como se ela não tivesse dito as palavras que eu mais temia ouvir na vida.

— Como é que é?

Eles tinham mesmo me levado para aquela lanchonete para me dizer uma coisa dessas?

— Nós conversamos com a Sammie, fizemos uma pesquisa sobre o assunto e chegamos à conclusão de que o melhor para aquela garotinha é voltar para Randall com a sua irmã, seu pai e comigo, e nós vamos assumir a criação dela.

Eu ri.

Ou melhor, soltei uma gargalhada, porque minha mãe estava sendo ridícula e absurda. Como assim ela havia sequer cogitado me pedir uma coisa daquelas? Quando percebi que ninguém estava rindo, a gargalhada se transformou em fúria.

— Você está brincando, né? Isso é uma piada? — falei com a voz engasgada, encarando minha família e me perguntando como era possível que o sangue deles também corresse em minhas veias.

— Nós achamos que seria melhor se... — começou Sammie, mas eu a interrompi.

— "Nós"? Que "nós" é esse? Porque você não pode estar falando dos nossos pais. Eles abandonaram você, Samantha. E, se não me falha a memória, depois você seguiu o mesmo exemplo e me abandonou com a Reese. Tal mãe, tal filha.

Ela se remexeu na cadeira, olhando para o piso de azulejos do restaurante.

— Isso foi há muito tempo, Emery. Quero que a Reese tenha a oportunidade de ter uma família.

— Que família? — gritei, sem me importar com todas as pessoas que me observavam. — Esses dois abandonaram você no seu pior momento, Sammie. Eles viraram as costas para você depois de uma situação terrível. Eles não são a sua família.

— Abaixe essa voz, Emery Rose — chiou minha mãe, ficando corada enquanto secava as bochechas com um guardanapo. — Nós só viemos para essa lanchonete para evitar que você fizesse escândalo. Então se acalme.

— Não. Eu sou uma mulher adulta e posso falar alto se quiser, mãe. Você não vai mandar em mim como se eu fosse uma criança.

— Não vou aturar os seus ataques em público. Se você não se acalmar, é melhor ir embora.

— Não vou embora. Não até a Sammie entender o erro que está cometendo.

— Viu só, Samantha? Viu como a sua irmã é instável? Deixar a Emery criando a Reese é uma péssima ideia. Ela precisa viver em um lar estruturado, comigo e com o seu pai. Aquela garotinha precisa ser criada em um lar temente a Deus, com duas figuras parentais. Nós podemos oferecer mais a ela do que a Emery. O que você acha que vai acontecer com uma garota que cresce sem uma figura paterna?

Eu me recostei na cadeira, atordoada.

— Você ficou tão incomodada assim?

— Como é?

— Quando me viu naquele dia com a Reese... Incomodou tanto assim ver que estamos bem sem você? Sem sermos controladas pelas suas exigências absurdas?

— Nós não vamos brigar, Emery. Nós viemos aqui para explicar para você como vai ser o futuro da Reese. Acho que você não merecia nem esse privilégio.

— Sabe o que é engraçado? — perguntei, balançando a cabeça em descrença. — Como você julga tanto a gente mesmo tendo feito as mesmas escolhas quando tinha a nossa idade.

— Você não tem a menor ideia do que está falando, menina.

— Eu não sou mais uma menina, mãe. Eu cresci. Tenho a minha própria menina agora. Mas quantos anos você tinha quando eu nasci?

Ela ficou tensa.

— Como eu disse, não vamos brigar.

— Dezessete — falei, ignorando a tentativa dela de mudar de assunto. — E, se me lembro bem, você também não era casada nessa época.

Ela se remexeu na cadeira e balançou a cabeça. Meu pai ergueu a mão controladora para me silenciar. A quantidade de vezes que eu tinha visto aquela mão sendo erguida na minha infância para me calar sempre que eu fazia um comentário, ou uma pergunta, ou até uma reflexão aleatória, era impressionante. Aquela mão carregara tanto poder sobre mim, por tanto tempo, que eu ainda me retraía de leve ao vê-la.

— Basta, Emery — disse meu pai, com a voz baixa, rouca e contida. — Não vou deixar você fazer sua mãe se sentir culpada pelos pecados passados que ela cometeu e pelos quais ela já pediu perdão.

Eu ri, tentando esconder o medo que sentia do homem que me criara.

— Pelos pecados passados que ela cometeu? Até onde eu sei, são necessárias duas pessoas para fazer um bebê, pai — rebati.

Eu o odiava. Odiava tudo que ele representava. Ele menosprezava as mulheres, exerceu um controle absurdo sobre mim e Sammie durante nossa juventude, além de diminuir minha mãe na frente dela o tempo todo.

Como é que os pecados dela a engravidaram antes do casamento, mas os dele, não? Por que minha mãe tinha que ser perdoada, mas meu pai precisara apenas colocar uma aliança no dedo para solucionar seus atos? Não era certo.

Nada na história deles era certo.

— Cale a sua boca, está me ouvindo? — ralhou minha mãe, brandindo o guardanapo na minha direção. — Não vou tolerar seu desrespeito, e suas presunções são absurdas. Nunca mais fale com seu pai desse jeito ou não respondo por...

Meu pai ergueu a mão para ela.

Ela ficou quieta.

E o ciclo abusivo de controle continuava.

Como seria para Reese viver em uma casa como aquela? O que isso faria com sua cabecinha incrível, cheia de fascínio?

Seus super-heróis favoritos eram mulheres.

Meu pai destruiria essa admiração em segundos.

Eu me virei para minha irmã, a garota que parecia ter tido a alma completamente sugada, e segurei suas mãos.

— Sammie, você me pediu que fosse mãe dela. Você não lembra? Há alguns anos você foi embora e me pediu que criasse a Reese. Eu fiz isso. Você sabe o que isso faria comigo? Você sabe como eu ficaria destruída? Como a vida da Reese viraria de cabeça para baixo?

Sammie não olhava nos meus olhos. Parecia que ela estava enfeitiçada. Eu só sabia que a pessoa diante de mim era completamente diferente da menina com quem eu tinha crescido. Ela não se parecia em nada com a minha melhor amiga. Estava vazia, e meus pais não se importavam.

— Largue as mãos dela, Samantha — ordenou meu pai.

As mãos trêmulas de Sammie se desvencilharam das minhas, e ela as posicionou sobre o colo. Ela sempre foi obediente, nunca dava respostas atravessadas, nunca causou problemas, o que não me ajudava em nada naquela situação. Eu precisava que ela perdesse o controle. Precisava que ela gritasse. Precisava que ela ficasse do meu lado, assim como sempre fiquei do dela.

Em vez disso, nada.

Silêncio e vazio.

Eu queria chorar, mas não na frente deles. Eles não mereciam ver como estavam me machucando. Não precisavam testemunhar meu sofrimento.

— Bom, apesar de ter sido uma ótima reunião de família, está na minha hora. — Eu me levantei e empurrei minha bolsa para cima do ombro, me virando para minha irmã. Ela cutucava as unhas curtas, mas eu sabia que estava ouvindo. — Sammie, se você precisar de mim, vou estar sempre aqui. Mas não pense nem por um segundo que eles vão fazer qualquer coisa para melhorar a sua vida. Eles nem sabem quem você é de verdade. Mas eu sei. Então, quando precisar de mim, vou estar aqui. Não importa o que aconteça.

— A vida da Samantha sempre foi maravilhosa. E a da Reese vai ser melhor sem você. Ela vai ser educada de um jeito melhor e vai ter mais oportunidades... Você vai ver.

— Eu odeio você — sibilei, com nojo da mulher que me encarava. Com os olhos iguais aos meus. A pele tão escura e macia quanto a minha.

Eu era a cópia dela, mas nossos corações não tinham nada em comum.

— Você acha que ser odiada por alguém como você me afeta? — perguntou ela, suas palavras cheias de frieza.

Saí dali antes de eles terem a oportunidade de falar mais. Saí de perto das pessoas que deveriam me conhecer como ninguém, mas que, na verdade, não tinham a menor ideia de quem eu era.

33

Emery
Cinco anos antes

— Ela não gosta de mim — confessou Sammie enquanto eu colocava Reese para tirar outra soneca.

Ela estava completando um mês de vida, e achei que seria divertido fazer uma sessão de fotos para guardarmos de recordação. Sammie não pareceu muito interessada na ideia e, quando comecei a arrumar as coisas, resolveu sair para dar uma volta.

Ela saía para dar uma volta todos os dias agora, às vezes duas, três vezes. Eu era a única que trabalhava e ainda fazia faculdade. Quando voltava para casa, era eu quem cuidava de Reese, e ainda tinha que fazer meus deveres de casa, então estava no auge do cansaço. Eu me controlava para não reclamar, porque sabia que todo o meu incômodo não chegava nem aos pés do que Sammie sentia.

— Não é verdade. Ela te ama — falei certo dia, para confortar minha irmã.

— Não, ela ama você. Ela me odeia. Até parece que ela entende como foi feita quando olha para mim.

— Que ideia ridícula.

— Não vem me dizer o que é ridículo. Eu sei o que vejo. Você cuida melhor dela.

— Eu não cuido melhor dela; nós só temos conexões diferentes. Não tem nada de errado nisso.

Sammie se sentou na cadeira de amamentação que eu tinha comprado dois meses antes e fez uma careta. Parecia que ela vivia de cara feia agora. Fazia tanto tempo que eu não a via sorrir que tinha quase certeza de que ela estava ficando mais parecida com nossa mãe a cada dia que se passava.

Estava quase esquecendo como era o sorriso da minha irmã.

— Está tudo muito errado. Eu devia sentir alguma coisa por ela, mas não sinto. Vejo a conexão que vocês duas têm... não é assim comigo.

— Você está colocando o carro na frente dos bois. Essas coisas levam tempo.

— Com você não levou.

— É porque eu não sou a mãe dela. Sou uma figura externa.

— E é por isso que você não deveria ser mais próxima dela do que eu. Mas você é.

Suspirei e apertei a ponte do nariz.

— Talvez seja depressão pós-parto. Dei uma pesquisada e acho que...

— Eu não tenho depressão pós-parto! Só quero a minha vida de volta! — explodiu ela, suas palavras machucando meus ouvidos. — Pare de falar que eu sou fraca. Eu não sou fraca, Emery.

Estreitei os olhos e balancei a cabeça.

— Não, não estou dizendo que tenha algo de errado com você, Sammie. Pessoas com depressão pós-parto não são fracas; elas só estão passando por mudanças demais no corpo. Você trouxe uma vida para este mundo. Não tem nada de fraco nisso.

Ela começou a roer as unhas e balançar a cabeça.

— A mamãe falou que não acredita em depressão pós-parto. Ela disse que isso é só uma desculpa para as mulheres serem preguiçosas.

— Bom, pois é, mas ela não sabe o que está falando.

— Sabe, sim — afirmou Sammie, defendendo nossa mãe como se ela não tivesse virado as costas para as próprias filhas. — Ela sabe.

— Como ela poderia saber se nunca passou por isso? Escute, eu pesquisei e acho que vale a pena investigarmos isso. Você pode começar a tomar remédios...

— Eu não estou louca, Emery!

Ela estava extremamente na defensiva com tudo e parecia que, independentemente do que eu dissesse, brigaria comigo de qualquer forma. Se eu dissesse que ela estava bem, ela diria que não estava. Se eu dissesse que ela precisava de ajuda, ela me chamaria de mentirosa. Nada que eu falava servia.

Mas continuei tentando mesmo assim.

— Tomar remédios não significa que você está louca, Sammie. É só uma questão de regular seus hormônios, nada além disso. Ou você pode conversar com um terapeuta. Talvez ajude. Especialmente depois de tudo o que aconteceu...

— Argh! — exclamou ela, esfregando o rosto com as mãos. — Você não entende! Ninguém entende! Eu só não quero mais fazer isso, tá? Não quero mais ter que lidar com nada disso.

Meu coração estava se partindo, e eu não tinha ideia do que mais poderia fazer.

Olhei para o meu relógio, depois voltei a encarar minha irmã.

Seus olhos cheios de raiva agora estavam tomados pela tristeza, pela exaustão.

Pelo sofrimento.

— Desculpe, Emery. Só estou irritada.

— Não tem problema. Posso faltar a aula hoje para ficar com a Reese. Para você tirar uma folga.

Ela se levantou da cadeira e esfregou os olhos.

— Não, tudo bem. Não tem problema. Eu fico com ela. Você não pode perder suas aulas. Vou tomar um banho rápido e passar um café. Só preciso acordar um pouco.

— Tem certeza?

— Sim. Tenho certeza. Eu estou bem.

Eu me aproximei e a abracei, apertando-a com força para que ela sentisse o conforto de que sua mente parecia estar precisando.

— Eu te amo tanto, Sammie.

— Também te amo. E desculpe por brigar com você. Só estou cansada.

Passei o dia todo na faculdade pensando na minha irmã. Eu queria muito procurar a ajuda de que ela precisava, mas não sabia como poderia fazer isso. Ela se recusava a admitir tudo pelo que tinha passado.

Assim que minha última aula acabou, voltei correndo para casa para ficar com Reese e dar uma folga para Sammie fazer seu passeio noturno. Ao entrar no apartamento, ouvi Reese chorando, e meu estômago embrulhou. Era impossível não pensar no dia que ela e minha irmã haviam tido. Eu apostava que as duas estavam emocionalmente exaustas.

— Sammie, cheguei. Sei que ela fica inquieta a esta hora, então posso ficar com... — Parei de falar ao ver Reese deitada no berço, se esgoelando de tanto chorar. — Sammie? — chamei, já tomada pelo pânico.

Corri até Reese e peguei-a no colo. Seu rosto estava muito vermelho. Há quanto tempo ela estava deitada ali sem ninguém por perto? Há quanto tempo ela estava sozinha? Onde Sammie tinha se metido?

— Está tudo bem, querida. Estou aqui. Estou aqui, está tudo bem — falei, correndo para o quarto para trocar a fralda de Reese.

Quando comecei a trocá-la, notei um papel na cadeira de amamentação. Não consegui ler o bilhete imediatamente — não até aquela menina fofa se acalmar.

Depois que coloquei uma fralda limpa em Reese, esquentei a mamadeira dela. Então, enquanto a alimentava e tentava tranquilizá-la, peguei o papel. Era uma carta, que partiu meu coração com cada palavra escrita em tinta preta.

> Emery,
> Fui embora cinco minutos antes de você estar lendo isto. Vi você chegando do trabalho e saí pelos fundos do prédio. Espero que entenda por que não consigo mais fazer isso. Não consigo olhar para ela sem vê-lo. Não consigo segurá-la no colo sem me lembrar de como ele me segurou. Não posso ser a mulher de quem ela precisa, não posso ser mãe dela. Eu tentei, e sei que você talvez pense que essa sensação vai passar, mas não vai. Não aguento mais. Não aguento. Preenchi uns documentos que fazem de você a guardiã legal dela. Você

é a pessoa certa para isso, e não confio em mais ninguém para cuidar dela. Quanto a mim, vou recomeçar a vida. Vou me encontrar em uma nova cidade e tentar de novo.

Por favor, cuide dela.

Crie a Reese como se fosse sua.

Você é a mãe que ela merece.

Ela não é minha filha. É sua.

Desculpe por ir embora, mas vocês duas ficarão melhor sem mim.

— Sammie

~

Minhas lágrimas pingavam no papel amassado enquanto eu encarava as palavras que destruíam cada pedaço do meu coração. Então revirei o apartamento e descobri que todas as coisas de Sammie tinham desaparecido — inclusive suas malas.

Liguei para minha mãe e perguntei se ela havia voltado para casa. Ela não estava lá. Minha mãe me disse que a deixasse fora dos meus problemas com Sammie. Avisei que Sammie tinha ido embora, e ela ainda falou que tudo devia ser culpa minha antes de bater o telefone na minha cara.

Sammie não voltou naquela noite nem em nenhuma das noites seguintes. Ela nunca mais apareceu, me deixando com uma criança para criar sozinha e me obrigando a largar a faculdade. Toda noite, Reese berrava, quase como se soubesse que Sammie a havia abandonado. No fim de mais uma noite insone, enquanto eu tentava de tudo para acalmar a bebê nervosa, chorei junto com ela.

Por volta das duas da madrugada, ouvi alguém bater à porta, e meu coração perdeu o compasso. Torci para ser Sammie, finalmente recuperando o bom senso. Desde sua partida, eu tinha encontrado uma lista de organizações que poderiam ajudá-la. Tinha feito telefonemas e juntado muitas informações que poderiam ajudar vítimas de estupro e novas mães.

291

Eu queria dar tudo para ela, queria ajudá-la a melhorar, queria fazer o possível para ter minha irmãzinha de volta.

Só que, quando abri a porta, não era Sammie, e sim uma mulher que eu já tinha visto algumas vezes no prédio.

— Você não está conseguindo acalmar a bebê — comentou a mulher.

Eu estava nervosa. Reese estava bem escandalosa nos últimos dias, e as paredes do prédio não eram das mais grossas.

— Eu sei, me desculpe. Prometo que estou fazendo de tudo... — comecei, mas ela me interrompeu.

— Ah, querida, não vim reclamar — disse, balançando a cabeça com um sorriso sincero. — Vim ajudar. Notei que a sua colega de apartamento se mudou algumas semanas atrás e imaginei que você estivesse com dificuldades. Eu me chamo Abigail. Posso entrar?

Concordei devagar com a cabeça, já tendo ultrapassado o meu limite.

— Mas me desculpe pelo choro. Essa situação não tem sido das mais normais.

— Você tem uma criança recém-nascida. É assim mesmo. Acho que está se saindo muito bem, de verdade, mas eu só queria oferecer ajuda, se precisar.

— Obrigada, eu agradeço — falei, ainda tentando acalmar a criança em pânico.

— Posso? — perguntou ela, apontando para Reese com a cabeça.

Hesitei no começo, mas aquela mulher me passava uma sensação de ser tranquila e carinhosa. Entreguei Reese a ela e, em questão de minutos, a mulher a acalmou.

Um suspiro de alívio percorreu meu corpo quando o choro parou. Em resposta, quem começou a chorar fui eu. Uma enchente de emoções escapava do meu corpo. Cobri o rosto, humilhada pela minha incapacidade de me controlar na frente de uma desconhecida.

— Desculpe — falei, enquanto pegava uma Reese agora adormecida dos braços de Abigail e a colocava no berço. — Não sou assim normalmente.

— Você está assim hoje, e isso também é normal. Não existe certo ou errado nessa situação — disse ela. — Então fique à vontade. Sinta tudo que tiver para sentir.

Essa permissão, esse presente de ouvir que todos os sentimentos eram válidos, dominou meu corpo, então desmoronei de verdade. Cobri o rosto com as mãos e desabei. Fiquei tanto tempo tentado cuidar da minha irmã, tentado fazer o melhor para Reese, que não havia sobrado um momento para que eu desse vazão ao que estava sentindo.

Abigail se aproximou de mim e me abraçou. Ela tentava me acalmar enquanto eu chorava feito uma criança no ombro dela.

— Tudo bem, querida, deixe vir tudo — disse ela, e obedeci.

Eu senti tudo. Senti o medo, senti a ansiedade. Senti a tristeza. Senti raiva também, e ressentimento pela minha irmã. Senti mágoa. Eu me senti abandonada. Perdida.

Eu senti tudo, e Abigail estava lá para me ajudar.

— Talvez você não entenda o que está acontecendo agora. Talvez pareça que você está se perdendo, mas a verdade é que você está se encontrando, querida. Às vezes, é preciso se perder para se curar. Isso não é um sinal de fraqueza, mas de força. Então pode chorar, você vai se sentir mais forte amanhã. Você está indo muito bem.

Ouvir alguém dizer que eu estava indo bem enquanto chorava sem parar parecia mentira; parecia a maior mentira do mundo, mas fiz o que ela disse. Eu senti tudo.

34

Emery

Presente

Oliver: Você precisa que eu vá até aí?

Emery: Não. Estou bem.

Oliver: Você precisa que eu vá até aí?

Emery: Não. Acho que vou dormir.

Oliver: Você precisa que eu vá até aí?

Emery: Oliver. Estou bem. De verdade.

Oliver: Então tá.

Toc, toc, toc.

Sentada na cama, ergui o olhar do telefone. Então fui até a porta e, quando a abri, encontrei Oliver parado na minha frente, apoiado no batente.

— Oi — sussurrou ele.

— Oi — respondi.

Ele segurou minhas mãos e chegou mais perto, então apoiou a testa na minha e fechou os olhos. Fechei os olhos também.

— Você precisava que eu viesse? — falou ele baixinho, sua respiração quente roçando meus lábios.

Concordei devagar com a cabeça, soltando um suspiro pesado que eu nem percebi que estava prendendo.

— Sim.

Ele me apoiou enquanto eu chorava em seus braços. Ele ficava repetindo que Reese era minha filha, que eu era mãe dela, afastando os pensamentos demoníacos que tomavam conta de mim. Quando parecia que meu corpo estava exausto demais, quando não restavam lágrimas para serem choradas, Oliver me abraçou, e nós ficamos assim pelo resto da noite.

Na manhã seguinte, não foi o sol que me despertou. Foi uma garotinha, berrando a plenos pulmões.

— Sr. Smito! O que você tá fazendo na cama da mamãe? — gritou ela, pulando no colchão.

— Reese, fale baixo — murmurei, conseguindo emitir algumas poucas palavras, de tão exausta que ainda estava.

Então bocejei e observei Reese, que estava na minha cama. Bem ao lado de Oliver.

Oliver.

Na minha cama.

Reese.

Na minha cama.

Ai, cacete.

— Reese! — exclamei, me sentando empertigada. Oliver esfregava os olhos e tentava entender o que estava acontecendo. — Por que você acordou tão cedo?

— Não tá cedo; tá tarde — disse ela antes de se virar para Oliver e depois para mim. — Por que o Sr. Smito tá na sua cama? — O sorriso dela ia de uma orelha a outra. — Vocês dois se amam?

Ela voltou a pular na cama, acordando nós dois de vez.

Sua pergunta me pegou desprevenida, e senti minhas bochechas pegando fogo.

— Reese, não, a gente não...

— Sim, eu amo a sua mãe — interrompeu-me Oliver, abrindo para Reese aquele sorriso que me fazia sentir tudo ao mesmo tempo. Eu me virei para ele, com os olhos arregalados de choque. Ele me ofereceu um sorriso bobo e cansado, segurou minhas mãos e as apertou de leve. — Eu amo cada parte de você, Em.

Meu coração deu uma cambalhota, chutou e pulou dentro do meu peito. Eu não estava pronta para isso, mas, sinceramente, quando alguém estava pronto para descobrir que a pessoa que ama sente a mesma coisa? Era como se um sonho incrível estivesse se tornando realidade.

— Eu também te amo — falei, sentindo que minhas bochechas iam explodir de tanta felicidade.

Eu queria me inclinar e beijá-lo, mas sabia que aquilo poderia ser demais na frente de Reese. Especialmente depois de ela ter nos pegado juntos na cama.

— E eu, Sr. Smito? Você também me ama? — perguntou Reese.

Oliver abriu um sorriso enorme e puxou Reese para um abraço.

— Sim, menina, eu também te amo.

Reese começou a rir enquanto Oliver fazia cócegas nela, se remexendo pela cama toda.

— Tá, tá, para! — gritou ela, se contorcendo toda.

Naquele momento, eu me esqueci de todos os meus problemas. Naquele momento, o mundo pareceu parar e todos os pensamentos bons se alinharam, formando um só. Nós três brincando na cama foi o melhor de todos os momentos. Um que ficaria para sempre em meu coração.

Era engraçado como esses momentos tinham a capacidade de me fazer deixar de lado todas as preocupações que eu encarava na vida. Por um segundo, todo o drama que meus pais e Sammie estavam causando desapareceu.

Parecia que eu, Reese e Oliver estávamos formando nossa própria família, com nossas próprias regras. Nós estávamos criando uma das minhas músicas favoritas para minha playlist. Só nós três e nossa felicidade.

Após alguns segundos deitada atravessada sobre mim e Oliver, recuperando o fôlego, Reese disse:

— Sr. Smito?

— Sim, menina?

— Agora você é meu pai?

Oops.

Parecia um passo grande demais para a conversa daquela manhã. Oliver ficou boquiaberto, e era nítido que não sabia o que dizer, então envolvi Reese em um abraço apertado, me aninhando nela.

— Que tal a gente falar disso em outra hora? Agora vamos preparar waffles — sugeri.

O rosto de Reese se iluminou.

— Com gotas de chocolate?

— Isso, com gotas de chocolate. Vou me levantar para ir adiantando as coisas e...

Ela balançou a cabeça e pulou para fora da cama.

— Não, mamãe. Quero que o Sr. Smito faça os waffles pra mim dessa vez.

Ergui uma sobrancelha.

— Mas eu achei que você gostasse dos meus waffles.

— Eu gosto, mas quero gostar dos waffles do Sr. Smito também — disse ela em um tom prático. Ela esticou a mão para Oliver e o puxou para fora da cama. — Vem, vamos adiantando as coisas.

Sem dizer mais nada, os dois foram para a cozinha preparar o café. Eu escutava suas vozes enquanto continuava na cama.

— Menina, vou ser sincero, nem lembro quando foi a última vez que fiz waffles.

— Tudo bem. Mesmo se eles ficarem horríveis, vou comer, porque eu te amo agora — disse Reese.

Oliver riu.

— Bom, isso é muito legal da sua parte.

— Eu sei, eu sou uma boa pessoa. E Sr. Smito?

— Sim, menina?

— Para de me chamar de menina.

~

Dois dias se passaram sem sinal dos meus pais e de Sammie. Por um instante, achei que eles tivessem recuperado o bom senso e percebido que aquilo não daria certo, mas eu não estava com tanta sorte assim.

Um dia, quando eu e Reese voltamos para casa, depois de passar a tarde nadando na piscina de Oliver, encontrei um envelope grosso diante da minha porta. Quando o peguei, vi meu nome escrito na frente. Reconheci a letra da minha mãe, e isso por si só já fez meu estômago embrulhar.

— O que é isso? — perguntou Reese.

Sorri para ela e dei um tapinha em sua bunda.

— Nada, querida. Vá escolher seu pijama para se arrumar para dormir, tá?

Por sorte, ela me obedeceu, e entrei no apartamento nervosa, pensando no que poderia estar dentro daquele envelope. Rasguei-o e senti meu coração parar ao ler a carta:

É perto deste homem que você está criando a Reese? Nada disto vai parecer bonito no tribunal. Tome a decisão certa e entregue a Reese antes que a situação se complique.

Dentro do envelope tinha uma coleção de matérias com as entrevistas de Cam sobre Oliver e as histórias horríveis que ela havia inventado. Falavam do declínio de Oliver nos últimos meses, acusavam-no de usar drogas, o que era mentira, e de ter tratado a ex de forma cruel. Todas as invenções de Cam sobre Oliver estavam sublinhadas, chamando minha atenção para as palavras que estampavam as páginas.

Minha mãe havia juntado todas as matérias mentirosas que conseguira encontrar sobre Oliver e agora as jogava na minha cara para conseguir o que queria. E a pior parte? As matérias pareciam reais, já que ele nunca havia contado o seu lado da história. Eu não acreditava que aquilo estava acontecendo.

Eu ia vomitar.

— O que você está lendo, mamãe?

Rapidamente guardei os papéis.

— Nada, querida. Vamos dormir.

Eu me levantei com as mãos trêmulas e me esforcei ao máximo para não deixar meu pânico transparecer na frente da minha filha.

Minha filha... ela era minha, isso era um fato, e minha mãe queria tirar isso de mim. Que tipo de mulher era capaz de fazer uma coisa dessas? Que tipo de pessoa tinha coragem de acabar com a vida de outra? Fazia mais de cinco anos que Reese era minha. Eu tinha passado cinco anos me esforçando para dar a ela um lar, educação, amor e, agora, meus pais ameaçavam tirá-la de mim.

35

Oliver

— Vai devagar, Em. Do que você está falando? — perguntei.

Emery estava parada na minha frente, mas nada do que falava fazia sentido. Ela havia aparecido na minha casa com olhos vermelhos e a voz trêmula.

— Não posso mais trabalhar para você.

Seus olhos estavam inchados, e eu não podia nem imaginar o quanto ela tinha chorado na noite anterior. Não sabia o que a levara a passar a noite inteira chorando, mas odiava não ter estado lá para consolá-la.

— O que houve? — perguntei, tomado pela preocupação.

Seus ombros cederam e se curvaram para a frente.

— É uma longa história.

— Eu tenho tempo.

— Mas eu, não. Desculpe. Eu só queria contar pessoalmente, e não por telefone. Achei que você merecia isso.

— O que você está tentando me dizer?

Seus lábios se abriram, e ela começou a tremer. Emery estava se esforçando ao máximo para manter o controle, mas fracassava a cada minuto que passava.

— Não importa, Oliver. Estou tentando lidar com tudo isso. O que significa que não posso mais trabalhar para você.

— Isso não faz sentido.

— Faz, sim. Sei que provavelmente é difícil ouvir isso, mas preciso fazer o que é melhor para a minha filha. Ela tem que vir em primeiro lugar.

— É por causa dos seus pais?

Ela fez que sim com a cabeça.

— Mas o que eles têm a ver comigo e com seu trabalho? Quer dizer, cacete, se você quer pedir demissão, tudo bem, Em. Mas o que realmente me interessa é como eu posso ajudar você. Preciso saber o que posso fazer.

— Nada. Não tem nada que você possa fazer por mim. — Ela olhou para o piso de azulejos do hall de entrada enquanto lágrimas escorriam pelo seu rosto. — Oliver, não posso mais ficar com você. Depois de hoje, não vamos mais nos ver.

Isso me deixou em pânico.

— Do que é que você está falando? O que isso significa?

— Significa exatamente isso. Não tenho tempo para um relacionamento agora, com tudo o que está acontecendo com a minha família e a Reese. Tenho que me concentrar nela e em mantê-la segura.

— É claro que isso faz sentido. Mas não entendo por que você não quer que eu ajude. Posso fazer o que for preciso para garantir que você não perca a guarda da Reese. Posso contratar os melhores advogados. Posso...

— Oliver, pare. Por favor. Você só está dificultando as coisas.

— Você está partindo a porra do meu coração, então me dá licença se estou dificultando as coisas — explodi, e me senti um babaca no mesmo instante por fazer isso... mas droga...

Parecia que meu coração estava em uma merda de um triturador de papel. Eu não conseguia pensar direito.

Ela secou as lágrimas que continuavam escorrendo pelas bochechas e fixou seus olhos castanhos nos meus. Mas não disse nada, apenas me encarou e, com aquele simples olhar, senti sua preocupação, vi seus medos. Eu só consegui me aproximar dela e abraçá-la.

— Em, por favor. Sou eu. Você não precisa passar por isso sozinha.

— Preciso — discordou ela, balançando a cabeça. — Preciso, sim. Você não entende, Oliver. Meu pai é poderoso na nossa cidade, ele tem contatos com pessoas no sistema judiciário e vai usar isso contra mim. Ele vai usar você contra mim.

— Como?

Ela fungou e inclinou a cabeça para mim.

— Eles me mandaram um monte das matérias da Cam falando de você. Disseram que são provas de que você cria um ambiente nocivo para a Reese. O pior é que não existem entrevistas nem nada vindo de você para rebater essas notícias. Então você fica parecendo culpado.

Puta que pariu.

Como alguém podia dar um golpe tão baixo para magoar outra pessoa?

Eles achavam mesmo que estavam fazendo a coisa certa?

Achavam mesmo que essa era a melhor maneira de lidar com tudo? Arrancando uma criança da única mãe que ela conhecia?

Eu não sabia o que dizer. Não sabia como reconfortá-la, porque entendia que Cam havia me pintado como o pior homem do mundo. Ela havia me pintado como um demônio doente.

— Sinto muito — murmurei, sem saber mais o que dizer, porque... merda.

Eu sentia muito mesmo. E estava triste pra caralho. E sofrendo.

Ela me puxou para perto e pressionou os lábios nos meus, me beijando com intensidade. Seus beijos não tinham mais gosto de novos começos. Seus lábios tinham sabor de despedida, e isso partiu a porra do meu coração.

— Por favor — murmurei contra sua boca, sem saber exatamente pelo que eu estava implorando.

Porque eu sabia que seria demais pedir que ela ficasse. Eu sabia que seria demais pedir que ela nos desse uma chance. Eu jamais iria querer ser um obstáculo na vida de Reese. Eu jamais iria querer ser o motivo pelo qual Emery havia perdido a filha.

Mas, caramba, como aquilo doía...

— Sinto muito — sussurrou ela, com os lábios ainda roçando os meus. Eu não queria que ela se afastasse. Não queria que ela me deixasse, porque precisava dela mais do que havia me dado conta. Eu a amava. Eu a amava tanto, e a ideia de perdê-la me matava a cada segundo. Mas era exatamente isso que estava acontecendo. Eu estava perdendo a mulher que me salvara.

— Essa é só uma faixa ruim — falei, com as mãos em sua lombar, pressionando-a contra mim enquanto eu balançava a cabeça. Encostei a testa na dela e fechei os olhos. — É só uma música ruim na nossa playlist, Em. A gente ainda não acabou, tá? Isso não é o fim, e vou esperar o tempo que for necessário para tudo dar certo para a gente. Não vou desistir de nós, não vou desistir — falei para ela.

Ela me deu um último beijo de despedida enquanto lentamente afastava minhas mãos. Com um grande passo para trás, ela me soltou.

— Sinto muito mesmo, Oliver — repetiu ela, se virando para ir embora. — Eu te amo — sussurrou, saindo rápido pela porta, quase como se precisasse fugir para não ser convencida a ficar ali.

Ela nem escutou quando eu falei que a amava também.

~

Os dias seguintes pareceram noites. Apesar de querer recorrer aos meus demônios familiares, não fiz isso. Eu queria me afogar no uísque e acordar com uma garrafa de vodca na mão. Queria desligar minha mente e me esquecer de que tinha perdido as duas garotas que eram tudo para mim.

Mas eu não podia. Eu não podia surtar, porque isso provaria que os pais de Emery tinham razão a meu respeito. Provaria que eu não era bom o suficiente para as duas garotas que amava.

Eu sentia falta de Emery. A cada segundo, a cada minuto, a cada hora de todos os dias, eu sentia falta dela. Recorri à única coisa que me mantinha são nos momentos sombrios: recorri à música.

Escrevi sem parar, quase como um maníaco. As palavras jorraram de mim até o chão do estúdio ficar coberto de papéis. Aí escrevi mais um pouco.

Quando senti que tinha esvaziado minha mente, liguei para Tyler e o chamei para escutar algumas faixas que eu havia criado naquela semana. Nem sabia se elas prestavam, mas queria que ele as ouvisse, porque, pela primeira vez em uma eternidade, parecia que eu realmente estava conseguindo entrar em contato com minhas emoções. Eu estava aprendendo a usar meu sofrimento para criar beleza.

Não escrevi apenas sobre Emery e Reese. Escrevi sobre meu irmão. Escrevi sobre a dor e a tristeza que me inundavam. Escrevi sobre mágoas e felicidade. Escrevi sobre todas as emoções que me atingiam, porque eu não queria mais enterrar tudo dentro de mim. Senti tudo que tinha para sentir e não me critiquei por isso. Quando a raiva começava a borbulhar no meu corpo, eu a colocava no papel. Quando o amor pesava no meu coração, eu criava com esse estado de espírito.

Montei uma playlist e a toquei para meu amigo.

Quando terminei, Tyler estava de queixo caído. Ele passou a mão na cabeça.

— Puta merda — murmurou. — Você fez isso tudo nas últimas duas semanas?

— Fiz, sim.

— Puta merda — repetiu ele, esfregando a boca. — Oliver, essas são as melhores músicas que você já fez. São puras e reais e... puta merda! — Ele bufou, balançando a cabeça com um ar descrente, enquanto pressionava os olhos com as duas mãos.

— Não vai me dizer que você está chorando — brinquei.

— Vai se foder, tá? Não tem nada de errado em um homem adulto expressar suas emoções.

— Então quer dizer que você gostou? — perguntei.

— Quer dizer que acho que você criou o álbum do seu retorno à música.

— Estou pouco me lixando se o mundo detestar — comecei a argumentar, mas ele me interrompeu.

— Ninguém está pensando no mundo agora, Oliver. Estou falando do *seu* mundo. Este é um álbum para você e para a sua alma retornarem à música. — Ele bateu as duas mãos. — Então, e a Emery? Já sabe como vai reconquistá-la?

Fiz uma careta, porque bem que eu queria que as coisas fossem tão simples assim. O que eu queria mesmo era poder tocar algumas músicas para ela e fazer com que tudo voltasse ao normal, mas sabia que não deveria nutrir falsas esperanças. Emery tinha muito a perder se ficasse comigo. Eu não a atrapalharia.

— Não tenho como reconquistar a Emery, Tyler. Ela não pode fazer parte da minha vida.

— Errado. — Ele colocou as mãos entrelaçadas atrás da cabeça e abriu um sorrisinho sabichão para mim como se soubesse de alguma coisa que eu não sabia. — Eu te via com ela, Oliver. Eu via como ela era com você. Não é só uma questão de ela ter tornado você melhor... você tornava a Emery melhor também. Vocês dois são mais fortes quando estão juntos. Então agora não é o melhor momento de respeitar os desejos dela, porque não é isso que ela quer de verdade. Agora é o momento de lutar por ela. De lutar por vocês. A gente só vive uma vez. Por favor, não pare de lutar pelo amor da Emery.

— E o que eu faço?

— Não se finja de bobo, Oliver. Acho que você já sabe, mas está com medinho de fazer o que é certo. Vamos. Faça o que você acha que precisa ser feito.

Eu odiava o fato de ele ter razão. Eu sabia o que precisava fazer, mas também sabia que teria que ultrapassar alguns limites.

Mas por Emery e Reese?

Eu cruzaria todos os meus limites se isso significasse que poderia tê-las na minha vida novamente.

— Valeu, Tyler.

— Aham. Estou sempre do seu lado — disse ele, repetindo as palavras que meus pais sempre me diziam. — O Alex teria adorado essas músicas, sabia? — comentou ele, gesticulando para a mesa de som, indicando as faixas que eu tinha tocado. — Era isso que ele queria para vocês, que voltassem às suas origens. Agora você precisa encontrar um jeito de fazer aquelas duas garotas ouvirem isso também. Não deixe a sua música morrer no estúdio.

Depois da conversa com Tyler, eu entendi que precisava fazer alguma coisa por Emery, mesmo de longe. Então procurei a última pessoa que queria ver no mundo só para tentar evitar que Emery perdesse Reese.

— Fiquei surpresa por você ter ligado — comentou Cam, quando nos sentamos à mesa externa de um restaurante. Eu queria me encontrar com ela em particular, mas era claro que Cam preferia um espaço público. Provavelmente pela oportunidade de os paparazzi tirarem fotos de nós dois juntos. — Então, o que você quer, Oliver?

— Precisamos conversar.

— Ah, agora você quer conversar? Não era bem isso que você queria quando terminou comigo pelos seus motivos de merda.

— Não foram motivos de merda, Cam. Nós dois sabíamos que não daríamos certo.

— É, mas eu estava aguentando porque enxergava as oportunidades que nosso namoro me daria. Você podia ter ajudado muito a minha carreira.

— Você não entende que esse é um motivo escroto para manter um relacionamento?

Ela revirou os olhos.

— O que é que você quer, Oliver? Se o seu objetivo era desperdiçar o meu tempo, parabéns. Já estou de saco cheio.

Entrelacei as mãos e as coloquei sobre a mesa.

— Preciso que você conte a verdade para a imprensa sobre o nosso namoro. Preciso que você fale que eu não sou aquele monstro que você inventou que eu era.

Ela bufou.

— Porra, até parece. Você acha que sou idiota? Eu ia ficar parecendo uma maluca.

— E você não se importa com o que fez com a minha imagem?

Ela riu. Juro, ela riu de verdade. A minha autoestima devia estar muito baixa mesmo quando decidi ficar com alguém tão cruel quanto ela.

— Estou pouco me lixando para a sua imagem. Você não está prestando atenção? Desde aquelas entrevistas, a minha carreira decolou. Meu single está no primeiro lugar das paradas há três semanas. Sem falar que estou na capa de praticamente todas as revistas.

— Você também acabou com a minha vida.

Ela sorriu e deu de ombros.

— O show business é assim mesmo, meu bem. Nós trabalhamos na indústria do entretenimento, Oliver. É isso que a gente faz. Nós contamos uma história para o mundo. E a história que eu estou contando é que sou a mocinha da música country, enquanto você é o músico soturno e problemático que perdeu o rumo.

— Você não sente remorso por ter feito isso comigo?

— Nem um pouco. A verdade é que o único motivo para eu ter ficado tanto tempo com você foram as recompensas. A fama e o status de casal famoso.

E aí estava.

A verdadeira face de Cam.

— Mas as suas ações afetaram a vida de outras pessoas, Cam. De um jeito muito grave. Não estou nem falando de mim. Você está machucando as pessoas que eu amo.

— Tipo quem? Não é como se tivesse alguém na sua vida que realmente se importasse com você além dos seus pais ridículos. É o Tyler? A Kelly? Você está falando da vida de quem?

— Não são eles.

Ela arqueou uma sobrancelha.

— Então quem? — Ela apertou os lábios, então soltou um assobio baixinho. — Não vai me dizer que é aquela chef?

— Não importa quem é.

— Ah, importa, sim — discordou ela. — Ai, meu Deus, é claro que é ela. Vocês já estavam trepando enquanto a gente ainda namorava?

— Não A única pessoa que foi infiel no nosso namoro foi você.

Ela riu.

— E dá para me culpar? Quem ia querer amar uma pessoa tão problemática quanto você?

Eu não tinha mais nada para dizer a ela. Sinceramente, já tinha escutado tudo o que precisava. Ela não se retrataria na imprensa; portanto, não havia motivo para permanecer na presença de Cam por nem mais um segundo. Aquela mulher com seu comportamento tóxico não fazia mais parte da minha vida. Eu tinha me esforçado demais para melhorar, não queria desmoronar nos pés dela.

36

Emery

Todos os dias, eu recebia uma mensagem de Oliver pela manhã. Eram mensagens simples, com músicas acompanhando. Mensagens simples que me ajudavam a enfrentar os momentos mais difíceis da minha vida.

> **Oliver:** Para quando você precisar rir
> — "Fuck You", de CeeLo Green

> **Oliver:** Para quando você precisar chorar
> — "Trying My Best", Anson Seabra

> **Oliver:** Para quando você precisar se lembrar da sua força
> — "Girl on Fire", Alicia Keys

> **Oliver:** Para quando você precisar de um momento
> emocionante de girl power — qualquer música da
> Lizzo ou da Taylor Swift

> **Oliver:** Para quando você precisar se lembrar do meu amor
> — "You Are The Reason", Calum Scott

A última música me fez chorar, mas não eram lágrimas de tristeza. Eram lágrimas de amor. Então, embora eu não pudesse estar com Oliver naquele momento, enquanto lidava com minhas questões, mandei para ele uma canção como um lembrete do meu amor.

Emery: Para quando você precisar se lembrar do meu amor
— "Carimbos do coração", Alex & Oliver

Todos os dias, as músicas continuavam chegando, e eu escutava cada uma sem parar. Apesar de precisarmos estar separados agora, eu jurava que conseguia sentir o amor de Oliver enquanto as letras das canções dançavam em minha alma.

37

Oliver

Eu não tinha ideia se o que estava fazendo tinha sentido, mas sabia lá no fundo que precisava tentar. Quando cheguei a Randall, Oregon, estava determinado a encontrar a irmã de Emery. Não demorei muito para descobrir o endereço dos pais dela e, depois disso, consegui achar Sammie.

Era meio-dia quando parei na frente da casa deles, e tive a sorte de Sammie atender a porta quando bati, em vez de seus pais. Só para deixar claro: eu enfrentaria o pai delas de novo, mas ele não era o meu alvo naquele dia — Sammie, sim.

— Oliver Smith — murmurou ela, parecendo chocada ao me ver.

— O que… eu…

— Você é a Sammie? — perguntei, estendendo a mão para cumprimentá-la. Ela a aceitou, e percebi seu toque trêmulo. — É um prazer conhecer você.

Ela me lançou um olhar impassível, chocada, como se eu fosse um fantasma ou coisa assim.

Ela arranhou os antebraços por um instante.

— Por que você está aqui?

— Acho que você sabe por quê. Vim conversar com você.

— Comigo? Por que você faria uma coisa dessas? Eu não sou ninguém.

Foi doloroso ver o jeito como as palavras saíram da boca de Sammie, porque ela disse a palavra "ninguém" como se realmente acreditasse naquilo.

— Você é alguém para muita gente. Principalmente para a sua irmã, a Emery. Estou aqui porque ela provavelmente acha que não pode estar. Eu não queria ficar parado vendo o mundo dela desmoronar.

— O que você tem a ver com a Emery? — perguntou ela, parecendo confusa. — Quer dizer, eu sei que ela trabalha para você, mas...

Estreitei os olhos.

— Seus pais não te contaram?

— Não me contaram o quê?

— Faz um tempo que eu e a Emery estamos juntos. Os seus pais queriam me usar contra ela para levar o caso da Reese para o tribunal.

— Você... A Emery está namorando você? Você, o Oliver Smith? Não acredito.

Eu sorri.

— Nós estávamos juntos, até seus pais, bom... você sabe...

Os olhos dela se tornaram vítreos, e notei que havia muitas partes da irmã em seus traços.

— Mas não entendo por que eles fariam uma coisa dessas. Eles prometeram que não iam jogar sujo. Eles só queriam fazer o que acham que seria melhor para a Reese. Eles prometeram...

— Quantas promessas eles já quebraram? — perguntei.

Ela ficou quieta.

— Quantas promessas a Emery já quebrou?

Ela baixou a cabeça.

— Nenhuma.

Cruzei os braços e estreitei os olhos.

— Sammie... você quer a Reese de volta na sua vida? Você quer ser mãe dela?

Ela olhou para as ruas ao redor como se tivesse medo de alguém nos ouvir, então balançou a cabeça.

— Desculpe, você precisa ir embora. Não posso falar com você. Isso é demais. Não consigo.

Ela se virou para entrar em casa, e chamei seu nome.

312

— Não foi culpa sua. — Ela parou, mas não se virou para me encarar. Seus ombros se retraíram, então repeti as mesmas palavras. — Não foi culpa sua.

Movendo-se mais devagar do que nunca, a garota destruída encontrou força suficiente para se virar e me encarar. Seus ombros tinham se curvado para a frente, e a parte mais pesada de sua alma estava estampada em seu olhar, que lembrava o de Emery. Eu não sabia como, mas percebi naquele momento que era a culpa que a devorava. Percebi que ela havia sido totalmente engolida por seus demônios.

Eu também tinha sido engolido pelos meus, mas ela ainda estava na escuridão. Eu tinha sorte por ter conseguido me recompor. Mas Sammie? Fazia cinco anos que ela estava se perdendo. Sua vida havia sido roubada dela, e depois ela fora obrigada a ouvir das pessoas que deveriam protegê-la que era culpada pelo que tinha acontecido. As pessoas que apontavam o dedo para ela eram as mesmas que deveriam cercá-la de amor.

Eu também teria me perdido por completo. Teria saído do meu caminho de formas que não conseguia nem conceber. Eu surtaria e odiaria a porra do mundo inteiro.

Mas não era isso que eu via ao fitar a irmã de Emery.

Não.

Eu via culpa.

Eu via peso na consciência.

Eu via que ela estava agarrada a uma vergonha que jamais deveria ter carregado.

— O que você falou? — sussurrou ela, sua voz rouca e falha.

Enfiei as mãos nos bolsos e dei alguns passos na direção dela.

— Eu disse que não foi culpa sua. O que aquele homem fez com você... não foi culpa sua. O que ele tirou de você... não foi culpa sua. Tudo o que aconteceu depois não foi você bancando a vítima. Você *é* a vítima de um ato nojento, e sei que seus pais disseram que você podia ter evitado o que aconteceu, mas não é verdade. A responsabilidade não é sua. Você sofreu uma violência. Você é a vítima, e nada disso é culpa sua.

Ela levou as mãos trêmulas até o rosto e cobriu a boca. Seu corpo magro começou a tremer. Lágrimas jorravam por seu rosto, e ela balançou a cabeça.

— Eu estava usando...

— Não importa o que você estava vestindo. Não importa o que você falou. Não importa que horas eram, Sammie. O que aquele homem fez com você foi inaceitável e uma maldade, e sinto muito por tudo que você passou, mas nada do que aconteceu foi por sua causa. Você não tem culpa nenhuma.

— Talvez o que aconteceu comigo não tenha sido culpa minha, mas eu abandonei a Reese... Eu deixei tudo nas costas da Emery. Eu errei muito.

— Ainda assim, não foi culpa sua. Você estava lidando com um trauma, não sabia o que fazer, então agiu da forma que julgou ser melhor na hora. A culpa não foi sua. Alguém te destruiu, fodeu com a sua cabeça. Não posso dizer que entendo tudo pelo que você passou, mas consigo imaginar os problemas que isso causou. É por isso que quero te ajudar. Posso arrumar um lugar para você se encontrar, para você se encontrar de verdade. Tenho uma casa no Texas, perto dos meus pais, onde você pode ficar, e lá tem um centro ótimo que ajuda mulheres na recuperação da saúde mental depois de traumas.

— Por quê?

— Por que o quê?

— Por que você quer me ajudar? Eu não sou ninguém — repetiu ela, tremendo enquanto esfregava os braços para cima e para baixo.

— Você é a garota que canta desafinado. Você é inteligente. Você é boa. Você se importa tanto com as coisas que às vezes chega a ficar desnorteada. Você odeia se sentir um fardo para os outros. Você come tacos com molho *ranch* e Doritos com gorgonzola. Você queria ser médica psiquiatra, para ajudar as pessoas. Você chorou com *Diário de uma paixão* e riu com *Se beber, não case!*, que viu escondido dos seus pais. Você escrevia suas orações todas as noites e as colocava embaixo do travesseiro. Você não sabe assobiar e detesta balas de morango, o que, para ser sincero, acho muito esquisito. E, quando você ri, ilumina a sala. Não é verdade que você não é ninguém, Sammie. Você é alguém importante.

— Como... — Ela respirou fundo. — Como você sabe disso tudo?

— Porque a sua irmã me contou. Ela fala de você o tempo todo. Ela te ama e sente sua falta mais do que você imagina, e ela precisa de você agora. Ela quer ajudar você também.

Os olhos de Sammie brilharam de tristeza.

— Eu não mereço ajuda. Não depois do que fiz com ela.

Eu ri, balançando a cabeça.

— Mas você sabe que ela ia querer ajudar mesmo assim. Ela receberia você de braços abertos, Sammie, porque é assim que ela ama. Incondicionalmente.

Sammie fechou os olhos e levou as mãos ao peito.

— Estou destruída.

— Quem não está? Não tem problema estar destruída.

— Como não tem problema? Eu nem sei mais quem eu sou. Olho no espelho e não me reconheço.

— Todo mundo desmorona às vezes. Faz parte da vida. Tem momentos em que precisamos nos perder para nos encontrar. Passei um tempão sem conseguir me olhar no espelho. Eu não conseguia encarar os meus demônios porque eles me lembravam dos meus erros e das minhas mancadas. Mas a Emery me ajudou a enfrentar todos eles. Não precisei passar por aquilo sozinho. Então, por favor... me deixe ajudar você. Todos nós estamos tentando respirar, Sammie. Procurar ajuda não é sinal de fraqueza. Na verdade, é sinal de força. Então, o que me diz? Vamos respirar juntos?

〜

Naquela noite, quando entrei em casa, abri meus e-mails e encontrei uma mensagem de alguém do meio artístico que tinha um nome muito familiar.

O assunto do e-mail era: "Caso você precise disso."

Oi, Oliver,

Não sei se você se lembra de mim, mas nos conhecemos na feira. Eu era o babaca que estava seguindo você e tirando fotos. Bom, também fui o babaca que vi você conversando com a Cam num restaurante ao ar livre e consegui gravar tudo. O vídeo está aqui em anexo, e eu queria avisar que posso mandar para a imprensa. Pode ajudar a limpar o seu nome.

Sei que você pode não concordar ou não confiar em mim, mas, de novo, muitos de nós torcemos por você. Só vou mandar o vídeo para alguém se você quiser. Não quero causar mais problemas.

— Charlie Parks

Eu me recostei na cadeira, chocado com o e-mail que tinha acabado de ler. Minha cabeça alternava entre as opções enquanto eu tentava decidir qual seria a melhor coisa a fazer com aquilo. Para mim, o mais importante não era minha imagem, e sim facilitar a vida de Emery e talvez ter uma oportunidade de tê-la de volta.

Então respondi.

Caro Charlie,

Mande o vídeo, por favor.

— O.S.

316

38

Emery

— Tô com saudade do Sr. Smito — declarou Reese pela enésima vez nas últimas duas semanas.

Sempre que ela dizia isso, eu me sentia uma péssima mãe. Havia colocado Oliver na vida dela e o retirei dias depois de ela começar a perguntar se ele se tornaria seu pai. Eu odiava a culpa que crescia dentro de mim a cada dia, porém odiava ainda mais o fato de morrer de saudade dele também.

Eu sentia saudade dele com todas as minhas forças. À noite, ele aparecia nos meus sonhos e, quando amanhecia, era o protagonista de todos os meus pensamentos. Apesar de saber que eu tinha tomado a decisão certa, pensando na minha filha, isso não fazia com que as coisas fossem mais fáceis. Gostaria de ter encontrado uma forma de fazer nosso amor dar certo. Queria ter conseguido mantê-lo ao meu lado durante os dias mais difíceis, mas não conseguia ver como isso seria possível.

— Eu sei, meu amor, também estou com saudade dele.

Suspirei, esfregando os olhos com as duas mãos. Fazia alguns dias que eu não chorava, o que me parecia uma vitória. Quando Reese começou a me perguntar por que eu estava triste, entendi que precisava parar de chorar. Esconder minha tristeza da minha menina talvez fosse a tarefa mais difícil. Parecer forte quando eu me sentia fraca era mais complicado do que parecia.

Alguém bateu à porta, e corri para atender. Kelly estava parada do outro lado com duas garrafas. Uma de vinho tinto, outra de suco de uva com gás.

Arqueei uma sobrancelha.

— O que você está fazendo aqui?

— Que bom ver você também — brincou ela, entrando no apartamento sem ser convidada; não que ela precisasse de convite. — Achei que hoje seria uma ótima noite para uma saída só de meninas! — exclamou ela. — Reese! Você quer uma noite de meninas?

— Quero! — gritou minha filha, me fazendo balançar a cabeça.

— Não — falei.

Eu não tinha forças para me levantar e sair. Na maioria dos dias, eu tinha que me esforçar para esperar o dia se transformar em noite. Não havia um pingo de energia sobrando para me dedicar a nada que não fosse minha filha.

— Ai, nossa. Pare de ser estraga-prazeres, Emery — disse Kelly.

— É, para de ser estraga-prazeres, mamãe — ecoou Reese. Lancei um olhar sério para ela, que arregalou os olhos e sussurrou: — "Estraga-prazeres" é uma palavra feia?

Foi impossível não achar graça daquele comentário. Mas não era ela que precisava levar uma bronca naquele momento. Então me virei para Kelly.

— Não posso sair hoje. Tenho que continuar procurando emprego.

— Os empregos ainda vão existir amanhã. Uma noite só de meninas é uma necessidade. E aposto que você vai se sentir ainda mais inspirada para procurar emprego amanhã, depois de ter se divertido. Você ficou comigo quando precisei me distrair, então me deixa retribuir o favor, agora que é você quem está precisando. Por favor, Emery?

— É, por favoooor, mamãe?

Eu queria dizer que não, me esconder no meu quarto e me render à tristeza, mas o brilho de esperança no olhar de Reese era algo que eu não queria deixar sumir. Desde que Oliver tinha parado de aparecer, a tristeza de Reese era notável. Se uma saída só de meninas era algo que a faria sorrir, eu toparia.

— Tá bom. O que você quer fazer?

— É surpresa. Vá se arrumar, coloque uma roupa bonita! Vou ajudar a Reese a escolher alguma coisa. A gente sai em vinte minutos, tá?

Eu ri.

— Não preciso de vinte minutos para me arrumar.

Kelly me analisou de cima a baixo com seus olhos azuis.

— Ah, querida. Lamento dizer, mas você precisa de vinte minutos para se arrumar, sim. Está parecendo um zumbi.

— Ela tem razão, mamãe. Você parece um zumbi cheio de olheiras — concordou Reese.

Então as duas começaram a andar pela sala feito zumbis.

Então tá.

Era a dose de confiança de que eu estava precisando.

Antes que conseguisse responder, Kelly estava me dando um tapinha nas costas, me empurrando na direção do quarto.

— E coloque um salto alto bonito! — gritou ela.

Salto alto? Aham, claro. Ela teria que se contentar com um par de tênis e olhe lá.

Levei quinze minutos para me arrumar e me maquiar, mas aproveitei os cinco minutos extras para ficar no quarto, me convencendo a sair. Eu precisava colocar minha capa de super-heroína para as meninas não notarem minha tristeza. De zumbi para mulher-maravilha em menos de vinte minutos.

— Olha aí nossa gata! — comemorou Kelly quando saí do quarto como uma borboleta.

Bom, mais como uma mariposa, mas era isso que eu tinha para oferecer naquela noite.

Reese estava com um vestido cor-de-rosa fofo, de saia rodada, e os sapatos de saltinho. Seu cabelo cacheado abundante estava preso em um coque perfeito. Eu nem imaginava como Kelly tinha conseguido fazer aquilo em menos de meia hora. Normalmente, eu demorava umas cinco horas para pentear o cabelo da minha filha.

— Você tá linda, mamãe — falou Reese, com a voz suave, olhando para mim. — Parece uma princesa.

Quando minha menina era carinhosa, ela era carinhosa mesmo.

— Você também está parecendo uma princesa, querida.

Kelly serviu duas taças de vinho e uma de suco de uva, e as entregou para mim e para Reese. Então ergueu a própria taça.

— Um brinde a Emery Rose Taylor. A melhor mãe e amiga que uma pessoa poderia ter. Nós somos melhores com você, Emery. E nada vai nos separar.

Reese nem imaginava como as palavras da minha amiga eram importantes e significativas para mim, eu precisava mesmo ouvi-las. Precisava ouvir que minha vida como mãe de Reese não chegaria ao fim. Eu estava pensando demais em tudo. Como explicaria para ela a verdade sobre tudo o que tinha acontecido? Que eu não era a mãe biológica dela? Que sua mãe de verdade a abandonara?

Aquele não era o momento de responder nada, então me esforcei para deixar esses questionamentos para outra hora.

Terminamos nossas bebidas — bem, tomamos mais uma taça de vinho cada uma — e descemos para pegar o Uber que Kelly havia chamado. Eu ainda não tinha a menor ideia de aonde estávamos indo, e ela se recusava a me dar qualquer pista.

— Só aproveite o passeio — disse ela, sorrindo.

Quando paramos na frente de um estádio com uma fila imensa dando a volta na estrutura, arqueei uma sobrancelha.

— Mas que raios…? — murmurei, saindo do carro.

Então, quando olhei para a placa que brilhava sobre a entrada, meu coração parou de bater.

HOJE, AO VIVO, O RETORNO DE OLIVER SMITH AOS PALCOS.

O retorno de Oliver aos palcos? Oliver ia tocar hoje? Como eu não sabia disso? Como eu não tinha percebido que ele tinha vencido o medo e ia voltar a se apresentar? Ele conseguiria se apresentar? Ou sofreria uma recaída e entraria em pânico de novo, como havia acontecido meses antes, quando nos conhecemos no Seven? Ele estava bem? Estava nervoso? Por que estávamos ali?

— Kelly — comecei, mas ela entrelaçou o braço no meu e me interrompeu.

— Vamos. É melhor a gente ir para o backstage antes do show começar — disse ela, oferecendo a mão livre para Reese.

— Backstage?

— Sim. Pro *meet and greet*.

— *Meet and greet*?

— Nossa, Emery, você vai repetir tudo que eu digo? Vamos falar menos e andar mais — sugeriu ela, me puxando.

Com tranquilidade, Kelly exibiu algumas credenciais para o pessoal da segurança e, quando dei por mim, estávamos no backstage do show, paradas ao lado do camarim de Oliver.

Eu sentia um frio na barriga, e parecia que estava prestes a desmaiar a qualquer momento. Kelly ainda não havia explicado nada para mim e, para ser sincera, agora que estávamos diante da porta de Oliver, eu nem precisava de explicação.

Eu só precisava dele.

Kelly bateu à porta e, antes que alguém abrisse, Reese segurou a maçaneta, a girou e a abriu.

— Sr. Smito? Você tá aqui? — chamou ela.

No instante em que a porta se escancarou, vimos Oliver parado lá dentro, ajeitando o microfone no bolso de trás da calça. Ele baixou rapidamente as mãos, e seus olhos se iluminaram ao ver Reese. Ela também ficou radiante ao vê-lo.

— Sr. Smito! — berrou ela, correndo em sua direção, e ele estava lá com os braços abertos para abraçá-la.

— Menina! — exclamou ele, girando-a no ar.

Ela se aconchegou a ele e o apertou.

— Eu estava com saudade, Sr. Smito.

— Eu também estava com saudade, menina.

— A mamãe estava com saudade também. Ela anda chorando demais desde que você foi embora. — Ela aproximou a boca da orelha dele e sussurrou, apesar de ser um sussurro alto, porque minha filha não sabia falar baixo. — Mas ela finge que é por causa de uma alergia.

Oliver transferiu o olhar da minha filha para mim.

Aconteceu.

Olhei para ele.

Ele olhou para mim.

Ele ainda controlava as batidas do meu coração.

Seus lábios doces, mas tentadores, se curvaram em um sorriso que fez minhas coxas tremerem.

— Oi — disse ele, e meu coração começou a bater em um ritmo descompassado.

— Oi — respondi.

Ele colocou Reese no chão e, quando dei por mim, seus braços estavam ao meu redor. Em questão de segundos, eu me desmanchei em seu abraço, porque não sabia de que outra forma me comportar. Ele estava tão quente contra mim, parecendo a peça que faltava no pequeno quebra-cabeça da nossa família, e tive certeza de que ele se encaixava perfeitamente quando Reese passou os braços ao redor de nossas pernas.

— Porra, eu senti tanto a sua falta que chegou a doer — disse ele, me apertando.

— Mais uma moeda pro pote dos palavrões! — falou Reese, arrancando uma risada de nós dois. — Sr. Smito. É verdade que você vai tocar hoje?

— É. Pelo menos espero que sim. Vou ser sincero: estou muito nervoso. Faz muito tempo que não toco sem o meu irmão e não sei como vai ser.

— Bom, ele não pode assistir do céu? — indagou ela. Sua pergunta parecia tão prática que fez todo mundo no camarim ficar com os olhos marejados de lágrimas. — Então não se preocupa, ele continua aqui. Vem cá. — Ela puxou a calça dele, fazendo-o ficar na altura dos seus olhos, levou as mãos aos ombros dele e o fitou com um olhar sério. — Sr. Smito, você é capaz de fazer tudo, porque é meu melhor amigo, e isso significa que você é capaz de fazer tudo.

Minha garotinha estava tentando motivá-lo. Meu coração praticamente explodiu ao ouvir aquilo.

Meu amor por ela era como um jardim selvagem. Florescia mais a cada dia.

Com os olhos marejados de lágrimas, Oliver se inclinou para dar um beijo na testa dela.

— Valeu, Reese.

— De nada.

Kelly pigarreou.

— Tá, muito bem, que tal eu e a Reese irmos buscar uns lanches e procurarmos nossos lugares para a Emery e o Oliver conversarem um pouco antes do show?

As duas saíram do camarim, me deixando parada ali, ainda surpresa e confusa com tudo o que estava acontecendo. Mas também feliz. Eu não conseguia negar a felicidade que me dominava.

No instante em que a porta fechou, os lábios de Oliver pressionaram os meus, e fui levada para meu porto seguro. Sua língua se esfregou na minha, e mordi de leve seu lábio inferior enquanto ele gemia contra mim.

— Estou tão feliz por você ter vindo — disse ele. — Fiquei com medo da Kelly não conseguir te convencer.

Eu me afastei um pouco, ainda confusa.

— Você vai tocar mesmo hoje?

— Vou. Acho que está na hora. Escrevi um monte de músicas novas nas últimas semanas e sinto que chegou o momento de voltar.

— Estou orgulhosa de você, mas… tem certeza de que está pronto?

— Não. Não tenho certeza nenhuma. Mas estou aprendendo que, na vida, você não precisa estar pronto para todas as situações. Só precisa ter coragem suficiente para tentar. Então vou tentar hoje e acho que vou me sentir melhor se puder olhar para a plateia e ver você olhando para mim.

— Eu acredito em você — falei, beijando-o de novo.

Nós continuamos nos beijando até chegar a hora de ele começar o show.

Então fui para a plateia, para apoiá-lo quando ele precisasse da força do amor como incentivo. Eu não sabia o que aquilo significaria para nós, porque a situação com meus pais e Reese continuava uma grande confusão. Eu sabia que ainda não podia voltar para Oliver, mas também sabia que não iria embora daquele estádio porque eu era sua maior fã.

As luzes já tinham diminuído quando cheguei ao meu lugar. Reese estava de pé na cadeira, debatendo suas músicas favoritas de Alex & Oliver com Kelly. Quando o show de luzes começou no palco, senti que o público compartilhava o mesmo frio na barriga. Parecia haver um clima de nervosismo com a entrada de Oliver. Muitas pessoas questionavam em voz alta se ele daria para trás de novo. Muitas nem acreditavam que ele tocaria. Mas, mesmo com suas dúvidas, elas tinham vindo. Porque seu amor por Oliver ainda existia, apesar das decepções.

Ele foi até o microfone e ficou parado ali por um momento enquanto a multidão gritava enlouquecida. Sempre que ele abria a boca para falar, as pessoas gritavam mais alto, berrando seu amor por ele. E vi o momento em que ele sentiu o mesmo. Em que seus olhos ficaram marejados e a emoção tomou conta.

Oliver pigarreou, ajeitando o microfone.

— Para ser sincero, achei que ninguém fosse aparecer hoje, depois da minha última tentativa fracassada de fazer um show. E depois de tudo que os tabloides falaram a meu respeito nos últimos meses, cogitei continuar escondido. Mas algo maior do que o meu medo me fez querer parar de me esconder. Algo pelo qual vale a pena lutar — disse ele, olhando para mim.

Frio na barriga.

Muito frio na barriga.

— A gente sempre acreditou em você, Oliver! — berrou alguém.

— Nós sempre vamos estar aqui, Oliver! Nós te amamos! — gritou outra pessoa da plateia.

— Eu também amo vocês — disse ele, dando uma risada nervosa. — Eu, hum, para ser sincero, passei por uns momentos difíceis recentemente. Como muitos sabem, perdi meu melhor amigo alguns meses atrás e não soube lidar direito com isso. Mas tenho a sorte de ter uma equipe que não desiste de mim. Quero que todos vocês saibam que fazem parte dessa equipe. Obrigado por terem ficado do meu lado, apesar dos meus defeitos. — Ele passou a mão embaixo do nariz, e eu quase conseguia sentir seu nervosismo. — Pensei muito em como começar este show hoje. Pensei em subir aqui tomado por uma energia louca e tocar feito um maníaco. Achei que quanto mais, melhor, que nem o meu irmão. O meu irmão era uma força poderosa no palco. Sua energia era mágica, mas eu nunca fui assim e continuo não sendo. A verdade é que me senti muito pequeno nos últimos meses. Então, para mantermos um clima mais autêntico, resolvi que podemos começar assim hoje e ir aumentando a intensidade aos poucos. Que tal, Los Angeles?

A Cidade dos Anjos gritou incentivos para ele.

— Beleza, bom, esta é a guitarra do meu irmão. Achei que seria legal tocar com ela, como forma de ter a presença dele no palco comigo. Mas uma garotinha fofa me lembrou de que ele está sempre ao meu lado, mesmo que eu não consiga vê-lo. Então vamos voltar no tempo para a primeira música que eu e Alex gravamos juntos. Os fãs antigos conhecem. Para os fãs novos, aqui vai uma parte de mim. E já quero pedir desculpas caso eu me perca um pouco. Estou me esforçando. Esta é "Carimbos do coração".

Minhas mãos voaram para o peito enquanto Reese e Kelly pulavam para cima e para baixo, e Oliver tocava a música que tinha me salvado durante muitos dos meus piores dias.

Quando ele começou a cantar, sua voz preencheu o estádio como um pozinho mágico. As palavras saíam de sua boca como se fizessem parte da sua alma, que ele compartilhava com todos nós. Estava indo tudo bem, até ele olhar para a plateia ao chegar ao refrão e se atrapalhar com as próprias emoções.

— E seu coração ficará carimbado — começou ele, mas sentimentos avassaladores o dominaram, e ele deu um passo para longe do microfone enquanto as lágrimas começavam a escorrer por suas bochechas.

Eu queria correr para abraçá-lo. Queria reconfortá-lo, mostrar que ele não estava sozinho naquele momento. Mas logo percebi que ele não precisava de mim agora.

Ele tinha dezenas de milhares de pessoas cercando-o de amor, cantando a letra que sua voz lutava para enunciar.

> E seu coração ficará carimbado
> Junto ao meu, a cada batida, a cada momento
> Vou deixar seu coração carimbado
> Nos seus dias difíceis, nas sombras terríveis
> Seu coração carimbado com o meu.
> Seu coração carimbado no meu.
> Tudo ficará bem
> Porque seu coração bate com o meu.

Eu nunca havia presenciado um momento mais poderoso. Oliver se aproximou do microfone, as lágrimas ainda rolando, mas dava para perceber que agora eram pelo amor que preenchia o estádio. Ele voltou a tocar a guitarra e a cantar quando chegou ao refrão novamente.

Quando o amor encontrava a dor, podíamos criar beleza.

Meus lábios se moveram junto com a letra enquanto uma mulher ocupava o assento vazio ao meu lado. Fui pega completamente de surpresa quando ela segurou minha mão. Puxei rápido antes de me virar e ver Sammie parada ao meu lado. Seus olhos estavam cheios de lágrimas, e ela abriu o sorriso mais triste do mundo.

Eu não entendia. Não sabia por que ela estava ali nem como ela sabia que eu estaria naquele lugar. Mas, no instante em que ergui o olhar para o palco e encontrei Oliver cantando o refrão mais uma vez, entendi que ele havia organizado aquele encontro.

Eu me virei para Sammie e quis gritar com ela. Quis arrumar um escândalo e berrar por tudo que ela e meus pais estavam nos fazendo passar.

Mas "Carimbos do coração" era nossa música.

Era nossa havia muito tempo, e Sammie parecia tão arrasada que fiz a única coisa possível. Segurei a mão dela e a apertei.

Senti a tremedeira dela aumentar enquanto eu agarrava sua mão. Ela começou a desmoronar, com as lágrimas escorrendo por suas bochechas. Ela fechou os olhos, e observei seus lábios se movendo de leve com as palavras da canção. Então cantei junto com ela.

> Seu coração carimbado com o meu.
> Seu coração carimbado no meu.
> Tudo ficará bem
> Porque seu coração bate com o meu.

39

Emery

Depois do show, Oliver nos levou para sua casa, para botarmos os pingos nos is. Kelly levou Reese para dormir no apartamento dela, porque eu não queria que ela tivesse contato com Sammie. Para ser sincera, eu nem sabia se minha irmã ainda estava do lado de nossos pais naquela história toda.

A verdade era que essa conversa deveria ter acontecido anos antes.

— Vou estar no estúdio, se precisarem de alguma coisa — disse Oliver, me dando um beijo na bochecha. — Mas não tenham pressa.

Ele abriu um sorriso triste para Sammie ao sair da sala, nos deixando sozinhas. O silêncio era pesado, e eu não sabia nem por onde começar, só sentia que alguém precisava dizer alguma coisa.

— Eu — falamos nós duas ao mesmo tempo.

Demos uma risadinha desconfortável praticamente ao mesmo tempo, e Sammie gesticulou para mim.

— Pode falar primeiro.

Eu me sentei no sofá, e ela se sentou na minha frente. Minha cabeça girava, mas eu me esforçava para controlar meus pensamentos.

— Por que você foi embora? — perguntei. — Naquela época... por que você foi embora?

Ela baixou a cabeça.

— Eu não sabia como continuar naquela situação. Eu estava me perdendo, Emery. Estava mal e não encontrava uma saída. E, quando eu olhava para a bebê, só ficava pior. Fui embora porque comecei a

328

querer machucar a menina. Fui embora porque eu não sabia como continuar ali.

— Você deixou ela sozinha em um apartamento, Sammie! — argumentei, jogando a mão para o alto, irritada.

De vez em quando, eu pensava naquele dia, na bebê chorando, e meu coração se partia de novo.

— Eu sei! Eu sei! Tá. Se você só quer gritar comigo, posso ir embora...

Ela fez menção de se levantar, e me estiquei para segurar seu braço.

— Não — falei, séria. — Você precisa parar de fugir. E imagino que esteja aqui porque já está cansada de fazer isso.

— Não sou obrigada a ficar aqui e ouvir você gritando comigo e dizendo que me odeia.

— Não estou gritando porque odeio você, Sammie. É porque eu te amo, e você me machucou! Você me machucou demais. E descobrir que você estava esse tempo todo convivendo com nossos pais e não comigo doeu mais ainda. E agora ainda tem essa ideia maluca deles de quererem a guarda da Reese. Você sabe que isso é loucura. Não lembra como foi crescer com eles? Por que você ia querer uma coisa dessas para ela? Eles são tóxicos, Sammie.

— A mamãe disse que seria melhor desta vez... melhor do que ela foi com a gente — sussurrou Sammie, balançando a cabeça. — E ela falou que me deixaria voltar completamente para a família, não só de vez em quando. É só isso que eu quero, Emery. Que as coisas voltem a ser como antes.

— Nada nunca vai ser como antes. Isso é impossível e, para falar a verdade, você não devia querer uma coisa dessas. Nossos pais controlavam a gente, diminuíam a gente, Sammie. A gente não confiava em ninguém.

Os lábios dela se abriram, e a tremedeira voltou. Ela parecia estar sempre nervosa, era frágil, e eu odiava isso. Mesmo estando chateada com ela, meu coração se partia ao vê-la tão mal.

— Só quero que eles me amem.

— Você jamais deveria implorar o amor dos outros. Ninguém precisa seguir ordens para ser considerado digno de amor. Não é assim que o amor funciona.

— Eu não sei como o amor funciona — confessou ela. — Nunca soube.

— Sabe, sim. Você me amava, e eu amei você incondicionalmente por toda a nossa vida, Sammie. O amor é assim. Ele não impõe condições. Mas o amor da nossa mãe e do nosso pai não funciona desse jeito. Ele sufoca e silencia. Você não pode querer isso para a Reese. Nem para você.

Ela ficou em silêncio por alguns instantes, depois fungou.

— O Oliver disse que podia me levar para uma clínica no Texas especializada em saúde mental feminina. Fica na cidade onde ele nasceu. Ele disse que pagaria tudo.

O homem que eu amava era assim mesmo.

— Você está pensando em ir?

Ela concordou com a cabeça.

— Combinamos que eu iria na semana que vem, mas preciso fazer uma coisa primeiro e quero que você venha comigo, se puder.

— Qualquer coisa.

— Preciso que você venha comigo para conversar com eles, com a mamãe e o papai. Preciso de você do meu lado.

Não gostei muito da ideia, porque sabia que nossos pais eram bem capazes de encurralar Sammie e fazê-la mudar de ideia. Sim, ela parecia forte e decidida naquele momento, mas eu sabia como funcionava a cabeça da minha irmã. Ela alternava entre esperança e desespero. Não dava para saber qual seria a emoção do dia, mas, mesmo assim...

— Vou estar do seu lado, com certeza.

Ela me abraçou, e a envolvi em meus braços.

— Eu visitava você e a Reese às vezes — confessou ela, secando as lágrimas. — Nos últimos anos, eu ia até o seu bairro de vez em quando para ver você com ela. Vocês duas sempre pareceram felizes, e ficou claro para mim que ela nunca foi minha, e sim sua. Ela é sua filha, Emery. E sinto muito por todo o sofrimento que eu causei. Vou fazer de tudo para que ela fique com você. Prometo.

Ouvi-la dizer que Reese era minha significava mais do que Sammie poderia imaginar.

Nós ainda tínhamos muito o que conversar, tínhamos muitas coisas para resolver, mas eu sabia que havíamos feito o suficiente por aquela noite.

Oliver arrumou um quarto de hóspedes para Sammie e, quando chegou a hora de eu ir para a cama com ele, agradeci um milhão de vezes por ele ter convencido minha irmã a mudar de ideia. E não apenas desistir de apoiar meus pais, mas também por ter aceitado a ajuda de que tanto precisava.

— A gente devia conversar sobre nós dois…? — perguntei, com medo de ter estragado nossa chance ao terminar com ele semanas antes. Eu entenderia se ele não me aceitasse de volta de braços abertos. — Quer dizer… ainda temos chance?

Oliver veio até mim e me abraçou.

— Nós sempre vamos ter uma chance, Emery.

— Você nem imagina o quanto me ajudou — falei, envolvida em seu abraço.

— Eu faria qualquer coisa por você. De agora em diante, estarei sempre aqui.

Sorri e beijei seus lábios com delicadeza.

— Esses últimos meses com você foram uma loucura, mas eu não mudaria nada.

— Eu te amo.

— Eu te amo — repeti.

Sua boca percorreu minha orelha enquanto ele sussurrava para mim:

— Posso te mostrar? Posso te mostrar o quanto eu te amo?

Ele me levou para o quarto e não demorou muito para me deitar na cama e me prender ali, seu corpo em cima do meu. Seus olhos ficaram marejados, e ele repetiu aquela declaração.

— Eu te amo, Emery — disse ele de novo, e eu soube que nunca me cansaria de ouvir essas palavras saindo de sua boca.

Pressionei os lábios contra os dele e murmurei:

— Eu também te amo.

Ele desceu a mão até a barra do meu vestido e o puxou um pouco para cima.

Primeiro, deslizou um dedo para dentro de mim, entrando devagar; aí colocou mais um, me abrindo para ele. A velocidade de seus movimentos aumentou conforme meu quadril respondia às suas carícias. Então outro dedo, que me fez gemer de prazer. Tive que virar o rosto para o travesseiro, para não fazer muito barulho enquanto ele me dedava fundo e com força.

Quanto mais ele metia, mais eu gemia, até gozar em sua mão. Quando ele tirou os dedos da minha calcinha, os lambeu com vontade, depois me beijou.

— Faz amor comigo — sussurrei, querendo sentir sua rigidez dentro de mim, querendo que cada centímetro do seu amor me deixasse louca.

Ele não negou meu pedido. Naquela noite, enquanto ele entrava em mim, enquanto fazia amor com cada centímetro do meu corpo, senti nossos corações se curando juntos. Enquanto ele fazia amor comigo, senti a promessa do futuro que ele me oferecia naquela noite. Enquanto ele se perdia dentro de mim, descobri que tinha encontrado meu lar. Eu soube que seria dele para sempre.

E ele seria meu.

40

Emery

Minha conversa com meus pais só tinha um objetivo: curar traumas.

— Você só pode estar de brincadeira — explodiu minha mãe na mesma lanchonete onde havia me contado que tentaria tirar minha filha de mim. Só que, desta vez, Sammie estava sentada ao meu lado, segurando a minha mão embaixo da mesa, para apoiarmos uma à outra sempre que precisássemos de conforto. — Você não pode ficar com ela. Você não tem condições de criar aquela criança.

— Faço isso há cinco anos e pretendo continuar assim pelo restante da minha vida — falei, discordando do argumento dela.

— Samantha, fale para a sua irmã que ela está enganada. Você já conversou com a gente sobre a situação, e nós concordamos que o melhor para a sua filha seria...

— Ela não é minha filha — disse Sammie, convicta.

Minha mãe ficou boquiaberta.

— Nada disso. Nós tínhamos um plano. Eu e o seu pai íamos criar aquela menina e dar a ela uma chance real de ter uma vida, uma família.

— Ela já tem uma família — falei. — Eu sou a família dela.

— Você é mãe solo; jamais poderia ser suficiente para aquela menina. Você nunca foi suficiente. Você anda por aí com músicos drogados que vão para a cama com qualquer coisa que aparece. Acha mesmo que ele vai cuidar de você? Boa sorte. Ele vai te descartar feito lixo — bufou minha mãe.

Suas palavras me machucaram, mas não muito.

Porque eu sabia que nenhuma delas era verdade.

— Você não tem a menor ideia de quem o Oliver é e não tem a mínima ideia de quem eu sou. E tenho certeza de que também não tem a menor ideia de quem a Samantha é.

— Ah, cale a sua boca, Emery Rose. Eu sei muito bem quem é a minha filha.

— Qual é a minha música favorita, mamãe? — perguntou Sammie baixinho.

— Como é que é?

— Qual é a minha música favorita? Que música eu ouvia o tempo todo quando era mais nova? Quem é meu artista favorito? Qual é a minha cor favorita? O que eu queria ser quando crescesse? Como eu gosto dos ovos no café da manhã?

— Samantha, não sei que importância tem isso. São informações idiotas que não fazem diferença nenhuma — rebateu minha mãe. — Agora, diga para a Emery que vamos seguir adiante com o processo da guarda.

— "Carimbos do coração", de Alex e Oliver, que são os artistas favoritos dela. A cor favorita dela é azul-esverdeado no verão e amarelo no inverno, porque ela acredita que dias escuros precisam de cores alegres. Ela quer ser psiquiatra para ajudar as pessoas e gosta de ovos mexidos com duas fatias de queijo — falei, porque eu conhecia a minha irmã.

Sammie apertou minha mão.

Apertei a dela também.

— Que coisa ridícula! — explodiu finalmente meu pai, falando pela primeira vez desde que tínhamos chegado ao restaurante. — Não acredito que desperdicei o meu tempo com essa palhaçada, Harper. A culpa é toda sua.

— Não, eu...

— Eu jamais devia ter te dado outra chance depois que você engravidou daquele babaca anos atrás. Você devia ter mesmo abortado ela — disse ele, gesticulando para mim. — Em vez disso, fui obrigado a lidar com os seus erros.

Espere... o quê?

Os olhos de minha mãe se encheram de lágrimas enquanto ela fitava o marido, chocada.

— Theo. Você prometeu que nunca mais tocaria nesse assunto.

— Bem, obviamente, isso é algo que precisa ser dito. Já aguentei merda demais de você nos últimos anos. Agora tive que ver a mesma coisa acontecendo com a minha filha por causa das suas falhas. Os mesmos erros, a mesma história. E aposto que a mesma merda vai acontecer com aquela menina, porque essa família é amaldiçoada.

— Do que ele está falando? — perguntou Sammie.

— Estou falando dos pecados dessa família! A mesma coisa que aconteceu com você aconteceu com a sua mãe, e é por isso que estou cansado de ver a história se repetindo. E, de algum jeito, eu acabei criando uma criança bastarda.

— Mãe... — comecei, mas as palavras não vinham.

O que ele estava dizendo? Eu não era filha dele? Meu pai não era meu pai? Como assim?

Minha mãe secou as lágrimas das bochechas, tentando manter a compostura.

— Eu era jovem e fui a uma festa. Cometi erros, e um rapaz se aproveitou desses erros. Meu pai descobriu e me botou na rua.

Déjà-vu.

Estávamos vivendo em um círculo vicioso.

Nossa mãe havia feito Sammie passar pela mesma coisa pela qual ela mesma tinha passado. E se esse trauma geracional não fosse interrompido, se não mudássemos nosso futuro conversando e curando nosso passado, permaneceríamos no mesmo ciclo.

Tudo começava a fazer sentido. Dava para entender por que meu pai nunca me amara tanto quanto amava Sammie. Dava para entender por que eles eram tão rígidos, superprotetores. Eles não queriam que passássemos pelas mesmas coisas que eles tinham passado.

Ainda assim, a vida acontecia. E lá estavam os dois de novo, tentando controlar tudo ao decidirem criar Reese como se ela fosse deles, para terem outra oportunidade de moldar uma criança do jeito que acreditavam ser o certo.

— Nós fracassamos com vocês duas, mas podemos fazer melhor com a Reese. Eu soube disso no momento em que a vi — disse minha mãe, desmoronando na lanchonete. — Eu posso ser melhor com ela. Sei como melhorar a menina.

— Não tem nada de errado com ela — falei, balançando a cabeça, sem acreditar. — Ela não é sua para você melhorar nada.

— Você não tem a menor ideia do que está fazendo — disse meu pai com um olhar frio. — Você não sabe ser mãe.

— Claro que sei. É só eu fazer o oposto de tudo o que vocês fizeram comigo. — Eu me virei para minha irmã, me sentindo enojada com aquelas revelações. — Vamos?

Ela assentiu.

Nossa mãe bufou.

— É sério, Samantha? Você vai escolher essa aí em vez dos seus próprios pais?

— Ela é a minha família, mamãe. Ela é a melhor família que eu já tive — confessou Sammie, apertando minha mão.

Nós saímos da lanchonete e voltamos para o meu apartamento. No caminho até lá, Sammie não largou minha mão, e me senti agradecida por isso. Eu precisava ser reconfortada.

Acho que ela também precisava.

— Você está bem? — perguntou ela no corredor, na frente da minha porta.

— Não. Mas vou ficar. Pelo menos, agora tudo faz mais sentido. Sempre achei que eu não era o suficiente para os dois, mas a verdade era que eles estavam enfrentando os próprios demônios. Não tinha nada a ver comigo. — Sorri para ela. — Nem com você. Pais também podem ser problemáticos, no fim das contas. — Olhei para a porta do apartamento de Abigail e assenti uma vez com a cabeça. — Você quer conhecê-la? Quer conhecer a Reese? Vou ser sincera: não sei como vai ser de agora em diante. Não sei o que dizer para ela agora.

Sammie levou as mãos ao coração e fez que sim com a cabeça.

— Quero muito conhecer a Reese, mas só se você se sentir confortável com isso.

Concordei com um gesto e fui buscar Reese. No instante em que entramos no meu apartamento, vi o nervosismo de Sammie. Eu também estava nervosa.

— Mamãe, quem é essa? — perguntou Reese, estreitando os olhos.

— Essa é a minha irmã, Reese. O nome dela é Sammie.

Reese ficou boquiaberta.

— Você tem uma irmã?

— Tenho, sim. Ela é uma pessoa muito forte.

Reese sorriu para Sammie, que começou a chorar. Reese franziu a testa ao ver aquilo, foi até Sammie e a abraçou.

— Não fica triste. Tá tudo bem — disse ela, consolando-a.

— Obrigada, Reese — respondeu Sammie, abaixando a cabeça para encontrar o olhar dela. — Ai, nossa, como você é linda.

— Você é linda também. Você parece a mamãe. Então, se você é irmã dela, quer dizer que é minha tia?

Sammie ergueu o olhar para mim, depois voltou a fitar Reese.

— Acho que isso quer dizer que sou sua tia.

— Ah, que ótimo! — Os olhos de Reese se iluminaram de novo, e ela deu outro abraço em Sammie. — Eu sempre quis ter uma tia.

41

Emery

— Quando o Sr. Smito vai voltar? — resmungou Reese quando fui buscá-la na escola.

O verão tinha acabado, e Oliver estava de volta ao trabalho com sua banda, viajando pelo país para dar entrevistas sobre o lançamento das músicas novas. No fim das contas, Alex & Oliver podia ter acabado, mas Oliver Smith estava se redescobrindo todos os dias. Ver aquele homem encontrando seu lugar em um novo mundo sem o irmão era inspirador. Para falar a verdade, era empoderador.

Eu sentia muita saudade quando ele estava viajando, mas nossas conversas por FaceTime eram suficientes para me tranquilizar.

Reese, por outro lado, sentia falta de seu melhor amigo.

— Ele vai voltar no fim de semana que vem, querida, não se preocupe. Já, já, vocês vão estar implicando um com o outro.

— Que bom — disse ela. Nós estacionamos o carro e subimos para o apartamento. Reese arregalou os olhos quando chegamos ao nosso andar e ela se deparou com Oliver parado na porta, segurando um vaso de planta. — Sr. Smito! — berrou ela, correndo na direção dele com a mochila nas costas.

Eu basicamente comecei a correr também no instante em que o vi.

— O que você está fazendo aqui? — perguntei, me inclinando para beijá-lo.

— Voltei mais cedo. Queria ver minhas meninas. Além do mais, achei que você precisava de mais uma planta para sua coleção.

Eu ri, mas caí em silêncio quando olhei para o vaso. Bem na minha frente estava um anel com um diamante imenso.

— Oliver — murmurei, chocada com o que estava vendo.

Ele se ajoelhou na minha frente e pegou o anel.

— Eu amo tantas partes de você, Emery Taylor. Amo as partes silenciosas e amo as partes que gritam também. Amo o fato de você se entregar por inteiro para todos ao seu redor, mas guardar um pouco de amor para si mesma também. Amo sua comida e amo a sua risada. Amo o jeito que você ama a sua filha. E eu amo a Reese também. Amo sua filha. E, se você deixar, quero passar o resto da minha vida mostrando esse amor para vocês. Case comigo, Emery. Case comigo, e vou ficar do seu lado para sempre — prometeu ele.

Eu estava embasbacada, nem conseguia falar. Não conseguia tirar os olhos daquela aliança e, quando me virei para fitar minha filha, ela exibia um sorrisinho travesso e segurava uma placa que havia tirado da mochila aberta.

Diz que sim, mamãe!

Ela sabia, aquela cobrinha.

Eu me virei para Oliver e disse a palavra mais importante naquele momento.

— Sim.

Ele se levantou e me abraçou. Seus lábios encontraram os meus e, quando ele colocou a aliança no meu dedo, nós dois começamos a rir de nervoso.

Oliver então se virou para Reese e se ajoelhou mais uma vez.

— Também quero fazer o pedido para você, menina. Então, não tenho outra aliança, mas tenho isto. — Ele enfiou a mão no bolso e tirou um pingente com a metade de um coração. O coração de Alex. — Isso era do meu irmão, e é a coisa mais importante do mundo para mim, então quero que esse tesouro fique com a garotinha que também é a mais importante no mundo para mim. Eu queria que você soubesse que tem metade do meu coração e que vou passar a vida inteira te protegendo, se você deixar.

O sorriso de Reese estava tão grande que eu tinha quase certeza de que suas bochechas iam explodir.

— Sim, Sr. Smito! Sim! — berrou ela, pulando sem parar.

Ele colocou o colar no pescoço dela e lhe deu um abraço apertado.

— Isso significa que posso te chamar de papai agora? — perguntou Reese, nervosa.

— Sim, Reese. Se você quiser, pode me chamar de papai.

Ela lhe deu um abraço ainda mais apertado.

— Eu te amo, papai — gritou ela, ao mesmo tempo partindo e remendando meu coração.

Naquele momento, eu entendi a verdade sobre famílias. Não havia um jeito certo de criar laços de amor. Existiam famílias de todos os tipos, formatos e tamanhos. Algumas eram conectadas por sangue; outras, pelo coração. E, no fim das contas, não importava como elas se uniam: a única coisa importante era que permanecessem unidas. Que as pessoas cuidassem umas das outras e se amassem incondicionalmente.

Não havia limites para o meu amor por Reese e por Oliver.

E era exatamente por isso que ele duraria para sempre. Eles estavam carimbados no meu coração e ficariam lá por toda a eternidade.

Epílogo

Emery
Um ano depois

— Está apertado demais — arfei enquanto Sammie tentava fechar meu vestido.

— Eu avisei para você não comer tanta batata frita com queijo ontem — brincou ela terminando de fechar. — E não está apertado. Está perfeito.

Sammie tinha voltado para a Califórnia algumas semanas antes para me ajudar a me preparar para o casamento com Oliver. Fazia alguns meses que ela estava no Texas, tentando colocar a vida nos eixos — com a ajuda dos pais de Oliver, que estavam cuidando dela. Apesar de eu tentar convencê-la a voltar para a Califórnia, ela parecia estar se aclimatando a Austin. Eu não podia estar mais feliz por ela. E ela também parecia mais saudável, não apenas no sentido físico, mas mental e emocional. Eu sabia que minha irmã ainda tinha que lidar com muitas coisas, com muitos demônios, mas ela estava melhorando a cada dia que passava.

E eu estava feliz demais por tê-la ao meu lado no dia mais feliz da minha vida. Sempre sonhei com meu casamento, e minha irmã sempre apoiou esse desejo meu. Eu estava muito feliz por esse sonho ter se tornado realidade.

— Oi, Emery. Uau — disse Tyler, entrando no quarto. — Você está linda. Vim avisar que o fotógrafo precisa da Reese e da Sammie para as fotos. Eu e a Kelly já tiramos as nossas. Ele está no corredor, à esquerda.

Sammie agradeceu a Tyler e saiu de mãos dadas com Reese.

Tyler se virou para mim com um sorriso apertado.

— Você está linda, Emery, de verdade. Meu melhor amigo tem muita sorte.

— Obrigada. Eu só queria estar menos nervosa — brinquei.

— Não tem por que ficar nervosa. Nunca vi duas pessoas tão destinadas a ficarem juntas. Escute, eu só queria aproveitar para te agradecer... por amar o Oliver. Você deu uma chance a ele quando o mundo inteiro já tinha perdido as esperanças. Você é uma mulher fenomenal, e ele tem muita sorte por fazer parte da sua vida.

— Isso é verdade — disse uma voz, nos interrompendo. Eu me virei e dei de cara com Richard, o pai de Oliver. — Não quero atrapalhar nem nada, mas será que posso falar rapidinho com a Emery?

Tyler assentiu e saiu do quarto.

Richard ficou parado por um instante com as mãos nos bolsos.

— Uau — murmurou ele. — Você está linda mesmo.

— Não me faça chorar agora, Richard. Minha maquiadora sumiu.

— Desculpe, eu só... meu filho tem muita sorte. Não vou tomar muito o seu tempo. Para falar a verdade, não entendo muito de tradições de casamento, só sei da primeira dança. Mas ouvi falar que você precisa de algo velho, algo novo, algo emprestado e algo azul. Só tenho uma dessas coisas, mas achei que eu poderia te emprestar algo, se você quiser. — Ele enfiou a mão no bolso e exibiu um relógio. — Era o favorito do Alex. Ele, hum, sempre usava relógio, aonde quer que fosse. O irmão sempre se atrasava para tudo, então, para compensar, o Alex sempre chegava na hora certa. E acho que é um empréstimo que combina com você, porque você chegou na hora certa com seu amor pelo Oliver. Veja bem, sei que não combina com o vestido, mas...

— Por favor — falei, interrompendo-o e esticando o braço. Ele sorriu e assentiu, colocando o relógio em mim. Encarei aquela peça linda que contava a história de um homem lindo. — Gostaria que a gente tivesse se conhecido.

— Ele teria adorado você. Como todos nós adoramos.

Os Smith tinham me recebido em seu mundo de uma forma surreal. Às vezes, não me sentia merecedora de tanto amor, que eles sempre ofereciam para mim e para minha filha sem nem pestanejar.

Richard ficou parado na minha frente como se quisesse falar mais alguma coisa.

— O que foi? — perguntei.

— Bom, eu... você pode recusar, porque sabe se cuidar sozinha. Mas me dei conta de que ninguém vai acompanhar você até o altar, e eu queria dizer que, se precisar de uma figura paterna para segurar sua mão, ofereço a minha com prazer.

Lágrimas escorreram pelas minhas bochechas, e Richard ergueu as mãos, tentando contê-las.

— Nada de choro! A sua maquiagem.

— Não tem problema, a gente encontra a maquiadora — falei rindo, puxando-o para um abraço.

Quando chegou a hora de ir até o altar, em direção à minha canção de amor favorita, entrelacei meu braço ao de Richard. Quando a celebrante — Abigail, obviamente — perguntou quem oferecia minha mão, Richard me guiou até seu filho. Foi um momento muito emocionante, e nunca senti tanto amor na vida.

Todo mundo que era importante e significava alguma coisa para mim e para Oliver estava ali, presenciando nosso final feliz. Oliver estava todo orgulhoso, parecendo um sonho que nunca imaginei que se realizaria. Ao refletir sobre a minha vida, percebi que não mudaria nada. Eu não abriria mão de nenhuma lágrima, de nenhuma dificuldade nem do meu coração partido, porque todas as partes dele tinham me levado até ali. Eu havia encontrado o amor da minha vida.

Naquele instante, perante nossa família e nossos amigos, gravamos a melhor música da nossa playlist de amor.

À noite, dançamos ao som de "Could It Be I'm Falling in Love", dos Spinners, a primeira música que os pais de Oliver dançaram. Nós estávamos construindo uma nova história. Curando traumas geracionais e criando novas tradições. E, daquele momento em diante, eu e Oliver dançaríamos juntos pelo resto da vida.

~

Oliver

Dois anos depois

Fazia muito tempo que eu não me sentia perdido. Só para deixar claro: eu ainda ficava triste, mas as sessões com Abigail haviam me ensinado as melhores formas de lidar com minhas emoções. Houve uma época na minha vida em que os dias ruins eram mais avassaladores que os bons, então era incrível pensar em todos os dias maravilhosos que eu tivera antes de chegar ao ponto em que estava agora.

Ainda bem que eu não desisti da minha vida. Ainda bem que eu continuei lutando contra a escuridão. Se eu tivesse desistido naquela época, quando estava no meu pior momento, sentindo a morte mais próxima do que a vida, eu jamais estaria ali. Jamais teria encontrado a felicidade verdadeira.

Enquanto eu inspirava o ar de outono, a brisa batia de leve em meu rosto, e Emery ria com Reese, as duas deitadas na grama, observando o pôr do sol. Meu garotinho, Alex, estava deitado de barriga para baixo, se esforçando para aprender a engatinhar, remexendo o corpinho para a frente e para trás. No som, a música tocava alto. Era uma canção calma, tranquilizadora.

344

Era meu aniversário. Todo ano, no meu aniversário, a família visitava o túmulo de Alex; nós tocávamos nossas músicas favoritas do último ano e conversávamos com ele. Contávamos sobre os pontos altos e baixos da nossa vida e honrávamos a dele. Sempre que a brisa batia, eu sabia que era ele ali com a gente. Apesar de não conseguir vê-lo, eu sentia seu espírito me cercando.

Também fazia parte da tradição cantarmos "Godspeed", de James Blake. Neste ano, Reese cantou comigo antes de desejar um feliz aniversário para seu tio Alex. Uma música que me causara tanta tristeza agora significava algo lindo.

Eu me levantei e estiquei a mão para Emery, que, sem questionar, a aceitou. Eu a levantei, e começamos a nos embalar de um lado para o outro. Dançamos ao som da música enquanto minha filha se sentava ao lado do irmão, se balançando para a frente e para trás, tentando ajudá-lo a entender como se locomover naquela nova vida cheia de descobertas.

Emery apoiou a cabeça no meu ombro, e a abracei com todas as minhas forças.

Seus lábios roçaram minha orelha quando ela sussurrou contra minha pele:

— Você está bem?

— Estou.

Nenhum dia era perfeito. Nem todos os dias terminavam com danças lentas e risadas, nem com sorrisos e felicidade, mas todo dia valia a pena. Todo dia merecia ser vivido, porque levava a um amanhã melhor, a dias mais alegres, a um final feliz. Aquela era a nossa vida. Havia momentos bons e ruins, mas, sem dúvida, ela era nossa. Aquela era a nossa playlist, e eu tinha orgulho demais dela.

Eu me senti atordoado naquele momento ao me dar conta da melhor verdade que havia encontrado. Uma verdade que parecia inalcançável, mas que havia me encontrado depois de tanta felicidade:

Eu quero estar aqui.

Agradecimentos

Primeiro, quero agradecer a você, leitor, por dedicar seu tempo a conhecer Emery e Oliver. A história deles foi um trabalho de amor, e fico emocionada por você ter dado uma chance a este livro. Sem você, esses personagens jamais ganhariam vida. Seu apoio nunca passa despercebido.

A seguir na lista, vêm minhas editoras extremamente talentosas e gentis da Montlake, Alison e Holly. Sem a paciência, o apoio e as ideias brilhantes de vocês, esta história ainda não teria um final. Desde seus e-mails até nossos telefonemas, obrigada por terem me ajudado a elevar esses personagens. A criatividade e a paciência de vocês com minhas tentativas de inovar foram um presente. Trabalhar com vocês duas foi uma honra. Obrigada.

Obrigada à minha agente incrível, Flavia, que segurou minha mão por todo o caminho e conversou comigo sobre o enredo todo santo dia. Você sempre me apoiou, e é uma sorte tê-la ao meu lado.

À minha família e aos amigos que entendem que, às vezes, preciso sumir por um tempo para terminar um livro ou começar a falar aleatoriamente sobre meus personagens durante jantares — obrigada por não me acharem esquisita. E obrigada por continuarem me convidando para jantar, apesar de nem sempre eu estar mentalmente presente. Vocês me dão espaço para ser criativa, e espero que saibam que sempre retribuirei seu amor e respeito.

Obrigada à Amazon Publishing por ter me dado uma oportunidade. Desde à equipe de edição, ao grupo do marketing, aos designers das capas — sou muito agradecida.

E, mais uma vez, vamos terminar isto do mesmo jeito que começamos. Obrigada, leitores. Seu amor e seu apoio me ajudam a seguir em frente. Obrigada por estarem carimbados no meu coração. Vocês são minhas músicas favoritas na minha playlist.

— BCherry

Este livro foi composto na tipografia ITC Berkeley
Oldstyle Std, em corpo 11,5/16, e impresso em
papel off-white no Sistema Cameron da
Divisão Gráfica da Distribuidora Record.